UMA BREVE HISTÓRIA DOS TRATORES EM UCRANIANO

UMA BREVE HISTÓRIA DOS TRATORES EM UCRANIANO

Marina Lewycka

Tradução de Marina Slade

Copyright © Marina Lewycka, 2005
Os direitos morais da autora foram assegurados.

TÍTULO ORIGINAL
A Short History of Tractors in Ukrainian

PREPARAÇÃO
Theo Araújo

REVISÃO
Júlia Ribeiro
Eduardo Carneiro

ADAPTAÇÃO DE PROJETO GRÁFICO E DIAGRAMAÇÃO
Ilustrarte Design e Produção Editorial

DESIGN DE CAPA
gray318

IMAGEM DE CAPA
Jon Gray

ADAPTAÇÃO DE CAPA
Julio Moreira

CIP-BRASIL. CATALOGAÇÃO NA PUBLICAÇÃO
SINDICATO NACIONAL DOS EDITORES DE LIVROS, RJ

L653b

    Lewycka, Marina, 1946-
        Uma breve história dos tratores em ucraniano / Marina Lewycka ; tradução Marina Slade. - 1. ed. - Rio de Janeiro : Intrínseca, 2022.
    304 p. ; 21 cm.

    Tradução de: A short history of tractors in ukrainian
    ISBN 978-65-5560-354-5

    1. Ficção inglesa. I. Slade, Marina. II. Título.

22-79813   CDD: 823
                    CDU: 82-3(410.1)

Meri Gleice Rodrigues de Souza - Bibliotecária - CRB-7/6439

[2022]
Todos os direitos desta edição reservados à
Editora Intrínseca Ltda.
Rua Marquês de São Vicente, 99, 6º andar
22451-041 – Gávea
Rio de Janeiro – RJ
Tel./Fax: (21) 3206-7400
www.intrinseca.com.br

Para Dave e Sonia

Agradecimentos

Muitas pessoas contribuíram para a realização deste livro. Gostaria de agradecer, em primeiro lugar, à minha família e aos meus amigos pela paciência, pelo incentivo e pelas boas sugestões. Muito obrigada, especialmente, a Sarah White, Tessa Perkins e Lesley Glaister, a Chris e Alison Tyldesley — sem os quais meu gato teria morrido abandonado — pela ajuda em história e gramática, e a Eveline e Patrick Lessware, que cederam a encantadora casa em Totnes onde escrevi os quatro últimos capítulos desta obra. Sou muito grata a Bill Hamilton pela gentileza e pelos ótimos conselhos, e a Livi Michael, Jane Rogers, Juliet Annan e Scott Moyers por seus muitos e prestimosos comentários sobre o texto. Obrigada, também, a todos da Viking, da Penguin e da A. M. Heath pelo prazer que foi trabalhar com vocês. Por fim, devo agradecimentos aos muitos escritores, por vezes anônimos, cujas postagens na internet a respeito da história do trator e da aeronáutica foram uma fonte de inspiração para mim. Uma lista daqueles aos quais sou particularmente devedora foi incluída no fim do livro.

I
Dois telefonemas e um funeral

Dois anos depois que minha mãe morreu, meu pai se apaixonou por uma ucraniana divorciada, loira e glamorosa. Ele tinha 84 anos e ela, 36. A mulher caiu em nossa vida como uma granada rosa e fofa, agitando as águas turvas, trazendo à tona um lamaçal de memórias esquecidas e dando um pontapé no traseiro dos fantasmas da família.

Tudo começou com um telefonema.

A voz do meu pai, trêmula de animação, vibra na linha:

— Boas notícias, Nadezhda. Vou me casar!

Lembro-me do sangue subindo à cabeça. *Por favor, que seja só uma brincadeira! Ah, ele ficou maluco! Ah, seu velho idiota!* Mas não falo nada disso.

— Ah, que ótimo, papai — digo.

— É, pois é. Ela veio da Ucrânia com o filho. De uma cidade chamada Ternopil.

Ucrânia: ele suspira, tragando o cheiro do feno ceifado e das flores de cerejeira da lembrança. Mas eu capto o distinto odor sintético da Nova Rússia.

Ela se chama Valentina, diz ele. Mas parece mais uma Vênus.

— A Vênus de Botticelli surgindo das águas. Cabelo dourado. Olhos encantadores. Seios estupendos. Quando a vir, você vai entender.

A mulher adulta em mim é indulgente. Que maravilha, este último e tardio florescer do amor. A filha em mim está furiosa.

Traidor! Animal velho e lascivo! Minha mãe morreu há apenas dois anos. Estou com raiva e curiosa. Mal posso esperar para vê-la — a mulher que está usurpando o lugar de minha mãe.

— Ela parece ser *linda*. Quando vai me apresentá-la?
— Depois do casamento você vai conhecê-la.
— Não acha melhor que eu a conheça antes?
— Para que você quer conhecê-la? Não é você quem vai se casar com ela. — (Ele sabe que tem algo errado, mas acha que dá para continuar como se nada tivesse acontecido.)
— Mas, papai, você pensou bem nisso tudo? Me parece muito repentino. Quer dizer, ela deve ser muito mais nova que você.

Modulei a voz com muito cuidado para esconder qualquer sinal de desaprovação, como um adulto sábio que tem que lidar com um adolescente devastado pela paixão.

— Trinta e seis anos. Ela tem 36 e eu, 84. E daí?

Há rispidez em sua voz. Ele já esperava pela pergunta.

— Bem, é uma *grande* diferença de idade...
— Nadezhda, nunca pensei que você fosse tão conservadora e antiquada.
— Não, não. — Ele me faz ficar na defensiva. — É só que... podem surgir problemas.

Papai diz que não haverá problema. Ele já pensou em tudo. Faz três meses que a conhece. Ela tem um tio em Selby e veio visitá-lo com um visto de turista. Quer construir uma vida nova para si e para o filho no Ocidente, uma vida boa, com um ótimo emprego, bastante dinheiro, um bom carro — nada de Lada ou Skoda —, educação de qualidade para o garoto — Oxford ou Cambridge, no mínimo. Por falar nisso, ela é uma mulher culta. É formada em farmácia. Vai ter facilidade em arranjar um emprego bem remunerado por aqui assim que aprender inglês. Enquanto isso, papai está ajudando-a com o idioma e ela está limpando a casa e cuidando dele. Ela se senta no colo do meu pai e deixa que ele acaricie seus seios. São felizes juntos.

Será que ouvi direito? Ela se senta no colo dele e ele acaricia seus estupendos seios de Botticelli?

— Bem... — mantenho o mesmo tom de voz, mas a raiva está me queimando. — A vida é cheia de surpresas. Espero que dê certo. Mas, olhe, papai — (hora de ser insensível) —, posso imaginar por que você quer se casar com ela. Já se perguntou *por que* ela quer se casar com *você*?

— *Tak, tak!* Sim, sim, eu sei. Passaporte. Visto de moradia. Visto de trabalho. E daí? — responde, contrariado e rouco.

Meu pai tinha planejado tudo. Ela cuidará dele conforme ele for ficando mais velho e frágil. Ele lhe dará um teto, partilhará sua modesta pensão até ela encontrar um bom emprego. O filho dela — que, diga-se de passagem, é um menino extraordinariamente talentoso —, um gênio — toca piano —, receberá uma educação inglesa. Juntos, à noite, discutirão arte, literatura e filosofia. Ela é uma mulher sofisticada, não uma camponesa tagarela. A propósito, já conseguiu descobrir a opinião dela sobre Nietzsche e Schopenhauer, concordante com a dele em todos os aspectos. E, da mesma forma que ele, também admira a arte construtivista e detesta o neoclassicismo. Eles têm muito em comum. Uma base sólida para o casamento.

— Mas, papai, você não acha que seria melhor se ela se casasse com alguém mais jovem...? As autoridades vão perceber que é um casamento de fachada. Eles não são burros.

— Hum.

— Ela pode ser mandada de volta de qualquer jeito.

— Hum.

Ele não havia pensado nisso. Desanima-se um pouco, mas não desiste de seus planos. Veja bem, explica papai, ele é a última esperança de Valentina, sua única chance de escapar da perseguição, da pobreza e da prostituição. A vida na Ucrânia é dura demais para uma mulher tão delicada quanto ela. Ele tem lido os jornais e as notícias são terríveis. Não há pão, papel higiênico, açúcar, esgoto, honradez na vida pública, e só há eletricidade de vez em quando. Como ele poderia condenar uma mulher maravilhosa a isso? Com que cara continuaria seu caminho fingindo não ver aquilo?

— Você precisa entender, Nadezhda, eu sou o único que pode ajudá-la.

É verdade. Ele tentou. Fez tudo o que podia. Antes de se agarrar à ideia de ele mesmo se casar com a mulher, procurou por maridos mais adequados. Já havia consultado os Stepanenko, um casal de velhos ucranianos cujo filho único ainda mora com eles. Falou também com o sr. Greenway, um viúvo que mora na cidade e tem um filho solteiro que o visita de tempos em tempos. (Um homem sensível, diga-se de passagem. Engenheiro. Tipo bem incomum. Daria um bom marido para Valentina.) Ambos recusaram: têm a mente muito bitolada. Meu pai lhes disse isso com todas as letras. Agora, os Stepanenko e o sr. Greenway não falam mais com ele.

A comunidade ucraniana em Peterborough a rejeitou. Também são muito tacanhos. Não se impressionam com a opinião dela sobre Nietzsche e Schopenhauer. Estão presos ao passado — nacionalismo ucraniano e soldados Banderivtsi. Ela é uma mulher moderna, livre. Espalham comentários maldosos a seu respeito. Dizem que vendeu a cabra e a vaca da mãe para comprar maquiagem e seduzir os homens ocidentais. Não sabem o que dizem. A mãe de Valentina tinha galinhas e porcos — nunca teve cabra ou vaca. Isso só mostra como esses fofoqueiros são tolos.

Ele tosse e pigarreia do outro lado da linha. Brigou com todos os amigos por causa disso. Repudiará as próprias filhas se for preciso. Será ele sozinho contra o mundo — somente com aquela linda mulher a seu lado. As palavras mal conseguem dar conta de sua empolgação com a Grande Ideia.

— Mas, papai...

— E tem mais uma coisa, Nadia. Não conte nada para Vera.

Isso não deve acontecer mesmo. Não falo com minha irmã há dois anos, desde a briga que tivemos depois do funeral de nossa mãe.

— Mas, papai...

— Nadezhda, você tem que entender que, em alguns aspectos, o homem é governado por impulsos diferentes dos da mulher.

— Papai, por favor, me poupe do seu determinismo biológico.

Dane-se! Ele que quebre a cara.

★ ★ ★

Talvez isso tenha começado antes do telefonema. Quem sabe tenha começado há dois anos, no mesmo cômodo em que ele está sentado agora, onde minha mãe morria enquanto ele caminhava pela casa, transfigurado pelo sofrimento.

As janelas estavam abertas e a brisa que entrava pela cortina de linho semicerrada trazia o aroma de lavanda do jardim. Dava para ouvir o canto de pássaros, as vozes de pessoas caminhando na rua e da filha do vizinho namorando no portão. Dentro do cômodo desbotado e limpo, minha mãe passava as horas se esforçando para respirar enquanto sua vida se esvaía e eu lhe dava morfina em uma colher.

Lá estão os acessórios da morte, com a aparência emborrachada: as luvas de látex da enfermeira, o lençol impermeável sobre a cama, os chinelos de sola crepe, um pacote de supositórios de glicerina brilhando como projéteis dourados, a cômoda com sua cobertura funcional e as pernas com borracha na ponta, agora cheias de um líquido esverdeado e granuloso.

— Você se lembra...? — recito, várias e várias vezes, as histórias dela e de minha infância.

Ela pisca os olhos, sombrios. Num momento de lucidez, com as mãos entre as minhas, diz:

— Cuide do pobre Kolya.

Ele estava com ela, à noite, no momento da morte. Lembro-me do rugido de sua dor.

— Eu também! Eu também! Me leve também! — A voz dele rouca, estrangulada; os membros rígidos, como se estivessem convulsionando.

De manhã, depois que levaram o corpo dela, ele se sentou no quarto dos fundos com uma expressão de assombro. Passado algum tempo, disse:

— Você sabe, Nadezhda, que, além da demonstração matemática de Pitágoras, existe também uma demonstração geométrica? Veja como é bonita!

Numa folha de papel, ia desenhando linhas e ângulos ligados a pequenos símbolos e murmurava alguma coisa sobre eles à medida que desenvolvia a equação.

Ele está completamente fora de si, pensei. Pobre Kolya.

★ ★ ★

Durante as semanas que antecederam sua morte, apoiada sobre os travesseiros da cama do hospital, minha mãe estava preocupada. Conectada por fios a um monitor que registrava seus penosos batimentos cardíacos, ela resmungava na enfermaria, com a privacidade resguardada apenas por uma cortina mal fechada, em meio a respiração ofegante, tosse e ronco dos velhos. Ela se retraía sob o toque dos dedos curtos e impessoais do jovem enfermeiro que vinha prender os fios sobre seus seios murchos, que, sem muito cuidado, apareciam por baixo da camisola hospitalar. Era apenas uma mulher velha e doente. Quem se importaria com o que pensava?

Deixar a vida é mais difícil do que se imagina, dizia ela. Tantas coisas para resolver antes que se possa partir em paz! Kolya... Quem cuidaria dele? As filhas é que não seriam; moças espertas, mas cabeças-duras. O que seria delas? Seriam felizes? Será que aqueles homens que arranjaram cuidariam para que nada lhes faltasse? Eram charmosos, mas inúteis. E as três netas, tão lindas e ainda sem marido! Tantas coisas para cuidar, e suas forças se esvaindo.

Minha mãe fez o testamento no hospital, comigo e com minha irmã Vera, porque não confiávamos uma na outra. Ela o escreveu com sua caligrafia tremida, e duas enfermeiras foram testemunhas. Sentia-se fraca, ela que sempre fora tão forte. Estava velha e doente, mas suas economias e herança pulsavam cheias de vida no banco da Cooperativa.

De uma coisa mamãe tinha certeza: sua herança não devia ficar para o papai.

— Pobre Nikolai... Ele não tem juízo. É cheio de esquemas malucos. É melhor vocês duas dividirem meio a meio.

Falava seu próprio idioma: ucraniano entremeado de palavras como "batedeira elétrica", "cinta-liga" e "jardineiro", pronunciadas com um sotaque carregado.

Depois que não podiam fazer mais nada por ela no hospital, despacharam-na para morrer em casa, quando a hora chegasse. Minha irmã passou grande parte do último mês da mamãe por lá. Eu a visitava nos fins de semana. Em algum momento durante esse último mês, quando eu não estava presente, minha irmã acrescentou uma cláusula que dividia o dinheiro em partes iguais entre as três netas — minha filha, Anna, e suas duas filhas, Alice e Alexandra —, em vez de entre mim e ela. Minha mãe assinou e dois vizinhos serviram de testemunha.

— Não se preocupe — disse para minha mãe, antes de sua morte —, tudo vai ficar bem. Ficaremos tristes, sentiremos sua falta, mas ficaremos bem.

Mas não ficamos.

★ ★ ★

Ela foi enterrada no cemitério da igreja local, em um terreno novo junto ao campo aberto. Seu túmulo era o último de uma fileira de túmulos novos e despojados.

As netas, Alice, Alexandra e Anna, altas e loiras, jogaram rosas dentro do túmulo e, em seguida, punhados de terra. Nikolai, curvado pela artrite, a pele cinzenta e o olhar vazio, em uma tristeza sem lágrimas, estava pendurado no braço do meu marido. Vera e Nadezhda, suas filhas, Fé e Esperança, minha irmã e eu, preparadas para travar uma batalha no tocante ao testamento de nossa mãe.

Enquanto os convidados do enterro chegam na casa para se servir de bebidas geladas e se embriagar de *samohonka* ucraniano, nós duas nos enfrentamos na cozinha. Minha irmã está vestindo um *tailleur* de seda preta tricotada, de alguma lojinha discreta de roupas de segunda mão em Kensington. Usa sapatos com pequenas fivelas douradas, uma bolsa Gucci com um pequeno fecho dourado e, ao redor do pescoço, uma elegante corrente de ouro. Eu estou vestindo um arranjo de roupas pretas que encontrei na Oxfam. Vera me examina de cima a baixo com um olhar de desprezo.

— Sim, seu estilo camponês de sempre, claro.

Tenho 47 anos e sou professora universitária, mas o tom de voz de minha irmã me reduz instantaneamente a uma menina de 4 anos com o nariz escorrendo.

— Não tem nada de errado com os camponeses. Minha mãe era camponesa — responde a menina de 4 anos.

— Certamente — retruca a Grande Irmã. Ela acende um cigarro. A fumaça sobe em espirais elegantes.

Ela se curva para a frente a fim de guardar o isqueiro dentro da bolsa Gucci, e eu reparo que, na corrente de ouro em volta do pescoço, está pendurado um pequeno medalhão, enfiado na lapela do seu *tailleur*. O objeto parece antiquado e exótico se comparado ao traje moderno de Vera, como se não combinasse. Eu a encaro. Meus olhos se enchem de lágrimas.

— Você está usando o medalhão da mamãe.

É o único tesouro que minha mãe trouxe da Ucrânia, pequeno o bastante para ser escondido na bainha do vestido. Era um presente que seu pai dera para sua mãe no dia do casamento deles. Dentro do medalhão, as fotografias dos dois trocam um sorriso desbotado.

Vera retribui meu olhar.

— Ela me deu. — (Não acredito. Mamãe sabia que eu era louca por aquele medalhão, que o desejava mais que qualquer outra coisa. Vera deve tê-lo roubado. Não há outra explicação.) — E então, o que você queria falar sobre o testamento?

— Eu quero apenas que as coisas sejam justas — reclamo. — O que tem de errado nisso?

— Nadezhda, já não basta você usar roupas da Oxfam? Suas ideias são de lá também?

— Você pegou o medalhão. Pressionou a mamãe pra assinar aquela cláusula adicional. Para dividir o dinheiro em partes iguais entre as três netas em vez de entre as duas filhas. Dessa maneira, você e sua família levam o dobro. Gananciosa.

— Sério, Nadezhda? Fico chocada por você pensar isso de mim. — As sobrancelhas bem-feitas da Grande Irmã tremem.

— Não tanto quanto eu fiquei quando descobri tudo — choraminga Nariz Escorrendo.

— Você estava lá, irmãzinha? Não! Estava longe, realizando seu maravilhoso trabalho. Salvando o mundo. Seguindo sua carreira. Deixando toda a responsabilidade nas minhas costas. Como sempre.

— Você atormentou os últimos dias dela com histórias do seu divórcio e da crueldade do seu marido. Fumando sem parar na cabeceira dela enquanto ela morria.

A Grande Irmã descarta a guimba do cigarro e suspira, teatral.

— Veja só, o problema da sua geração, Nadezhda, é que vocês apenas deslizaram sobre a superfície da vida. Paz. Amor. Trabalhadores no poder. Tudo isso é um idealismo sem sentido. Você pode se dar ao luxo da irresponsabilidade porque nunca viu o lado ruim e sombrio da vida.

Por que será que o jeito de falar arrastado e aristocrático de minha irmã me enfurece tanto? Porque sei que é falso. Lembro-me da cama de solteiro que a gente dividia, do banheiro do outro lado do quintal e dos pedaços de jornal rasgado para limpar o bumbum. Ela não me engana. Mas eu também sei provocá-la.

— Ah, é isso que está incomodando você? Por que não procura algum tipo de aconselhamento? — sugiro, dissimulada, no meu tom mais profissional de sejamos-sensatas e veja-como-sou-madura, que uso com nosso pai.

— Por favor, não fale comigo nesse tom de assistente social.

— Procure um psicoterapeuta. Você precisa encarar essa negatividade e trazê-la à tona, antes que seja consumida por isso. — (Sei que isso a deixará furiosa.)

— Aconselhamento. Psicoterapia. Vamos falar dos nossos problemas, nos abraçar e nos sentir melhor. Vamos ajudar os pobres e dar todo o nosso dinheiro para criancinhas famintas.

Ela morde ferozmente um salgadinho. Uma azeitona cai no chão.

— Vera, você acabou de sofrer uma perda e passar por um divórcio. Não me admiro que se sinta sob pressão. Você precisa de ajuda.

— É tudo ilusão. No fundo, as pessoas são ruins e mesquinhas e só querem se dar bem. Você não imagina como eu desprezo assistentes sociais.

— Imagino, sim. E, Vera, eu não sou assistente social.

Meu pai está furioso também. Ele culpa todo mundo — os médicos, minha irmã, os Zadchuk, o homem que corta o matagal atrás da casa — por ter causado a morte dela. Às vezes, culpa a si mesmo. Anda pela casa murmurando que, se isso ou aquilo não tivesse acontecido, sua Millochka ainda estaria viva. Nossa pequena família no exílio, que o amor de nossa mãe e sua sopa de beterraba conservavam unida, está desmoronando.

Sozinho na casa vazia, meu pai vive de comida enlatada que ele consome em cima de jornais dobrados, como se punindo a si mesmo pudesse trazê-la de volta. Ele não quer vir morar conosco.

Às vezes, vou visitá-la. Gosto de me sentar no cemitério da igreja onde minha mãe está sepultada. Na lápide, lê-se:

LUDMILLA MAYEVSKA
NASCIDA NA UCRÂNIA EM 1912
ESPOSA QUERIDA DE NIKOLAI
MÃE DE VERA E NADEZHDA
AVÓ DE ALICE, ALEXANDRA E ANNA

O homem que preparou a lápide teve trabalho para gravar tantas palavras.

No cemitério, há uma cerejeira florida e, embaixo dela, um banco de madeira que fica de frente para uma área de grama cortada e parcialmente voltado para os túmulos recentes, além de uma sebe de espinheiro que o separa de um campo de trigo que dá em outros campos de trigo, plantações de batata, campos de canola, e assim por diante em todo o horizonte. Minha mãe veio do campo e se sente à vontade nesses lugares abertos. A bandeira da Ucrânia é composta por dois retângulos coloridos, um azul sobre outro amarelo — o amarelo simboliza os campos de milho e o azul, o céu. Essa paisagem vasta, plana, baixa e sem características distintivas a fazia lembrar de sua terra natal. Mas só de vez em quando o céu é tão azul assim.

Sinto falta de minha mãe, mas estou começando a me entender com a tristeza. Tenho marido, filha e uma vida em outro lugar.

Meu pai vagueia pela casa onde eles moravam juntos. É uma casa moderna, pequena e feia: paredes externas com acabamento em seixo e garagem de placas de concreto ao lado. Em volta da casa, três lados são ocupados pelo jardim, onde minha mãe cultivava rosas, lavandas, lilases, aquilégias, papoulas, amores-perfeitos, clematites (Jackmanii e Ville de Lyon), bocas-de-leão, botões-de-ouro, alelis, gatárias, miosótis, peônias, aubrécias, tritônias, campânulas, estevas, alecrins, íris, lírios e glicínias, formando um caminho púrpura, como se fosse um jardim botânico.

Há duas macieiras, duas pereiras, três ameixeiras, uma cerejeira e um marmeleiro, cujos frutos amarelos e cheirosos ganharam prêmios no festival da cidade pelos últimos vinte anos. Nos fundos, depois do jardim e do gramado, há três fileiras de hortaliças que minha mãe plantava: batata, cebola, feijão-da-espanha, fava, ervilha, milho verde, abobrinha, cenoura, alho, aspargo, alface, espinafre, repolho e couve-de-bruxelas. Entre as verduras e os legumes, o endro e a salsinha crescem sem parar. De um dos lados, um trecho de frutas miúdas — com pés de framboesa, morango, amora silvestre, groselha vermelha e preta e uma cerejeira — está cercado por uma armação de tela que meu pai fez para afastar os pássaros gordos e vorazes. Parte dos morangos e das framboesas, porém, caiu fora da tela e se propagou junto às flores.

Há uma estufa em que uma videira roxa cresce exuberante sobre canteiros repletos de tomate e pimentão. Atrás da estufa, há um depósito de água, dois barracões para plantio, um monte de compostagem e de esterco que são motivo de inveja na cidade. É um estrume de vaca rico, farelento, bem decomposto, presente de um outro jardineiro ucraniano. "Chocolate preto", minha mãe o chamava.

— Vamos, queridinhas — costumava sussurrar para as abobrinhas —, comam um pouco de chocolate preto. — Elas o devoravam e cresciam sem parar.

Toda vez que meu pai vai ao jardim, vê o vulto de minha mãe: agachado entre as abobrinhas, se esticando para amarrar o feijão-da--espanha, um borrão por trás do vidro da estufa. Às vezes, a voz dela o chama de quarto em quarto pela casa vazia. E toda vez que ele se lembra de que, afinal de contas, ela não está mais lá, a ferida reabre.

* * *

O segundo telefonema veio alguns dias depois do primeiro.

— Diga-me uma coisa, Nadezhda, você acha possível um homem de 84 anos ser pai?

Vê como ele sempre vai direto ao ponto? Nada de conversinha fiada. Nenhum "Como vai você? Como vão Mike e Anna?". Nenhum comentário sobre o tempo. Nada o segura quando está obcecado com uma Grande Ideia.

— Bem, não sei dizer...

Por que ele está me perguntando isso? Como posso saber? *Não quero* saber. Não quero esse pico de emoções que me leva de volta aos meus dias de nariz escorrendo, no tempo em que meu pai ainda era meu herói e eu me sentia vulnerável à sua desaprovação.

— E, se for, Nadezhda — matraqueia, antes que eu possa erguer minhas defesas —, quais são os riscos de ele ser mentalmente deficiente?

— Bem, sobre isso, papai — (pausa para respirar e manter a voz alegre e sensata) —, está razoavelmente comprovado que quanto mais velha é uma mulher, maiores são os riscos de ela ter um bebê com Síndrome de Down. É um tipo de dificuldade de aprendizagem; antes, chamavam de mongolismo.

— Hum. — (Ele não gosta do que ouve.) — Hum. Talvez valha a pena correr o risco. Veja bem, acho que se ela for mãe de um cidadão britânico, além de esposa de um cidadão britânico, o governo não terá como deportá-la...

— Pai, você não está pensando em se meter...

— Porque a Justiça britânica é a melhor do mundo. É tanto um destino histórico quanto um fardo, pode-se dizer...

Ele sempre fala comigo em inglês, com um sotaque forte e muitos artigos, mas funcional. Inglês de engenheiro. Minha mãe falava comigo em ucraniano, com suas gradações infinitas de diminutivos carinhosos. Língua materna.

— Pai, pense um pouco. É isso mesmo que você quer?

— Hum. O que eu quero? Óbvio que gerar essa criança não seria uma coisa imediata. Tecnicamente, é possível...

A ideia de meu pai fazendo sexo com aquela mulher embrulha meu estômago.

— O obstáculo é... a suspensão hidráulica, que não está funcionando muito bem. Mas talvez com Valentina... — Ele se detém demais para o meu gosto em sua cena de procriação, examinando por diferentes ângulos. Testando mentalmente, como se funcionasse assim. — O que você acha?

— Pai, não sei o que pensar.

Só quero que ele pare de falar.

— Sim, talvez com Valentina seja possível...

Seu tom de voz se torna sonhador. Está pensando em como criará a criança — que será um garoto, com certeza. Ele o ensinará a demonstrar Pitágoras desde os primeiros princípios e a apreciar a arte construtivista. Conversará sobre tratores com ele. Uma grande tristeza do meu pai é só ter tido filhas. Criaturas intelectualmente inferiores; em vez de faceiras e femininas como as mulheres devem ser, barulhentas, cheias de vontade e malcriadas. Que desgosto para um homem! Ele nunca tentou esconder sua decepção.

— Papai, eu acho que, antes de se envolver nisso, você deveria se informar sobre os aspectos legais. A coisa pode não funcionar como está pensando. Quer que eu converse com um advogado?

— *Tak, tak*. — (Sim, sim.) — É melhor você falar com um advogado de Cambridge. Há todo tipo de estrangeiros por aí. Devem saber alguma coisa sobre imigração.

Ele faz uma abordagem taxonômica das pessoas. Não tem um conceito de racismo.

— Está bem, papai. Vou tentar encontrar um advogado especializado em imigração. Não faça nada até que eu lhe dê um retorno.

★ ★ ★

O advogado é um jovem que trabalha no centro mais populoso e pobre da cidade e sabe o que faz. Ele escreve:

> Se seu pai pretende se casar, então terá que dar entrada em uma petição ao Ministério do Interior para que a esposa dele permaneça no país. Para que isso seja concedido, ela precisa demonstrar o seguinte:
>
> 1. Que o principal objetivo do casamento não é assegurar a entrada ou a permanência dela no Reino Unido;
> 2. Que eles se conheciam;
> 3. Que eles pretendem viver permanentemente juntos, como marido e mulher;
> 4. Que eles têm condições de morar e de se sustentar sem solicitar ajuda aos serviços públicos.
>
> O maior problema é que o Ministério do Interior (ou uma das embaixadas, se ele peticionar depois que ela deixar o Reino Unido) possivelmente presumirá que, por causa da diferença de idade e do casamento

ter acontecido pouco antes de ela ter que deixar o país, o principal objetivo é a imigração.

Encaminho a carta a meu pai.

O advogado também explica que as chances de sucesso aumentariam consideravelmente se o casamento durar cinco anos, ou se uma criança nascer desse casamento. Essa parte eu não conto a meu pai.

2

A pequena herança de minha mãe

Minha mãe tinha uma despensa debaixo da escada, abastecida do chão até o teto com latas de conserva de peixe, carne, tomates, frutas, legumes e pudins, pacotes de açúcar (cristal, refinado, de confeiteiro e demerara), farinha de trigo (comum, com fermento e integral), arroz (doce e agulhinha), massa (macarrão de massa curta, parafuso e *vermicelli*), lentilhas, trigo-sarraceno, ervilha em grão, farinha de aveia, garrafas de óleo (vegetal e de girassol), garrafas de azeite (de oliva), picles (de tomate, pepino e beterraba), caixas de cereais (a maioria Shredded Wheat), pacotes de biscoitos (principalmente *wafers* de chocolate) e barras de chocolate. No chão, em garrafas e galões, havia litros e mais litros de um licor grosso, cor de malva, feito de ameixas, açúcar mascavo e cravo-da-índia, do qual ela garantia que um copo deixava o alcoólatra mais resistente (e havia muitos assim na colônia ucraniana) desacordado até três horas.

No andar de cima, debaixo das camas, em caixas de tampa corrediça, estavam guardados potes de conservas (principalmente de ameixa) e de geleia feita em casa (ameixa, morango, framboesa, groselha preta e marmelo, em todas as combinações). Nos barracões de plantio, ficavam empilhadas caixas de papelão com a última colheita de diferentes tipos de maçã — Bramley, Beauty of Bath e Grieve —, embrulhadas em jornais uma por uma, exalando um perfume adocicado. Na primavera seguinte, as cascas estariam como se fossem de cera e a fruta, por dentro, enrugada, mas ainda seriam boas para fazer tortas de maçã e blinis — as que caíam e amassavam eram catadas, cortadas e logo cozidas. Também havia redes de cenoura e batata, ainda conservando uma camada de terra barrenta, e réstias de cebola e de alho penduradas na escuridão fria do barracão.

Quando meus pais compraram um freezer, em 1979, as ervilhas, os feijões, os aspargos e as frutas pequenas foram empilhados em embalagens plásticas de sorvete, todas rotuladas, datadas e arrumadas em ordem. Até mesmo o endro e a salsinha eram enrolados em trouxinhas de plástico e estocados para uso, de modo que já não havia escassez em nenhuma estação do ano.

Quando eu a provocava por causa dessas provisões, suficientes para alimentar um exército, ela me respondia com o dedo em riste:

— É para o caso de um dia seu Tony Benn chegar ao poder.

Minha mãe havia conhecido a ideologia e também a fome. Tinha 21 anos quando Stalin descobriu que podia usar a fome como arma política contra os *kulaks*, proprietários de terra ucranianos. Ela aprendeu — e esse conhecimento nunca a abandonou em seus cinquenta anos de vida na Inglaterra, infiltrando-se, inclusive, no coração das filhas —, como uma certeza inabalável, que, por trás das prateleiras e dos balcões de estoques abundantes da Tesco e da Cooperativa, a fome ainda rondava, com seu corpo esquelético e seus olhos esburacados, esperando para nos agarrar em um momento de distração e nos atirar em um trem, ou em uma carroça, ou no meio daquela multidão de refugiados em fuga, e nos despachar para uma outra viagem cujo destino é sempre a morte.

A única maneira de derrotar a fome é economizar e acumular, para que haja sempre algo reservado, alguma coisinha com que a subornar. Minha mãe desenvolveu a paixão pela parcimônia, a habilidade de economizar. Ela podia andar quase 1 quilômetro pela High Street para economizar um centavo em um pacote de açúcar. Nunca comprava o que ela mesma pudesse fazer. Minha irmã e eu passávamos vergonha com vestidos de retalhos emendados feitos em casa. Éramos forçadas a encarar as receitas tradicionais e o pão caseiro, quando morríamos de vontade de comer *junk food* e pão branco em fatias. O que ela não podia fazer tinha que ser comprado de segunda mão. Sapatos, casacos, itens de casa — outra pessoa sempre tinha sido dona deles antes, os havia escolhido, usado e descartado. Se fosse preciso comprar itens novos, tinham que ser os mais baratos, de preferência em promoção ou barganhados. Frutas maduras demais, latas amassadas, estampas que tinham sido moda no ano anterior... Não importava — "Não somos metidos ou desmiolados que esbanjam dinheiro com aparências", dizia minha mãe, "pois pessoas espertas sabem que a beleza interior é o que realmente importa".

Meu pai pensava de um jeito totalmente diferente. Ele saía para trabalhar todos os dias como desenhista em uma fábrica de tratores em Doncaster. Ganhava seu salário e comprava as mesmas coisas que os colegas de trabalho compravam — roupas novas ("Qual era o problema daquela camisa? Eu podia ter consertado"), uma câmera ("Quem precisa de uma câmera?"), um toca-discos e discos de vinil ("Que extravagância!"), livros ("Com tantos livros bons na biblioteca pública"), ferramentas ("Para fazer coisas malucas dentro de casa"), mobília ("Dava para comprar as mesmas coisas por um preço menor na Cooperativa"), uma nova motocicleta ("Dirige como um louco"). Toda semana ele dava a minha mãe uma quantia fixa, nada pequena, para as despesas da casa e gastava o resto.

E foi assim que, depois de cinquenta anos economizando, fazendo conservas, pão e outras coisas, minha mãe havia acumulado um modesto pé-de-meia de vários milhares de libras com o dinheiro que meu pai lhe dava toda semana. Era esse o soco no olho da fome, o sentimento reconfortante de segurança à noite, o presente de estabilidade para as filhas, caso algum dia a fome se apresentasse a nós. Mas o que deveria ser um presente se tornou uma maldição, pois, para nossa vergonha, minha irmã e eu brigamos por causa da maneira como aquela pequena herança deveria ser dividida.

Depois de nosso estranhamento no funeral, nós duas nos bombardeamos mutuamente com cartas cheias de ódio e destilamos veneno pelo telefone. Uma vez que isso começou, não havia como parar.

* * *

Certa vez, minha irmã me ligou tarde da noite, quando Anna já estava dormindo e Mike não estava em casa. Queria que eu assinasse com ela um documento com o propósito de liberar dinheiro para uma de suas filhas, que estava comprando um apartamento. Deixei o telefone tocar nove vezes antes de atendê-lo porque sabia que era ela. *Deixe tocar! Deixe tocar!*, dizia uma voz sensata dentro da minha cabeça. Mas, por fim, atendi, e todas as coisas dolorosas que não havíamos dito antes foram saindo aos borbotões. E, uma vez ditas, não podiam ser esquecidas.

— Você a pressionou e a enganou para que ela assinasse aquela cláusula, Vera. Você roubou o medalhão. — (Era eu mesma quem falava essas coisas horríveis para minha irmã?) — Mamãe nos amava igualmente. Ela queria que a gente dividisse o que deixou.

— Você está sendo ridícula — cortou Vera, a voz gélida —, ela só podia dar o medalhão para uma de nós duas. E deu para mim. Porque eu estava lá quando ela precisou de mim. Era sempre eu quem estava lá quando ela precisava. E você, mesmo sendo a favorita, a queridinha, a deixou de lado no fim. — (Ai! Como ela tem coragem de dizer isso para mim, sua pequena irmãzinha?) — Como eu sabia que você faria.

Nós duas éramos adeptas da tática de diplomacia a-melhor--defesa-é-o-ataque.

— Mamãe me amava. Ela se sentia intimidada por você, Vera. Sim, todos nós nos sentíamos intimidados por você; pelo seu sarcasmo e seu temperamento. Você mandou em mim por muitos anos. Mas agora não pode mais mandar.

Dizer isso devia fazer eu me sentir madura, mas não fazia. Eu me sentia com 4 anos de idade novamente.

— Você simplesmente desapareceu de cena, como fez a vida inteira, Nadezhda. Brincando de política, com seus joguinhos patéticos, bancando a esperta e consertando o mundo, enquanto outras pessoas enfrentam o trabalho duro de verdade. Você descansou e deixou tudo nas minhas costas.

— Foi você que simplesmente irrompeu e assumiu o controle.

— Alguém tinha que assumir a responsabilidade e, obviamente, não seria você. Você não tinha tempo para a mamãe. Estava ocupada demais com a sua carreira fabulosa.

(Ai! Ela tocou na ferida. A culpa de não ter largado tudo e corrido para a cabeceira da mamãe me consome. Ela conseguiu me deixar na defensiva agora, mas imediatamente volto ao ataque.)

— Olhe só quem fala, logo você, que nunca trabalhou! Sempre viveu do dinheiro do maridinho. — (Lá vai um golpe baixo.) — *Eu* sempre tive que trabalhar para viver. Tenho responsabilidades e compromissos. *Mamãe* compreendia. *Ela* sabia o que era trabalhar duro.

— Ela sabia o que era trabalho de verdade, não esse humanitarismo piegas, essa perda de tempo sem sentido. Seria mais útil cultivar legumes.

— Você não entende o que é trabalho, não é, Vera? Sempre teve o grande Dick com sua conta de despesas reembolsáveis, sua opção de compra de ações, seus bônus anuais, suas transações espertas e suas maneiras de sonegar impostos. E então, quando deu tudo errado, você tentou depená-lo até o último centavo. Mamãe sempre disse que entendia por que ele se divorciou de você. Você era muito mesquinha com ele. — (Ah, dessa vez eu marquei um ponto.) — Sua própria mãe falou isso, Vera!

— Ela não sabia a quais coisas eu tinha que me sujeitar.

— Ela sabia a quais coisas *ele* tinha que se sujeitar.

O telefone bufava e cuspia com a nossa raiva.

— O seu problema, Nadezhda, é que a sua cabeça está tão cheia de besteiras que você não conhece o mundo real.

— Tenho 47 anos, Vera, pelo amor de Deus! Eu conheço o mundo. Apenas o vejo de uma maneira diferente.

— Ter 47 anos não quer dizer nada. Você ainda é uma criancinha. Sempre será. Você sempre teve tudo de mão beijada.

— Eu fiz minha parte também. Trabalhei. Tentei tornar as coisas melhores para as pessoas. Muito mais do que você fez. — A garotinha chorona de 4 anos volta à cena.

— Ai, meu Deus! Tentou tornar as coisas melhores para as pessoas! Como você é nobre!

— Olhe só pra você, Vera... Fez tudo pra se dar bem e pouco se importou com os outros.

— Eu tive que aprender a lutar por mim e pelas minhas filhas. É fácil bancar a superior quando não se sabe o que é privação. Quando você está presa numa armadilha, tem que achar um jeito de se livrar dela.

(Ah, não, lá vem minha irmã de novo com essa lenga-lenga toda sobre os velhos tempos de guerra! Por que ela não deixa isso pra lá?)

— Que armadilha? Que privação? Isso foi há cinquenta anos! E olhe só pra você agora! Amarga e enrugada como uma cobra com icterícia. — (Agora retomo o tom de assistente social.) — Você precisa aprender a deixar o passado pra trás.

— Não me venha com esses absurdos hippies da Nova Era. Vamos conversar apenas sobre coisas úteis.

— Prefiro dar o dinheiro pra Oxfam, Vera, do que deixar você levar a melhor na base da extorsão.

— Oxfam. Que patético!

E, então, a herança da mamãe permaneceu no banco e minha irmã e eu ficamos sem nos falar por dois anos. Até que uma inimiga em comum nos reaproximou.

3
Um envelope pardo e volumoso

— E então, papai, você recebeu a carta do advogado?
— Hum. Recebi, sim.
Era óbvio que ele não estava com vontade de conversar.
— E o que você achou?
— Hã, bem... — Ele tosse. Sua voz parece tensa. Não gosta de falar ao telefone. — Bem, eu mostrei para Valentina.
— E o que foi que ela disse?
— O que ela disse? Bem... — Mais tosse. — Ela disse que é impossível que a lei separe um homem de sua mulher.
— Mas você não leu a carta do advogado?
— Sim. Não. Mas, mesmo assim, é isso o que ela diz. É o que ela acha.
— Mas o que ela acha está errado, papai. Errado.
— Hum.
— E você? O que você acha? — Eu me esforço para controlar meu tom de voz.
— Bem, o que posso dizer? — Em sua voz há um leve e involuntário retraimento, como se ele tivesse se rendido a forças além do seu controle.
— Bem, que talvez você não pense mais que casar seja uma ideia tão boa assim. Não é?
Meu estômago se revira de medo. Percebo que ele vai mesmo seguir em frente com o casamento, e que vou ter que conviver com isso.
— Ah. Sim. Não.

— O que você quer dizer com esse sim, não? — Refreio a irritação, faço o possível para manter a voz doce.

— Eu não posso responder a isso. Não posso dizer nada.

— Pai, pelo amor de Deus...

— Escute, Nadezhda, nós vamos nos casar e pronto. Não tem por que ficar falando disso.

Estou com um pressentimento de que algo terrível está acontecendo, mas vejo que meu pai está vivo e animado pela primeira vez desde que minha mãe morreu.

Não era a primeira vez que ele alimentava fantasias de resgatar ucranianos desvalidos. Uma vez, arquitetou um plano para localizar familiares que não via fazia meio século e trazê-los para Peterborough. Escreveu cartas para prefeituras e correios de cidades por toda a Ucrânia. Chegaram dezenas de respostas de "parentes" duvidosos querendo aceitar a oferta dele. Mamãe deu um basta naquilo.

Agora vejo que a energia dele está toda redirecionada para essa mulher e seu filho — vão se tornar sua família substituta. Ele vai poder falar com os dois em sua própria língua. Uma língua tão bela que transforma qualquer pessoa em um poeta. Uma paisagem que faria qualquer um artista — casas de madeira pintadas de azul, campos de trigo dourado, florestas de bétulas prateadas, rios largos e lentos correndo. Em vez de voltar para casa, na Ucrânia, a Ucrânia virá até ele.

Eu já fui à Ucrânia. Vi os blocos de casas de concreto e os peixes mortos nos rios.

— Papai, a Ucrânia não é mais como você se lembra dela. Está diferente agora. O povo está diferente. Eles não cantam mais, só canções sobre vodca. Só estão interessados em comprar. Produtos ocidentais. Moda. Eletrônicos. Marcas americanas.

— Hum. Isso é o que você diz. Talvez seja verdade, mas se eu puder salvar um ser humano adorável...

Ele está fora do ar novamente.

Há um problema, porém. O visto de turista de Valentina expira em três semanas, explica meu pai.

— E ela ainda precisa receber do marido os papéis do divórcio.

— Quer dizer que ela é casada com outra pessoa?

— O marido dela está na Ucrânia. É um tipo muito inteligente, diga-se de passagem. Diretor de uma politécnica. Eu tenho me correspondido com ele; até conversamos por telefone. Ele disse que Valentina será uma ótima esposa. — Seu tom é melodioso e presunçoso.

O futuro ex-marido vai passar os papéis do divórcio por fax para a embaixada da Ucrânia em Londres. Enquanto isso, meu pai vai cuidar dos preparativos para o casamento.

— Se o visto dela expira em três semanas, então está tarde demais para vocês se casarem. — (Espero.)

— Bem, se ela tiver que ir embora, nos casaremos quando ela voltar. Estamos *totalmente* decididos quanto a isso.

Noto que o "eu" se transformou em "nós". Percebo que esse plano foi se desenvolvendo por um tempo relativamente longo, e que me foi permitido saber dele somente em seus últimos estágios. Se ela tiver que ir embora para a Ucrânia, ele lhe escreverá uma carta e ela voltará como sua noiva.

— Mas, papai — digo —, você leu a carta do advogado. Eles podem não deixar que ela volte. Não tem outra pessoa, alguém um pouquinho mais novo, com quem Valentina possa se casar?

Sim, essa mulher de muitos recursos tem uma alternativa, diz meu pai. Através de uma agência de serviços domésticos, ela conheceu um jovem que ficou totalmente paralítico devido a um acidente de carro. Ele, diga-se de passagem (explica meu pai), é um jovem muito correto e de boa família. Era professor. Ela cuida dele — dá banho, comida na boca, leva ao banheiro. Se for rejeitada como noiva do meu pai, dará um jeito de ser convidada para voltar e, como permuta, cuidar do rapaz. Esse tipo de trabalho ainda é permitido pelos regulamentos da Imigração. Durante o ano que lhe é permitido ficar por esse regime de troca, ele se apaixonará por ela e eles se casarão. Logo, seu futuro nesse país estará garantido. Mas isso seria uma pena de escravidão perpétua para a pobre Valentina, porque ele seria totalmente dependente dela, vinte e quatro horas por dia, enquanto as necessidades do meu pai são poucas (diz o próprio). Ele sabe disso porque Valentina o convidou para ir à casa onde trabalha e mostrou-lhe o rapaz. "Está vendo como ele é?", perguntou ela a meu pai. "Como posso me casar com isso?" (Só que, é óbvio, ela falou em ucraniano.) Não, meu pai deseja poupá-la dessa vida de escravidão. Fará o sacrifício e ele mesmo se casará com ela.

A ansiedade me despedaça. A curiosidade me consome. E, então, deixo de lado dois anos de mágoa e telefono para minha irmã.

★ ★ ★

Vera é inflexível, enquanto eu sou confusamente liberal. É decidida, enquanto sou hesitante.

— Ah, meu Deus, Nadezhda. Por que você não me contou antes? Temos que deter essa mulher.

— Mas se ela o faz feliz...

— Não seja ridícula. É óbvio que ela não vai fazer nosso pai feliz. Dá pra ver o que ela quer. Francamente, Nadezhda, por que é que você sempre fica do lado das pessoas erradas?

— Mas, Vera...

— Você precisa achar essa mulher e obrigá-la a desistir disso.

Telefono para meu pai.

— Pai, que tal eu ir aí pra conhecer a Valentina?

— Não, não. Isso é *absolutamente* impossível.

— Por que é impossível?

Ele hesita. Não consegue pensar rápido em uma desculpa.

— Ela não fala inglês.

— Mas eu posso falar com ela em ucraniano.

— Ela é muito tímida.

— Ela não me parece nem um pouco tímida. Podemos discutir Schopenhauer e Nietzsche. — (Ha-ha-ha.)

— Ela está trabalhando.

— Mas eu posso me encontrar com ela mais tarde. Depois do trabalho dela.

— Não, não é essa a questão. Nadezhda, é melhor a gente não falar sobre isso. Até logo.

Ele desliga. Está escondendo alguma coisa.

Alguns dias depois, ligo para ele de novo. Tento uma tática diferente.

— Oi, pai. Sou eu, Nadezhda. — (Ele sabe que sou eu, mas quero parecer bem amigável.)

— Ah. Sei, sei.

— Pai, Mike tem uns dias livres neste fim de semana. Estamos querendo ir aí ver você. — Meu pai adora meu marido. Com ele, pode conversar sobre tratores e aviões.

— Hum. *Tak*. Ótimo. Quando vocês vêm?

— No domingo. Vamos aí almoçar, por volta da uma da tarde.

— Está bem. Vou avisar Valentina.

Chegamos bem antes do horário combinado, esperando pegá-la de surpresa, mas ela já havia saído. A casa parece um tanto descuidada, sem vida. Quando minha mãe morava aqui, havia sempre flores frescas, uma toalha de mesa limpa e o aroma de comida gostosa. Agora não há flores, só xícaras sujas, pilhas de papéis, livros e coisas que não foram guardadas. A mesa marrom-escura, de fórmica, está sem toalha e coberta com jornal, migalhas de pão velho e cascas de maçã esperam para serem jogadas fora. Sinto um odor rançoso de gordura no ar.

Meu pai, entretanto, está muito bem-disposto. Tem um ar intenso, animado. Seu cabelo, agora fino e grisalho, está longo e ralo atrás. Sua pele está meio bronzeada e parece mais firme, um pouco sardenta, com certeza por estar indo muito lá fora, no jardim. Seus olhos estão brilhantes. Ele nos oferece o almoço — peixe enlatado, tomates enlatados, pão preto e, em seguida, maçãs Toshiba.

Estas últimas são uma receita especial dele — maçãs colhidas no jardim, descascadas, cortadas, colocadas em um pirex e preparadas no micro-ondas (um Toshiba), até se tornarem uma coisa sólida e pegajosa. Orgulhoso de sua invenção, ele nos oferece cada vez mais, e um pouco para levarmos para casa.

Fico preocupada — será que é saudável ficar comendo tanto enlatado? Ele está se alimentando bem? Examino o conteúdo da geladeira e da despensa dele. Tem leite, queijo, cereais, pão e uma grande quantidade de latas. Nenhuma fruta nem legume ou verdura fresca, fora as maçãs Toshiba e umas bananas meio passadas. Mas ele parece bem. Começo a fazer uma lista de compras.

— Você deveria comer mais frutas, legumes e verduras frescos, papai — digo.

Ele aceita só couve-flor e cenoura. Não come mais ervilha e feijão congelados — lhe provocam tosse.

— Valentina cozinha pra você?
— Às vezes. — É evasivo.

Pego um pano e começo a atacar a sujeira. Todas as superfícies estão cobertas de poeira e de manchas escuras e pegajosas onde coisas ficaram largadas. Há livros por toda parte: história, biografias, cosmologia, alguns comprados por ele e outros da biblioteca pública. Sobre a mesa do quarto da frente, encontro várias folhas de papel preenchidas com sua caligrafia fina, emaranhada e pontuda, com muitos adendos e cortes. Preciso me esforçar muito para ler ucraniano manuscrito, mas percebo, pela maneira como as linhas estão dispostas, que é poesia. Meu pai publicou seu primeiro poema aos 14 anos. Era um elogio a uma nova hidrelétrica construída no rio Dnieper, em 1927. Quando ele estava estudando engenharia em Kiev, pertencia a um círculo secreto de poetas ucranianos que havia sido proibido como parte do movimento para impor o russo como a língano franca da União Soviética. Fico contente e orgulhosa por ele ainda escrever poesia. Arrumo os papéis em uma pilha e limpo a mesa.

No cômodo ao lado, Mike está afundado na poltrona com os olhos semicerrados e um copo de vinho de ameixa na mão, mantendo heroicamente uma expressão atenta enquanto meu pai prossegue murmurando.

— É uma tragédia terrível o que aconteceu com esse belo país. Os males gêmeos do fascismo e do comunismo devoraram seu coração.

Na parede acima da lareira, ele havia pendurado um mapa da Europa. A Rússia e a Alemanha foram contornadas com linhas fortes, com tanta violência que o papel se rasgara. Desenhos toscos da suástica, de uma águia imperial e da foice e do martelo estão cobertos de rabiscos raivosos. Meu pai ergue a voz, que estremece à medida que se aproxima do clímax.

— Se eu puder salvar pelo menos um ser humano desse terror, um único ser humano, você não acha que isso é uma obrigação moral?

Mike murmura algo diplomático.

— Veja bem, Mikail — diz meu pai com uma voz que se investe de um tom de confidência de homem para homem —, um filho tem só uma mãe, mas um homem pode ter muitas amantes. É perfeitamente normal. Você não concorda?

Eu me espicho para ouvir a resposta de Mike, mas só capto um vago sussurro.

— Eu entendo que Vera e Nadia não estejam satisfeitas. Elas perderam a mãe. Mas vão aceitar Valentina quando virem quão linda e incrível ela é. — (Será que vamos mesmo?) — Óbvio que minha primeira mulher, Ludmilla, era bonita quando nos conhecemos na juventude. Eu a ajudei também, sabe? Ela estava sendo atacada por uns garotos que queriam roubar seus patins, e eu a defendi. Dali pra frente, nós nos tornamos muito amigos. Sim, proteger a mulher é um instinto natural do homem. — (Ah, faça-me o *favor*!) — Agora, com Valentina, me deparo com outra linda mulher que pede meu auxílio. Como poderia fechar os olhos e ignorá-la?

Ele começa a listar os horrores dos quais a está salvando. A conversa na comunidade ucraniana é de que não há comida nas lojas. Os únicos alimentos são os que as pessoas cultivam em seus lotes de terra — como nos velhos tempos, dizem. O hrivna está desvalorizado ao extremo e continua caindo todos os dias. Há um surto de cólera em Kharkiv. A difteria varre Donbass. Em Zhitomir, assaltaram uma mulher em plena luz do dia e deceparam seus dedos para tirar os anéis de ouro dela. Em Chernigov, as árvores das florestas em volta de Chernobyl foram derrubadas e transformadas em mobília doméstica radioativa que foi vendida por todo o país, fazendo com que as pessoas tivessem contato com radiação nas próprias casas. Catorze mineiros morreram em uma explosão subterrânea em Donetsk. Um homem foi preso na estação de trem de Odessa e descobriram que ele carregava urânio na mala. Em Lviv, uma jovem que afirmava ser a reencarnação de Cristo convenceu as pessoas de que o mundo ia acabar em seis meses. Pior que o colapso externo da lei e da ordem é o colapso de todo e qualquer princípio moral e racional. Algumas pessoas correm para a velha igreja, mas a maioria corre para as novas igrejas fantasiosas que vieram do Ocidente, ou para adivinhos, milenaristas, visionários atrás de dinheiro fácil e autoflageladores. Ninguém sabe no que acreditar ou em quem confiar.

— Se eu puder salvar ao menos um ser humano...

— Ah, pelo amor de Deus! — Arremesso nele o pano molhado, que vai parar no seu colo. — Papai, será que você não confundiu as ideologias aqui? Valentina e o marido eram membros do partido. Eles eram prósperos e poderosos, estavam bem durante o comunismo. Não é do comunismo que ela está fugindo, é do capitalismo. Você não é a favor do capitalismo?

— Hum. — Ele segura o pano e usa-o para limpar a testa, distraído. — Hum.

Eu me dou conta de que essa coisa com Valentina não tem nada a ver com ideologia.

— E então, quando vamos conhecê-la?

— Ela virá aqui quando sair do trabalho, por volta das cinco da tarde — diz meu pai. — Tenho uma coisa para lhe dar. — Ele aponta para um envelope pardo e volumoso que parece cheio de papéis.

— Bem, então acho que vou dar uma saidinha pra fazer suas compras. Assim, vamos poder tomar chá juntos quando ela vier. — Tom de voz animado, sensato. Tom de voz inglês. Que me distancia de toda a dor e também da loucura.

No caminho de volta do supermercado, paro do lado de fora da clínica em que Valentina trabalha. Minha mãe ficou internada aqui por um curto período antes de morrer, então conheço bem o lugar. Estaciono na rua e, em vez de entrar pela porta da frente, sigo pela lateral e olho pela janela da cozinha. Uma mulher gorda, de meia--idade, está fazendo alguma coisa no fogão. É ela? Junto à cozinha, fica a sala de jantar, onde os internos mais idosos estão se reunindo para o chá; alguns adolescentes entediados, de jaleco, os empurram em suas cadeiras de rodas. Há outras pessoas com bandejas de comida, mas estão longe demais para que eu consiga vê-las direito. Algumas pessoas estão saindo pela porta da frente e caminhando em direção ao ponto de ônibus. Trabalham lá ou são visitantes? O que estou procurando, afinal? Alguém que se assemelhe à descrição do meu pai — uma loira bonita com peitos enormes. Não há ninguém assim por aqui.

Quando chego em casa, meu pai está muito aflito. Ela havia telefonado para avisar que não virá. Vai direto para casa. Volta para a Ucrânia amanhã. Ele precisa vê-la antes que se vá, tem que lhe entregar um presente.

O envelope não está lacrado e, de onde estou sentada, consigo ver que está cheio de páginas cobertas com a mesma caligrafia intrincada e algumas cédulas de dinheiro — não dá para saber quantas. Sinto a raiva crescer dentro de mim. Estou com sangue nos olhos.

— Papai, por que está dando dinheiro pra ela? Sua pensão mal dá pra você viver.

— Nadezhda, você não tem *absolutamente* nada a ver com isso. Por que se incomoda tanto com o que faço com o meu dinheiro? Está com medo de que não sobre nada para você, não é?

— Não vê que está sendo enganado, papai? Acho que eu deveria ir à polícia.

Ele prende a respiração. Tem medo de polícia, do conselho municipal, até do carteiro uniformizado que bate na porta da frente todos os dias. Eu o assustei.

— Nadezhda, como você consegue ser tão má? Como fui criar um monstro de coração tão duro? Vá embora da minha casa. Eu não quero vê-la nunca mais. Você não é mais minha filha! — De repente, ele começa a tossir. Suas pupilas estão dilatadas. Seus lábios, salpicados de saliva.

— Deixe de ser tão melodramático, papai. Você já disse isso pra mim antes, lembra? Quando eu era estudante e você achava que eu era ultraesquerdista.

— Até Lenin escreveu que o comunismo de ultraesquerda é uma desordem. — (Tosse duas vezes.) — Uma desordem infantil.

— Você falou que eu era trotskista. Disse: "Saia da minha casa. Não quero ver você nunca mais." Mas, olhe só, ainda estou aqui. Continuo lidando com suas incoerências.

— Você *era* trotskista. Todos vocês, estudantes revolucionários, com suas bandeiras e estandartes bobos. Vocês sabem o que Trotsky fez? Sabem quantas pessoas ele matou? E de que maneira? Sabem? Trotsky era um monstro, pior que Lenin. Pior que Vera.

— Papai, mesmo que eu fosse trotskista, o que, diga-se de passagem, eu *não era*, isso não é coisa que se diga à sua filha.

Isso foi há mais de trinta anos e eu ainda me lembro do choque da dor — eu, que até então sempre acreditara que o amor dos meus pais era incondicional. Na realidade, não tinha nada a ver com política; tinha a ver com vontade — a sua vontade contra a minha: seu direito de mandar em mim por ser meu pai.

Mike intervém.

— Vamos, Nikolai. Tenho certeza de que você não queria dizer isso. E você, Nadezhda, não precisa relembrar problemas passados. Sentem-se, os dois, e vamos conversar como adultos.

Ele é bom nisso.

Meu pai se senta, tremendo, a mandíbula tensa. Lembro-me de ver essa expressão quando era criança, e tenho vontade de socá-lo ou fugir.

— Nikolai, acho que Nadezhda tem razão num ponto. Uma coisa é ajudar uma pessoa a vir para a Inglaterra, outra coisa é ela estar lhe pedindo dinheiro.

— É para a passagem. Ela precisa do dinheiro da passagem para poder voltar.

— Mas se ela gosta mesmo de você, vem vê-lo antes de ir embora, não vem? Ela vai querer se despedir — diz Mike.

Não digo nada. Quero ficar fora disso. Que esse velho idiota vá para o inferno.

— Hum. Pode ser que sim.

Meu pai parece perturbado. Ótimo, que fique mesmo.

— O que quero dizer é que é compreensível você se sentir atraído por ela, Nikolai — diz Mike. (Mas o que é isso? Compreensível? Vamos conversar sobre isso mais tarde.) — Mas acho um tanto suspeito que ela não queira conhecer ninguém da sua família, se realmente está pensando em se casar com você.

— Hum. — Meu pai não discute com Mike do jeito que faz comigo. Mike é homem e deve ser tratado com respeito.

— E o dinheiro que ela está ganhando em todos os empregos? Deve ser suficiente para a passagem.

— Ela tem dívidas a pagar. Se eu não lhe der o dinheiro da passagem, talvez ela não volte nunca mais. — Meu pai está com uma expressão desolada. — E uns poemas que eu fiz para ela. Quero que ela leia. — Eu percebo e, neste momento, Mike também percebe, que ele está completamente apaixonado, o pobre idiota.

— Bem, onde é que ela mora em Peterborough? — pergunta Mike. — Talvez a gente possa ir à casa dela. — Agora ele está tão preocupado quanto eu. E, quem sabe, intrigado.

Nós nos amontoamos, os três, dentro do carro. Meu pai vestiu seu melhor paletó e enfiou o envelope pardo no bolso superior interno, junto ao coração. Ele nos conduz a uma rua estreita com casas geminadas de tijolos vermelhos, próxima ao centro da cidade. Paramos na frente de uma com portão do tipo cancela e um caminho de asfalto, em mau estado, que vai até a porta. Em um segundo meu pai está fora do carro, seguindo apressado pelo caminho, segurando o envelope na frente do corpo.

Olho-o, deixando a raiva de lado por um instante, e me choca ver como está velho, encurvado e andando de um jeito arrastado. Mas seus olhos estão brilhando. Ele toca a campainha. Ninguém responde. Então toca de novo. E de novo. E de novo. Um toque mais longo, outro mais longo ainda. Depois de muito tempo, ouve-se o ranger de uma janela de guilhotina sendo aberta. Meu pai olha ansioso para cima. Ergue o envelope. Suas mãos tremem. Todos nós prendemos a respiração, esperando ver uma linda loira com um busto enorme, mas, em vez disso, um homem põe a cabeça para fora da janela. Ele deve ter uns 40 anos, tem um tufo de cabelo castanho na cabeça e está de camisa branca, aberta no pescoço.

— Dá o fora daqui, está ouvindo? Dá logo o fora daqui!

Meu pai fica sem palavras. Ele estende o envelope com as mãos trêmulas.

O homem de cabelo castanho ignora o envelope.

— Você não acha que já causou problema o suficiente? Primeiro a carta do advogado, depois fica chateando ela no trabalho, agora vem até aqui em casa. Já perturbou demais. Agora cai fora e deixa ela em paz! — O homem fecha a janela com um estrondo.

Meu pai não se move, parece encolhido e amarrotado. Mike põe o braço em volta do ombro dele e o conduz até o carro. Quando chegamos em casa, ele mal consegue falar.

Mike diz:

— Eu acho que você se livrou de um problemão, Nikolai. Por que não põe o dinheiro de volta no banco amanhã e esquece que ela existe?

Meu pai assente com um olhar distante.

— Você me considera tolo demais? — pergunta ele a Mike.

— Não, não — diz Mike. — Qualquer homem pode perder a cabeça por causa de uma mulher bonita. — Ele procura o meu olhar e dá um sorriso de desculpa.

Meu pai se aprume um pouco. Sua masculinidade está intacta.

— Bem, não quero mais nada com ela. Você tem razão.

Está ficando tarde agora. Nós nos despedimos e nos preparamos para o longo caminho de volta a Cambridge. Quando estamos saindo, o telefone toca e meu pai começa a falar em ucraniano. Não dá para escutar o que está dizendo, mas algo em seu tom me deixa desconfiada — um toque gentil, prolongado. Penso que devia parar, escutar, intervir, mas estou cansada e quero voltar para casa.

— Você sabe quanto dinheiro tinha naquele envelope? — pergunta Mike.

Estamos viajando na penumbra, a meio caminho de casa, ruminando os acontecimentos do dia.

— Eu vi que era um maço razoável de notas. Diria que, talvez, umas cem libras.

— Só que eu notei que a nota de cima era de cinquenta. Quando se vai ao banco sacar dinheiro, geralmente eles não dão notas de cinquenta, só de dez e vinte. A não ser que se saque muito dinheiro. — Ele franze a testa, concentrando-se nas curvas da estrada. — Acho que talvez a gente deva tentar descobrir. — Ele para bruscamente perto de uma cabine vermelha de telefone, em uma vila. Vejo-o procurando moedas, discando, falando, colocando moedas no telefone, falando um pouco mais. E, então, ele volta para o carro.

— Mil e oitocentas libras.

— O quê?

— No envelope. Mil e oitocentas libras. Pobre velho.

— Pobre velho tolo. Devem ser todas as economias dele.

— Parece que Valentina ligou para ele e tentou convencê-lo a depositar o dinheiro na conta dela.

— Ela não se interessou em ler as poesias? — (Ha-ha-ha.)

— Ele disse que vai colocar o dinheiro de volta no banco amanhã.

Continuamos nossa viagem. É domingo à noite e há poucos carros além do nosso na estrada.

Agora a noite caiu e estranhas faixas de luz cruzam o céu onde o sol se pôs por trás das nuvens. As janelas estão abertas e os cheiros do campo fustigam nosso rosto — pilriteiro, cerefólio selvagem, forragem.

São mais ou menos dez da noite quando chegamos em casa. Mike liga para meu pai de novo. Eu fico ouvindo na extensão.

— Estou ligando só para avisar que chegamos bem, Nikolai. Tem certeza de que vai poder ir ao banco amanhã? Não me agrada a ideia desse dinheiro todo guardado em casa. Tem algum lugar seguro onde você possa escondê-lo?

— Sim... Não... — Meu pai está agitado. — E se eu desse para ela de uma vez?

— Nikolai, eu não acho que seja uma boa ideia. Acho que você deve levar o dinheiro ao banco, como tinha dito que ia fazer.

— Mas e se for tarde demais? E se eu já tiver dado a ela?

— Quando foi que você deu o dinheiro para ela?

— Amanhã. — Ele está confuso, atropelando as palavras. — Amanhã. Hoje. Que diferença faz?

— Aguente firme, Nikolai. Aguente firme.

Mike veste o casaco e pega as chaves do carro. Aparenta um enorme cansaço. Nas primeiras horas da manhã, ele retorna com o envelope e guarda as mil e oitocentas libras na gaveta, debaixo das meias, para levá-las ao banco naquele mesmo dia. Não sei o que aconteceu com as poesias.

4
Um coelho e uma galinha

Não tenho certeza de quando Valentina convenceu meu pai a lhe dar o dinheiro, mas acabou ficando com ela.

Sei que tenho que contar isso para Vera, mas algo me faz hesitar. Toda vez que telefono para meu pai ou minha irmã, é como se atravessasse uma ponte do mundo onde sou uma adulta com responsabilidades e noção da minha capacidade para o mundo críptico da infância, onde estou à mercê dos propósitos de outras pessoas que não posso controlar nem entender. A Grande Irmã é a monarca absoluta desse mundo crepuscular. Ela reina sem escrúpulos nem piedade.

— Meu Deus, que idiota que ele é! — exclama minha irmã quando eu conto a ela sobre Valentina e o envelope de dinheiro. — Precisamos detê-lo. — A Grande Irmã está sempre certa.

— Mas, Vera, acho que ele está falando sério sobre tudo isso. Quer dizer, sobre ela. E se ela o faz feliz...

— Sinceramente, Nadezhda, você é tão ingênua. A gente lê sobre essas pessoas todos os dias nos jornais. Imigrantes, refugiados, imigrantes econômicos... Chame-os do que você quiser. São sempre as pessoas mais determinadas e implacáveis que conseguem chegar até aqui, e então, quando descobrem que não é tão fácil conseguir um bom emprego, elas entram no crime. Você ainda não entendeu o que vai acontecer se ela vier para ficar? Temos que evitar a todo custo que ela volte da Ucrânia.

— Mas ele está tão determinado. Não tenho certeza de que vamos *conseguir* evitar isso...

Estou imobilizada entre duas convicções — a dele e a dela. Foi assim a minha vida toda.

Minha irmã telefona para o Ministério do Interior. Eles a orientam a escrever. Se meu pai descobrir, não vai perdoá-la nunca, como nunca a perdoou por nada antes, então ela escreve anonimamente:

> Ela entrou aqui com um visto de turista. Este é seu segundo visto de turista. Ela trabalhou ilegalmente. O filho está matriculado em uma escola inglesa. Três semanas antes de seu visto expirar, ela veio com a ideia de casamento. Sua intenção é se casar com o sr. Mayevskyj para obter visto e permissão de trabalho.

Depois, ela telefona para a embaixada britânica em Kiev. Um jovem com voz entediada e sotaque aristocrata lhe diz que o visto de Valentina já foi concedido. Não há nada em seu pedido que indique que ele devia ter sido recusado. Mas quanto a...? Vera enumera as questões levantadas na carta. O rapaz lhe responde com o equivalente telefônico de um dar de ombros.

— Logo, como pode ver, só me resta confiar em você, Nadezhda — diz a Grande Irmã.

Trago o assunto à tona algumas semanas depois, enquanto almoçamos, Mike, meu pai e eu, na casa de meu pai. Presunto enlatado, batatas e cenouras cozidas. Sua dieta diária. Está orgulhoso de tê-la preparado para nós.

— Você tem tido notícias da Valentina, pai? — (Tom amigável, de uma conversa trivial.)

— Tenho. Ela escreveu. Está muito bem.

— Onde ela está? Voltou para o marido?

— Sim. Ela está lá agora. Ele é uma pessoa muito educada, diga-se de passagem. Diretor de uma politécnica.

— E quais são os planos dela? Está pensando em voltar pra Inglaterra? — (Tom animado, mantendo certa distância.)

— Hum. Talvez. Não sei.

Ele sabe, sim. Mas não vai dizer.

— E quem era o homem de cabelos castanhos, o da janela, que foi tão mal-educado com você?

— Ah, aquele é Bob Turner. Um cara muito correto, diga-se de passagem. Engenheiro civil.

Meu pai explica que Bob Turner é amigo de um tio que Valentina tem em Selby. Ele tem uma casa em Selby, onde mora com a esposa, e uma casa em Peterborough, que era da mãe, onde tinha deixado Valentina e Stanislav ficarem.

— E qual você acha que é a relação dele com Valentina? — Para mim parece óbvio, mas tento utilizar uma espécie de diálogo platônico para levá-lo a enxergar a verdade.

— Ah, sim. Eles tiveram um relacionamento. Chegou a existir, inclusive, a possibilidade de que se casassem, mas a mulher dele não lhe daria o divórcio. Lógico que esse relacionamento já acabou.

— Lógico que não acabou, papai. Não vê que estão fazendo você de bobo? — Percebo que minha voz está ficando estridente.

Mas ele não está ouvindo. Uma expressão distante tomou conta dos seus olhos. Ele se transformou em um adolescente de 84 anos, sintonizado na sua música particular.

— Ele pagou a minha naturalização, diga-se de passagem — sussurra ele. — Assim, quando eu me casar com ela, já serei um cidadão britânico.

Quando ele se casar com ela.

— Mas, papai, pergunte a si mesmo: por quê? Por que Bob Turner pagou pra você se naturalizar?

— Por quê? — Um sorrisinho de vaidade. — E por que não?

Meu diálogo platônico não levou a nada, então tento outra abordagem. Invoco o espírito da Grande Irmã.

— Pai, você falou com Vera sobre esse negócio com Bob Turner? Acho que ela ia ficar *muito* zangada.

— E por que eu lhe contaria? Ela não tem *nada* a ver com isso. — Seus olhos recuperam o foco. Seu maxilar se tensiona. Está com medo.

— Vera está preocupada. Nós duas prometemos à mamãe que cuidaríamos de você.

— Ela, cuidar de mim? Só se for para me levar ao túmulo.

Meu pai começa a tossir violentamente. Partículas de cenoura cozida voam pela sala e grudam nas paredes. Eu busco um copo d'água para ele.

No reino sombrio da infância, onde minha irmã era rainha, meu pai era um exilado pretendente ao trono. Muitos anos atrás, houve uma guerra entre eles. Isso aconteceu há tanto tempo que eu já nem sei por que começaram essa guerra, e eles provavelmente também já se esqueceram. Meu pai fez uma retirada estratégica para os domínios de sua garagem, suas construções de alumínio, borracha e madeira, sua tosse e suas Grandes Ideias. De tempos em tempos, ele recrudescia em violentos ataques flamejantes dirigidos à minha irmã e, depois que ela saiu de casa, a mim.

— Pai, por que você fala tão mal da Vera? Por que vocês dois sempre discutem? Por que você...?

Eu hesito em usar a palavra "odeia". É forte demais, irrevogável demais. Meu pai começa a tossir novamente.

— Você a conhece... Ela tem um temperamento terrível. Tinha que ter visto a maneira como ela ficou importunando Ludmilla... "Você tem que dar tudo para as netas, tem que fazer uma cláusula adicional..." Fez isso o tempo todo, até quando sua mãe já estava morrendo. Ela é interesseira demais. E agora quer que eu faça meu testamento da mesma forma, dividindo tudo em três partes, para as netas. Mas eu disse que não. O que você acha disso?

— Eu acho que você deve dividir meio a meio — respondo. Não vou entrar no jogo dele.

Ah! Então a Grande Irmã continua planejando a herança — embora reste apenas a casa e a pensão do meu pai para dividir. Não sei se devo acreditar nele. Não sei em que acreditar. Tenho a sensação de que algo terrível aconteceu no passado e ninguém vai me contar porque, embora eu já tenha mais de 40 anos, ainda sou um bebê: pequena demais para entender. Acredito no que ele diz a respeito de como ela obteve a cláusula adicional. Mas agora ele está jogando um jogo diferente, tentando me atrair para o seu lado, contra minha irmã.

— O que me diz de eu deixar tudo para você e Michael quando morrer? — pergunta ele, repentinamente lúcido.

— Continuo achando que você deve dividir meio a meio.

— Se você quer que seja assim... — Ele suspira, contrariado. Estou me recusando a jogar.

Sinto uma satisfação secreta de ser a favorecida, mas fico cautelosa. Ele é imprevisível demais. Um dia, muito tempo atrás, fui a queridinha do papai, motoqueira em treinamento, aprendiz de engenheiro. Tento lembrar do que eu gostava nele.

Houve um tempo em que meu pai me sentava na garupa de sua motocicleta — "Cuidado, Kolyusha!", gritava mamãe — e partíamos, sob o ronco do motor, por caminhos longos, retos e pantanosos. A primeira motocicleta que ele teve foi uma Francis Barnett de 250 cilindradas, que reconstituiu juntando as peças, depois de ter limpado e restaurado cada uma delas a mão. Depois, foi uma Vincent de 350 cilindradas, preta e reluzente, e, em seguida, uma Norton de 500 cilindradas. Eu costumava recitar os nomes feito um mantra. Lembro-me de como eu corria para a janela quando ouvia a vibração profunda do motor, lá longe na estrada, e então ele chegava como uma lufada de vento, com os óculos e o velho capacete russo de couro, de piloto, e perguntava:

— Quem quer dar uma volta?

— Eu! Eu! Me leva!

Mas isso foi antes de ele descobrir que eu não tinha nenhum talento para ser engenheira.

★ ★ ★

Depois do almoço, meu pai tira uma soneca, e eu pego a tesoura de podar e vou ao jardim colher umas rosas para colocar no túmulo de minha mãe. Choveu, e a terra cheia a raízes e crescimento — um crescimento selvagem e desordenado. A roseira vermelha que cresce sobre a cerca que nos separa dos vizinhos está sufocada de trepadeiras, e a urtiga brota onde antes o endro e a salsinha cresciam espontaneamente. Os arbustos de lavanda que minha mãe plantou pelo caminho estão altos, ralos e esgalhados. Sementes de papoulas e aquilégias, marrons e chacoalhantes, empurram as salgueirinhas nos canteiros, ávidas pelo chocolate preto com que mamãe as alimentava. "Ah", ela suspirava, "há sempre trabalho para se fazer num jardim. Sempre alguma coisa crescendo e alguma coisa para ser cortada. Um cristão não tem um minuto de descanso."

O cemitério também é um lugar onde vida e morte andam lado a lado. Um gato malhado marcou ali seu território e patrulha a sebe que separa o cemitério dos campos de milho. Um casal de tordos cata minhocas na terra de um túmulo recém-mexido. Apareceram mais cinco túmulos depois do dela; mais cinco pessoas morreram na cidade desde que ela morreu. Leio os epitáfios. *Mamãe... Muito querida... Partiu tristemente dessa vida... Descansando com Jesus... Pela eternidade...*

Uma toupeira esteve ocupada trabalhando com os coveiros, cavando e empilhando montes de terra aqui e ali. Há um morro de toupeira bem em cima do túmulo da minha mãe. Gosto de pensar na toupeira negra e macia aconchegada junto dela lá embaixo, no escuro. No funeral, o vigário disse que ela estava no céu, mas ela sabia que ia lá para baixo da terra, para ser comida pelas minhocas. ("Nunca faça mal a uma minhoca, Nadezhda, ela é amiga do jardineiro.")

Minha mãe entendia da vida e da morte. Uma vez, trouxe um coelho morto do mercado, esfolou-o e, em seguida, limpou-o na mesa da cozinha. Arrancou as vísceras vermelhas e sangrentas, enfiou um canudo na traqueia e soprou para dentro dos pulmões. Com os olhos arregalados, vi os pulmões subindo e descendo.

— Está vendo, Nadezhda? É assim que a gente respira. A gente respira e vive.

Outra vez, ela trouxe uma galinha viva para casa. Levou-a para a parte de trás do quintal, prendeu-a entre as pernas enquanto a ave lutava para se soltar e torceu-lhe o pescoço com um movimento rápido e ágil. A galinha estremeceu e depois ficou quieta.

— Está vendo, Nadezhda? É assim que a gente morre.

Tanto o coelho quanto a galinha foram assados em uma travessa, com alho, chalotas e ervas do jardim, e então, quando a carne já tinha sido toda comida, os ossos foram aproveitados na sopa. Nada era desperdiçado.

★ ★ ★

No cemitério, eu me sento debaixo da cerejeira silvestre e vou organizando minhas memórias, mas quanto mais me esforço para lembrar, mais confusa fico, sem saber o que são lembranças e o que são histórias. Quando eu era pequena, minha mãe me contava histórias de família — mas somente as que tinham final feliz. Minha irmã também me contava histórias: as dela eram muito estereotipadas, com gente boa (mamãe, os cossacos) e gente má (papai, os comunistas). As histórias de Vera sempre tinham um começo, um fim e uma moral. De vez em quando meu pai me contava histórias também, mas as dele eram complicadas, ambíguas e inconclusivas, com longas digressões e cheias de coisas não explicadas. Preferia as histórias da minha mãe e da minha irmã.

Eu também tenho uma história para contar:

Era uma vez a nossa família — meus pais, minha irmã e eu. Não éramos uma família feliz, mas também não éramos infelizes; éramos somente uma família que ia vivendo junto enquanto as crianças cresciam e os pais envelheciam. Eu me lembro de um tempo em que minha irmã e eu nos amávamos, em que meu pai e eu nos amávamos. Quem sabe tenha havido até um tempo em que meu pai e minha irmã se amaram — mas desse tempo eu não consigo me lembrar. Todos nós amávamos minha mãe e ela amava todos. Eu era a garotinha de tranças segurando um gato tigrado cuja foto ficava sobre a lareira. Falávamos uma língua diferente da de nossos vizinhos e comíamos uma comida diferente também, trabalhávamos muito e não arrumávamos confusão com ninguém, e sempre nos comportávamos bem para que a polícia secreta não viesse nos procurar no meio da noite.

Às vezes, quando era criança, eu me sentava de pijamas no escuro, no topo da escada, e me espichava para entender o que meus pais conversavam no quarto lá embaixo. Sobre o que estariam falando? Eu captava apenas frases, fragmentos, mas percebia urgência em suas vozes. Ou entrava em um quarto e notava a maneira como o tom de suas vozes mudava de repente, o rosto deles se iluminava com sorrisos temporários.

Será que falavam daquele outro tempo, daquele outro país? Será que falavam do que aconteceu entre a época da infância deles e a da minha — algo tão assustador que eu nunca deveria saber?

Minha irmã é dez anos mais velha que eu e já tinha um pé no mundo adulto. Ela sabia de coisas que eu desconhecia, coisas que eram sussurradas, mas sobre as quais nunca se falava. Ela sabia de segredos tão terríveis dos mais velhos que o simples conhecimento deles tinha deixado cicatrizes no seu coração.

Agora, com a morte de minha mãe, a Grande Irmã se tornou a guardiã do arquivo da família, a fiandeira de histórias, a protetora da narrativa que define quem nós somos. Esse papel, acima de todos os outros, é o que eu mais invejo, é aquele do qual eu mais me ressinto. É tempo, penso eu, de descobrir a história toda e contá-la do meu jeito.

5
Uma breve história dos tratores em ucraniano

O que sei sobre minha mãe? Ludmilla (Milla, Millochka) Mitrofanova nasceu em 1912, em Novaya Aleksandria, uma pequena cidade/guarnição militar localizada onde hoje em dia é a Polônia, mas naquele tempo era o flanco ocidental do Império Russo. Seu pai, Mitrofan Ocheretko, foi oficial da cavalaria, herói de guerra e fora da lei. Sua mãe, Sonia, que tinha 19 anos quando Ludmilla nasceu, foi aprendiz de professora e sobrevivente.

Os Ocheretko não eram nobres, mas eram camponeses ricos da região de Poltava, na Ucrânia, que viviam na periferia de um *khutor* (assentamento) e cultivavam cerca de 30 hectares na margem esquerda do rio Sula. Eram cossacos que trabalhavam pesado, bebiam muito e tinham amealhado, de alguma maneira, riqueza suficiente para pagar o suborno necessário a fim de obter um contrato lucrativo de fornecimento de cavalos para o Exército do czar. Isso, por sua vez, permitiu que economizassem o suficiente para pagar uma soma consideravelmente maior, que garantiu ao filho mais velho, Mitrofan, um lugar na academia militar.

Mitrofan Ocheretko parece ter sido um soldado brilhante: destemido e prudente, ele amava a vida, mas respeitava a morte. Diferente dos oficiais oriundos da nobreza, que dificilmente consideravam os camponeses seres humanos, Ocheretko se preocupava com os soldados e era cuidadoso com a vida deles, correndo risco somente por algum ganho. Da lama e da carnificina da Grande Guerra, ele emergiu coberto de glória. Seu grande momento ocorreu em 1916, na Frente Oriental, quando foi baleado na coxa, no lago Naroch, ao se arrastar por um mangue para resgatar o sobrinho do czar que tinha ficado preso em consequência do degelo da primavera, o qual transformou as margens do lago em quilômetros de lama revolta. Ocheretko puxou o aristocrata até um lugar seguro e o carregou nos braços em meio a uma saraivada da artilharia.

Foi condecorado com a Cruz de São Jorge por sua bravura. O próprio czar pregou-a em seu peito, e a czarina passou a mão na cabeça da pequena Ludmilla. Dois anos depois, o czar e a czarina estavam mortos e Ocheretko se tornava um fora da lei, um fugitivo.

Depois da Revolução de 1917, Ocheretko não se juntou nem ao Exército Branco russo nem ao Exército Vermelho soviético. Em vez disso, levou Sonia e as três crianças — Ludmilla, minha mãe, ganhara uma irmã e um irmão — de volta para Poltava, deixou-os lá em um chalé de madeira caindo aos pedaços no *khutor* e foi lutar no Exército Republicano Nacional ucraniano. Precisavam aproveitar o momento: com a Rússia então dividida, podia ser a ocasião de a Ucrânia se desvencilhar do jugo imperial.

Ludmilla quase não viu o pai durante aqueles anos. Às vezes, ele chegava no meio da noite, exausto e faminto, e pela manhã já havia partido novamente. "Não digam a ninguém que o papai esteve aqui", sussurrava sua mãe para as crianças.

A Guerra Civil desenvolveu-se em uma sucessão de massacres sangrentos e represálias tão cruéis que era como se a própria alma humana houvesse sucumbido. Nenhuma cidade, nem mesmo a menor das vilas, nenhuma casa, nada foi poupado. Os livros de história contam sobre novas e engenhosas maneiras de infligir dor retardando a morte. O dom da imaginação, pervertido pelo prazer de ver sangue, inventou torturas antes inimagináveis, e antigos vizinhos tornaram-se inimigos para quem um simples tiro era misericórdia demais. Meus pais, no entanto, nunca falaram comigo sobre tais horrores: eu era seu precioso bebê dos tempos de paz.

Quando minha mãe descrevia os primeiros anos de sua infância, era como se tivesse sido sempre um sonho — longos verões de sol quente em que eles corriam descalços pelos campos e se banhavam nus no rio Sula, ou levavam os bois para pastos distantes e ficavam ao ar livre, da madrugada até o anoitecer. Sem sapatos, sem calças, sem ninguém para mandar neles. E a grama, alta o bastante para escondê-los, era de um verde bem vivo, salpicado de flores vermelhas e amarelas. E o céu azul e límpido, e campos de milho como um lençol de ouro esticado até onde os olhos podiam alcançar. Às vezes, bem ao longe, eles ouviam tiros e viam espirais de fumaça se erguerem de uma casa pegando fogo.

* * *

Meu pai se posicionou na frente do mapa da Ucrânia, e está apresentando uma intensa palestra de duas horas para sua audiência cativa de um homem só (Mike) sobre a história, a política, a cultura, a economia, a agricultura e a indústria de aviação do país. Seu aluno está confortavelmente acomodado na poltrona, de frente para o mapa, mas os olhos estão fixos em um ponto para além da cabeça do palestrante. Suas bochechas estão muito rosadas. Na mão, ele aninha um copo do vinho caseiro de ameixa de minha mãe.

— Esquecem sempre que a Guerra Civil foi bem mais que uma simples questão de brancos contra vermelhos. Pelo menos quatro exércitos estrangeiros lutavam pelo controle da Ucrânia: o Exército Vermelho soviético, o Exército Imperial Russo Branco, o Exército polonês, intensificando uma invasão oportunista, e o Exército alemão, sustentando o regime marionete de Skoropadski.

Estou na cozinha cortando legumes para a sopa, prestando alguma atenção.

— Os ucranianos eram comandados por antigos líderes cossacos, ou agrupados sob a bandeira anarquista de Makhno. Seu objetivo, ao mesmo tempo simples e impossível, era libertar a Ucrânia de todas as forças de ocupação.

O segredo da incrível sopa da minha mãe era muito sal (os dois tinham pressão alta), uma boa porção de manteiga (eles também não se preocupavam com colesterol alto), legumes e verduras, alho e ervas frescas do quintal. Eu não posso fazer uma sopa assim.

— O avô de Nadezhda, Mitrofan Ocheretko, juntou-se a um grupo sob a liderança de Atman Tiutiunik, de quem ele se tornou subcomandante. Eles lutavam numa aliança frágil com o "diretório ucraniano" de Simon Petlura. Ocheretko, aliás, era um tipo muito marcante, com um enorme bigode e olhos pretos como carvão. Eu vi uma fotografia dele, embora, óbvio, nunca o tenha conhecido.

Enquanto a sopa fervia, mamãe ia despejando dentro dela colheres de chá de *halushki* — uma pasta feita de ovo cru e semolina, batidos com sal e ervas —, que cresciam fofas como bolinhos e desmanchavam na língua.

— No fim da Guerra Civil, Ocheretko fugiu para a Turquia. Mas o irmão de Sonia, Pavel... que, aliás, era um sujeito muito marcante também, engenheiro ferroviário que construiu a primeira estrada de ferro de Kiev até Odessa... Enfim, ele era amigo de Lenin. Por causa disso, algumas cartas foram escritas e Mitrofan Ocheretko foi anistiado, reabilitado e conseguiu um emprego de professor de esgrima na academia militar de Kiev. E foi em Kiev que Ludmilla e eu nos vimos pela primeira vez. — Sua voz está totalmente embargada.

— Papai, Mike, venham! O almoço está pronto.

★ ★ ★

O período entre a volta de Valentina para a Ucrânia e o retorno dela à Inglaterra foi de grande crescimento pessoal e atividade intelectual para meu pai. Ele voltou a escrever poesias, que deixava por todos os lugares da casa em pedaços de papel, escritos com a mesma caligrafia difícil, em cirílico. Decifrei a palavra "amor" uma ou duas vezes, mas não consegui me animar a lê-las.

Enquanto Valentina estava na Ucrânia, toda semana ele lhe escrevia e, no intervalo entre as cartas, telefonava e falava, às vezes com ela, às vezes com o tipo inteligente, marido dela. Eu sei que os telefonemas eram longos porque vi a conta de telefone.

No entanto, com minha irmã e comigo, ele era muito desconfiado. Não queria que lhe disséssemos o que deveria fazer. Ele já havia tomado sua decisão.

Vera foi visitá-lo em setembro. Ela descreveu a visita.

— A casa está imunda. Ele usa jornais como prato e só come maçãs. Tentei convencê-lo a procurar um tipo de moradia para gente idosa, mas ele disse que você o dissuadiu disso. Não consigo imaginar o que você pensa que vai ganhar agindo assim, Nadezhda. Suponho que sua preocupação seja de que a casa venha a ser vendida e você não herde sua parte. Sinceramente! Essa sua obsessão está indo longe demais. A casa é muito grande para ele agora. Tentei conseguir alguém para ajudá-lo, mas ele não aceita. Quanto a esse outro assunto sórdido... Procurei descobrir o que está acontecendo com a prostituta, mas ele não quer falar de jeito nenhum, simplesmente muda de assunto. Não sei o que está havendo com ele. Está se comportando de um jeito muito estranho. Nós realmente deveríamos procurar um médico para atestar que ele não está bem da cabeça, você não acha? Parece estar vivendo num mundo só dele.

Afastei o telefone do ouvido e deixei que ela continuasse tagarelando.

No dia seguinte, ele me telefonou para descrever a visita da Grande Irmã.

— Quando vi o carro estacionando aqui em frente e a vi se aproximar da casa, você não tem ideia, Nadezhda... Sem querer eu borrei as calças. — Ele disse isso como se seus intestinos não fizessem parte dele, como se fossem uma força da natureza à parte. — Veja bem, Vera é uma autocrata terrível. Tirana. Feito Stalin. Está sempre me importunando. "Você precisa fazer isso, precisa fazer aquilo." Por que eu tenho que fazer sempre o que me mandam? Será que não posso decidir nada sozinho? Agora ela vem dizer que tenho que ir viver num condomínio para idosos. Não posso me dar ao luxo disso, é muito caro para mim. É melhor eu ficar vivendo aqui até morrer. Diga a ela o que eu falei: que não quero mais que ela me visite. Você e Mike podem vir quando quiserem.

Em nossa visita seguinte, Mike e eu encontramos a casa e o jardim bem do jeito como minha irmã havia descrito. Há uma camada tênue de poeira cobrindo toda a pintura branca da parede e pendurada nas teias de aranha no teto. A sala de visitas está cheia de maçãs que o vento derrubou e meu pai catou do chão e colocou em caixas rasas e papelões sobre a mesa, as cadeiras, o aparador e até mesmo em cima do armário — maçãs que enchem a casa com seu cheiro de fruta madura demais. Moscas-das-frutas pairam sobre as do tipo Grieve e Beauty of Bath, que, sendo mais tenras, já começaram a ficar marrons e espumar com o mofo que meu pai, com sua visão, não é capaz de perceber. Ele se senta em uma ponta da mesa, com sua faquinha, descascando, fatiando e selecionando as maçãs em porções tamanho Toshiba. Reparo em como a aparência dele está bem melhor.

— Olá! Olá! — diz ele, em uma recepção calorosa. — Bem, nada de novo para contar. Excelentes maçãs! Vejam! — Ele nos oferece um prato da mistura pegajosa feita no Toshiba. — Hoje a gente precisa passar na biblioteca. Encomendei alguns livros. Estou muito interessado nesse negócio de uma *Weltanschauung* [visão de mundo] de engenharia como uma ideologia incorporada ao design de novas máquinas.

Mike parece impressionado. Desvio o olhar para o teto. Meu pai continua a falar, explorando ideias brilhantes e obscuras.

— Veja bem, como o próprio Marx disse, as relações de produção estão intrinsecamente ligadas ao maquinário da produção. Tomemos como exemplo o trator. No século XIX, os primeiros tratores eram feitos por artesãos em suas oficinas. Hoje em dia, são produzidos em linhas de montagem, e, no fim de cada uma, há um homem com um cronômetro. Ele mede o processo. — (Ele alonga a segunda sílaba, pronunciando *"pro-cees-so"*.) — Para ter mais eficiência, o trabalhador precisa trabalhar mais. Agora, tomemos um homem que ara o campo. Ele está sozinho na cabine do trator com arado. Ele mexe nas alavancas do trator e ara, seguindo a inclinação do terreno e levando em conta o solo e o clima. Ele acredita ser o senhor do *pro-cees-so*. Contudo, no fim do campo, há um homem com um cronômetro. Ele observa o tratorista, anota o percurso e as voltas que ele faz. Então, determinado tempo é atribuído para a aradura de um campo e o salário do homem é fixado de acordo com essa estimativa. Agora, olhe, nesta era de controle numérico computadorizado, até mesmo o homem com o cronômetro na mão é redundante, e o próprio cronômetro pode ser incorporado ao equipamento do painel.

Ele faz um floreio com a faquinha, demonstrando uma energia maníaca. Caracóis de casca de maçã escorregam da mesa para o carpete, onde são pisoteados e viram um mingau perfumado.

* * *

— É o surto de testosterona — diz Mike, enquanto seguimos meu pai pelas ruas movimentadas de sábado de manhã em Peterborough. — Veja, as costas estão aprumadas, a artrite melhorou. Mal conseguimos acompanhá-lo.

É verdade. Meu pai corre na frente, dispara e se movimenta em meio à multidão com um só objetivo em vista. Ele se dirige à biblioteca pública para pegar seus livros. Caminha em uma espécie de deslizar rápido, a parte de cima do corpo inclinada para a frente a partir dos quadris, as mãos ao lado, a cabeça na dianteira, o queixo empinado, sem desviar o olhar.

— Ah, homens são todos iguais. Vocês acham que sexo é a cura para tudo.

— Sexo cura uma porção de coisas.

— Engraçado, quando eu conto esse negócio do meu pai com Valentina para as minhas amigas mulheres, elas ficam chocadas. Acham que ele é um velho vulnerável que está sendo explorado. Mas todos os homens com quem eu falo... Sem exceção, Mike...

— Ergo um dedo. — Todos reagem com esse sorriso malicioso e esperto, essa risadinha de admiração. Ah, mas que danadinho que ele é! Que façanha, agarrar uma pombinha tão mais nova! Sorte a dele. Que se divirta um pouco.

— Você tem que admitir que fez bem a ele.

— Eu não vou admitir *nada*.

(É bem menos satisfatório discutir com Mike que com Vera ou papai. Ele é sempre tão irritantemente razoável!)

— Você tem certeza de que não está sendo um pouco puritana?

— Não! — (E daí se estiver?) — É que se trata do meu pai. Eu só quero que ele seja adulto.

— Ele está sendo adulto, à maneira dele.

— Não, não está, está sendo um garoto. Um garoto de 84 anos. Vocês dois estão se comportando como moleques. Que bela dupla! Pelo amor de Deus! — Eu tinha aumentado o tom de voz e já estava aos berros.

— Mas você não percebe como esse novo relacionamento está fazendo bem para ele? Está enchendo seu pai de vida. Isso prova que nunca se é velho demais para amar.

— Você quer dizer para transar.

— Bem, talvez isso também. Seu pai está querendo viver o sonho de todo homem: dormir nos braços de uma mulher mais jovem e bonita.

— Sonho de *todo* homem?

Naquela noite, Mike e eu dormimos em camas separadas.

★ ★ ★

Meu pai pegou na biblioteca várias biografias de engenheiros do século XIX: John Fowler, David Greig, Charles Burrell, os irmãos Fisken. Encorajado pelo marido de Valentina, o tipo inteligente diretor da politécnica, ele começou a pesquisar e escrever sua grande obra: *Uma breve história dos tratores em ucraniano*.

> *O primeiro trator foi inventado por um certo John Fowler, um quaker, tipo inteligente e abstêmio. Nem vodca, nem cerveja, nem vinho, nem mesmo chá tocava seus lábios, e, por essa razão, seu cérebro era ex-*

traordinariamente lúcido. Algumas pessoas o descreveriam como um gênio.

Fowler era um bom homem, que viu no trator um meio de emancipar as massas trabalhadoras de sua vida de labuta insensata e trazê-las à apreciação da vida espiritual. Ele trabalhou dia e noite para aperfeiçoar seus planos.

Meu pai escreve em ucraniano e depois, com muito esforço, traduz para o inglês (ele estudou inglês e alemão no colégio), para que Mike possa ler. Fico surpresa com a qualidade de seu inglês escrito, embora algumas vezes precise ajudá-lo com a tradução.

O primeiro trator, inventado por Fowler, não era exatamente um trator, uma vez que não puxava um arado. Entretanto, era uma máquina de uma engenhosidade surpreendente. O trator de Fowler consistia em duas máquinas posicionadas em lados opostos do campo e conectadas por um cabo com alças, e ao cabo eram fixadas as lâminas de um arado. À medida que as máquinas eram ligadas, o cabo puxava o arado para cima e para baixo no campo, para cima e para baixo. Para cima e para baixo.

A voz do meu pai zumbe, alta e depois baixa, parecendo um abelhão de colheita satisfeito. O quarto está quente e tomado por cheiros de colheita. Pela janela, vê-se a luz púrpura do entardecer se espalhar sobre os campos. Um trator se movimenta devagar, para cima e para baixo, revolvendo os resíduos da safra na terra.

6
Fotografias de casamento

Apesar dos esforços de Vera e dos meus, Valentina e o filho, Stanislav, voltaram para a Inglaterra no dia 1º de março. Entraram por Ramsgate, com vistos de turista por seis meses. Ninguém na embaixada britânica de Kiev se opôs ao visto deles; ninguém em Ramsgate fez um exame mais detalhado de seus passaportes. Uma vez de volta a Peterborough, eles foram morar com Bob Turner. Valentina arranjou um emprego em um hotel perto da catedral e imediatamente levou adiante os planos de se casar com meu pai. Tudo isso eu consegui juntar em horas de conversa pelo telefone.

Meu pai tem tentado manter minha irmã e eu no escuro a respeito de seus planos. Quando fazemos uma pergunta direta, ele muda de assunto, mas não é um mentiroso convincente e é fácil pegá-lo. Ele esquece o que disse para cada uma de nós e acredita que ainda estamos sem nos falar. Só que começamos a trocar informações.

— É evidente que ele acabou mandando as mil e oitocentas libras pra ela, Vera. Transferiu o dinheiro pra conta bancária dela e ela fez o saque. E ele estava enviando quantias de dinheiro durante todo o tempo em que ela esteve fora.

— Francamente, isso já é demais! — A voz da Grande Irmã atinge uma nota altamente dramática. — Ele deve gastar a maior parte da pensão com essas remessas.

— E ele mandou dinheiro para as passagens de avião de Lviv a Ramsgate para Valentina e o filho. E depois ela disse que precisava de mais dinheiro para um visto de trânsito austríaco.

— Não há dúvida, mamãe estava absolutamente certa — diz Vera. — Ele não tem bom senso.

— Quando acabar o dinheiro, ele vai ter que parar com isso.

— Talvez. Talvez esteja apenas começando.

Meu pai não só resgatou essa linda ucraniana desvalida, como também está disposto a encorajar os talentos do filho dela extraordinariamente talentoso.

Stanislav, que tem 14 anos, foi levado a um psicólogo particular, que, por um preço módico, pago por meu pai, testou o seu QI e lhe deu um certificado no qual o declara um gênio. Com base nesse certificado, ofereceram ao garoto (que, diga-se de passagem, também é um músico muito talentoso e toca piano) uma vaga em uma escola de muito prestígio em Peterborough (sem dúvida, ele é inteligente demais para uma escola pública qualquer, apropriada somente para filhos de trabalhadores rurais).

Minha irmã, que pagou um bom dinheiro para que as filhas extraordinariamente inteligentes estudassem em uma escola de elite, está indignada. Eu, que tive que deixar minha filha extraordinariamente inteligente estudando na escola pública local, estou indignada também. Nossa raiva espuma em profusão no vaivém das linhas telefônicas. Descubro, afinal, que temos algo em comum.

E tem mais. Como Romeu e Julieta descobriram às próprias custas, casamento não diz respeito apenas às duas pessoas que se apaixonam, mas também às famílias. Vera e eu não queremos Valentina na nossa família.

— Vamos encarar os fatos — diz Vera. — Não queremos que alguém tão *comum* use nosso nome. — (Não fui eu quem disse isso!)

— O que é isso, Vera? Nossa família não tem nada de extraordinário. Somos uma família comum, como tantas outras.

Eu começava a desafiar a Grande Irmã, que havia se autonomeado guardiã da história da família. Isso não a agrada.

— Descendemos de sólidos burgueses, Nadezhda. Não de *arrivistas*...

— Mas os Ocheretko eram o quê? Camponeses ricos...
— Fazendeiros.
— ... que se tornaram negociantes de cavalos.
— *Criadores* de cavalos.
— Cossacos, de qualquer forma. Um tanto selvagens, pode se dizer.
— Pitorescos.
— E os Mayevskyj eram professores.
— Nosso avô Mayevskyj foi ministro da Educação.
— Só por seis meses. E de um país que, na verdade, não existiu.
— Óbvio que a Ucrânia Livre existiu. Francamente, Nadia, por que você tem que ter uma visão tão *pessimista* de tudo? Você se julga uma espécie de assistente da história?
— Não, mas... — (Lógico que é exatamente isso que eu acho.)
— Quando eu era bem pequena... — diz, a voz se suavizando. Eu a ouço procurar um cigarro. — Quando eu era bem pequena, Baba Sonia me contava a história do casamento dela. É *assim* que um casamento deve ser, e não essa farsa lamentável para a qual nosso pai está sendo arrastado.
— Mas repare só nas datas, Vera. A noiva estava grávida de quatro meses.
— Eles estavam apaixonados.
O que é isso? A Grande Irmã é uma romântica enrustida?

* * *

A mãe de minha mãe, Sonia Blazhko, tinha 18 anos quando se casou com Mitrofan Ocheretko na catedral de São Miguel das Cúpulas Douradas, em Kiev. Ela usava um vestido branco e véu, e estava com um belo medalhão de ouro pendurado no pescoço. Sobre os longos cabelos castanhos trazia uma coroa de flores brancas. Apesar de ser esbelta, sua gravidez já devia ser visível. O irmão mais velho, Pavel Blazhko, engenheiro ferroviário, depois amigo de Lenin, levou-a ao altar, pois o pai estava muito fraco para ficar de pé durante toda a cerimônia. A irmã mais velha, Shura, recém-formada em medicina, foi dama de honra. As duas irmãs mais novas, ainda na escola, jogaram pétalas de rosas sobre ela e se desmancharam em lágrimas quando ela beijou o noivo.

Os homens da família Ocheretko pisaram na igreja com botas de montaria, camisas bordadas e calças largas e bizarras. As mulheres usavam saias esvoaçantes, botas com saltos baixos e fitas coloridas no cabelo. Juntos, eles formavam um grupo hostil na parte de trás da igreja e se retiraram abruptamente no final, sem cumprimentar o padre.

Os Blazhko desprezavam a família do noivo, achavam que eram rudes, que não passavam de marginais, pois bebiam muito e nunca penteavam o cabelo. Os Ocheretko achavam os Blazhko uns frescos da cidade, traidores da própria terra.

Sonia e Mitrofan não se importavam com o que os pais pensavam. Eles haviam consumado seu amor, e o fruto desse amor já estava a caminho.

★ ★ ★

— Foi posta abaixo em 1935, óbvio.
 — O quê?
 — A catedral de São Miguel das Cúpulas Douradas.
 — Quem a derrubou?
 — Os comunistas, é lógico.
Ah! Então existe outra moral nas entrelinhas dessa história romântica.
 — Papai e Valentina estão apaixonados, Vera.
 — Como você pode afirmar uma coisa tão absurda, Nadia? Você não vai crescer nunca? Veja bem, o que ela quer é um passaporte e uma permissão de trabalho, e o dinheirinho que ele ainda tem. Isso está bastante óbvio. E ele está apenas hipnotizado pelos peitos dela. Ele não fala de outra coisa.
 — Ele fala muito de tratores.
 — De tratores e de peitos, já que você insiste.
 (Por que será que ela o odeia tanto assim?)

— E quanto ao nosso pai e à nossa mãe, você acha que eles estavam apaixonados quando se casaram? Você não acha que foi, de certa maneira, um casamento por conveniência?

— Foi diferente. Os tempos eram outros — diz Vera. — Naquela época, as pessoas faziam o que era preciso para sobreviver. Coitada da mamãe... Depois de tudo o que ela viveu, acabar com o papai. Que destino cruel!

★ ★ ★

Em 1930, quando minha mãe tinha 18 anos, seu pai foi preso. O fato se deu muitos anos antes de os expurgos atingirem o clímax terrível, mas aconteceu da maneira clássica do terror — uma batida na porta no meio da noite, as crianças gritando, minha avó Sonia Ocheretko, de camisola, com o cabelo solto caindo pelas costas, suplicando aos oficiais.

— Não se preocupe, não se preocupe! — gritava meu avô por cima do ombro enquanto o arrastavam, só com as roupas do corpo. — Pela manhã estarei de volta.

Nunca mais o viram. Ele foi levado para a prisão militar de Kiev, onde foi acusado de treinar combatentes ucranianos nacionalistas em segredo. A acusação era verdadeira? Jamais saberemos. Ele nunca foi levado a julgamento.

Todos os dias, durante seis meses, Ludmilla e seus irmãos acompanharam a mãe à prisão para levar um prato de comida. Eles o entregavam ao guarda no portão, rezando para que ao menos parte da refeição chegasse até o pai. Um dia, o guarda disse:

— A partir de amanhã não precisam mais vir. Ele não vai precisar mais de comida.

Eles tiveram sorte. Nos últimos anos de expurgo, não apenas os acusados, mas suas famílias, amigos, sócios e qualquer um passível de suspeita de cumplicidade no crime eram levados e punidos. Ocheretko foi executado, mas a família foi poupada. Ainda assim, não era mais seguro para eles permanecer em Kiev. Ludmilla foi expulsa do curso de veterinária que fazia na universidade — ela se tornara a filha de um inimigo do povo. Seu irmão e sua irmã tiveram que deixar a escola que frequentavam. Eles se mudaram novamente para o *khutor* e tentaram encontrar um jeito de sobreviver.

E não foi fácil. Embora as terras da região de Poltava fossem as mais férteis de toda a então União Soviética, os camponeses passavam fome. No outono de 1932, o Exército confiscou toda a colheita. Até mesmo as sementes de milho para o plantio do ano seguinte foram levadas.

Minha mãe disse que o propósito da fome era quebrantar o espírito do povo e forçá-lo a aceitar a coletivização. Stalin acreditava que a mentalidade dos camponeses, que era estreita, mesquinha e supersticiosa, podia ser substituída por um espírito nobre, solidário e proletário. ("Um desgraçado de um absurdo", dizia minha mãe. "O único espírito era o de preservar a própria vida. Comer. Comer. Amanhã pode não ter mais nada.")

Os camponeses comeram as vacas, galinhas e cabras; depois, os gatos e cachorros; em seguida, ratos e camundongos; por fim, não restou mais nada para comer a não ser capim. Cerca de sete a dez milhões de pessoas morreram na Ucrânia entre 1932 e 1933, durante a fome criada pelo homem.

Sonia Ocheretko foi uma sobrevivente. Fez sopa aguada de capim e azedinha silvestre colhida no campo. Cavou à procura de raízes-fortes e alcachofras tuberosas, e encontrou algumas batatas no jardim. Quando tudo isso acabou, fizeram armadilhas para pegar os ratos que viviam no sapê do telhado e os comeram, depois comeram o próprio sapê, e mastigaram o couro dos arreios para abrandar as dores da fome. Quando estavam famintos demais para dormir, costumavam cantar:

> Existe um morro alto, e atrás dele um campo,
> Um campo verde, tão fértil,
> Que você ia pensar que estava no paraíso.

No povoado vizinho, uma mulher tinha comido o próprio bebê. Ela havia enlouquecido e perambulava pelas ruelas gritando:

— Mas ela morreu primeiro. Ela estava morta. Que mal fazia comer? Tão gorducha! Para que desperdiçar? Eu não a matei. Não. Não. Não. Ela morreu primeiro.

Eles foram salvos porque seu *khutor* era muito afastado — se alguém por acaso se lembrou deles, provavelmente pensou que já estavam mortos. Em 1933, de alguma maneira obtiveram uma permissão para viajar e fizeram uma longa jornada até Luhansk, que em breve seria rebatizada como Voroshilovgrad e onde morava Shura, a irmã de Sonia.

Shura era médica e seis anos mais velha que Sonia. Tinha um senso de humor cáustico, cabelo pintado de vermelho, um gosto extravagante para chapéus, uma risada estrepitosa (ela fumava cigarros feitos a mão, de tabaco cultivado em casa) e um marido idoso — membro do partido e amigo do marechal Voroshilov —, que podia mexer os pauzinhos. Eles moravam nos limites da cidade, em uma casa de madeira no estilo antigo com sancas esculpidas, venezianas pintadas de azul e girassóis e pés de tabaco no jardim. Shura não tinha filhos e papariçava os de Sonia. Quando Sonia conseguiu um emprego de professora e se mudou para um pequeno apartamento na cidade, levou as duas crianças menores e Ludmilla ficou com tia Shura. O marido de tia Shura conseguiu para ela um emprego na fábrica de locomotivas de Luhansk, onde seria treinada como operadora de guindaste. Ludmilla ficou relutante. Guindastes não a interessavam nem um pouco.

— Vá, sim. Vá, sim — insistiu tia Shura. — Você se tornará uma proletária.

★ ★ ★

No começo, o domínio daquelas máquinas poderosas que levantavam e giravam ao seu comando era emocionante. Depois, virou rotina. E, depois, mortalmente enfadonho. Ela sonhava novamente em ser veterinária. Os animais tinham cheiro de vida e eram quentes, mais interessantes de manusear e submeter que uma simples máquina operada por manivelas ("Que coisa mais sem graça que é um guindaste ou um trator quando comparados com um cavalo, Nadia!"). Naquela época, cirurgiões veterinários trabalhavam somente com animais de grande porte, animais de valor — vacas, touros, cavalos ("Imagine só, Nadia, esses ingleses são capazes de gastar cem libras para salvar a vida de um gato ou de um cachorro que a gente pega na rua sem pagar nada. Que idiotas de coração mole!").

Ela escreveu para a universidade em Kiev e lhe mandaram muitos formulários para preencher, solicitando informações detalhadas sobre a ocupação dela, dos pais e dos avós — a classe social deles. Na ocasião, somente quem pertencesse à classe trabalhadora podia cursar a universidade. Ela enviou os formulários com o coração apertado e não ficou surpresa de não receber resposta. Estava com 23 anos, e sua vida parecia ter chegado a um beco sem saída. Foi então que recebeu uma carta daquele estranho rapaz que fora seu colega de escola.

★ ★ ★

Os casamentos, assim como os funerais, são a arena perfeita para o drama familiar: rituais, trajes simbólicos e todas as oportunidades para o esnobismo em suas variadas manifestações. Segundo Vera, a família de nosso pai desaprovou os Ocheretko. "A garota, Ludmilla, era bem bonita, disse Baba Nadia, mas muito selvagem; e era uma infelicidade, para não dizer coisa pior, que o pai dela fosse um 'inimigo do povo'."

Baba Sonia, por sua vez, achou a família do meu pai pretensiosa e excêntrica. Os Mayevskyj faziam parte da pequena intelectualidade ucraniana. Meu avô Mayevskyj, pai de Nikolai, era um homem muito alto, de cabelo branco e farto e óculos pequenos de meias lentes. No breve florescer da independência ucraniana, em 1918, ele chegou a ser ministro da Educação por seis meses. Depois que Stalin ascendeu ao poder e todas as ideias de autonomia ucraniana foram esmagadas, ele se tornou diretor da escola ucraniana de línguas em Kiev, que funcionava por inscrição voluntária e sob constante pressão das autoridades.

Foi nessa escola que meu pai e minha mãe se conheceram. Eles eram da mesma turma. Nikolai era sempre o primeiro a levantar a mão, estava sempre entre os primeiros da classe. Ludmilla o considerava um sabe-tudo insuportável.

Nikolai Mayevskyj e Ludmilla Ocheretko se casaram no cartório de Luhansk no outono de 1936. Tinham 24 anos de idade. Não houve cúpulas douradas, sinos ou flores. A cerimônia foi ministrada por uma funcionária do partido, vestida com um conjunto verde-garrafa e uma blusa branca não muito limpa. A noiva não estava grávida e ninguém chorou, mesmo havendo muito mais motivos para se chorar.

★ ★ ★

Será que eles se amavam?

— Não — afirma Vera —, ela se casou com ele porque precisava de uma saída.

— Sim — diz meu pai —, ela foi a mulher mais amorosa que eu já conheci e a mais cheia de vida. Vocês precisavam ver seus olhos negros quando ela estava com raiva. Ela deslizava como uma rainha no rinque de patinação. Era uma maravilha vê-la montada num cavalo.

Se os dois se amavam ou não, o fato é que permaneceram juntos por sessenta anos.

— E então, pai, o que você se lembra da Ludmilla? Como era ela quando você a conheceu? (Estou tentando uma espécie de terapia da reminiscência; de alguma forma, espero que ocupando a mente dele com as imagens da minha mãe as da intrusa sejam eclipsadas.)
— Foi amor à primeira vista? Ela era bonita?

— Ah, sim, realmente. Muito bonita, em todos os sentidos. Mas lógico que não tão bonita quanto Valentina.

E ele fica lá, um sorrisinho misterioso no rosto, fios esparsos de cabelo grisalho sobre a gola puída, os óculos emendados com fita adesiva marrom balançando na ponta do nariz de um jeito que não me deixa ver seus olhos, as mãos inchadas pela artrite segurando a caneca de chá. Tenho vontade de arrancá-la e jogar o chá no seu rosto. Mas percebo que ele não faz a mínima ideia do efeito que suas palavras têm sobre mim.

— Você a amava? — (Quero saber se a amava *mais*.)

— Ah, o amor! Que coisa incrível é o amor! Não dá para entender. Nesse ponto a ciência tem que se render à poesia.

* * *

Meu pai não nos convida para o casamento, mas deixa escapar a data.

— Não precisa me visitar por agora. Está tudo bem. Você pode vir depois de 1º de junho — diz.

— Temos quatro semanas para impedi-lo — diz minha irmã.

Mas eu hesito. A felicidade e a nova vitalidade dele me comovem. E também estou levando em conta a opinião de Mike.

— Pode ser que dê tudo certo, quem sabe? Talvez ela cuide dele e torne seus últimos anos felizes. É melhor que ir para um lar de idosos.

— Pelo amor de Deus, Nadia. Você não acredita que esse tipo de mulher vai estar por perto quando ele estiver mais velho, babando e com incontinência! Ela vai pegar o que puder e dar o fora.

— Mas vamos encarar os fatos: nem eu nem você vamos cuidar do papai quando ele ficar velho assim, não é verdade? — (Melhor trazer essas coisas à tona, mesmo que a crueza delas machuque.)

— Eu fiz o que pude pela mamãe. Com relação a nosso pai, tenho um sentimento de obrigação e nada mais.

— Ele não é tão fácil de amar. — Tento não parecer acusadora, mas é assim que ela interpreta.

— Amor não tem nada a ver com isso. Cumprirei meu dever, Nadezhda. E espero, sinceramente, que você cumpra o seu. Mesmo que isso signifique salvá-lo de fazer de si mesmo um completo idiota.

— A verdade é que não posso tomar conta dele o tempo todo, Vera. A gente não ia parar de brigar. Eu ia ficar maluca. Mas quero que ele fique bem e seja feliz. Se Valentina o faz feliz...

— Não se trata de felicidade, Nadezhda, se trata de dinheiro. Você não entendeu? Acho que, com essas suas ideias esquerdistas, você daria boas-vindas a qualquer um que fosse chegando e roubando quem trabalhou duro.

— Esquerdismo não entra nisso. O que conta é o que é melhor pra ele. — (Tom de voz presunçoso. Estão vendo? Não sou fascista como a minha irmã.)

— É óbvio que é isso que conta. Alguma vez eu disse o contrário?

★ ★ ★

Minha irmã telefona novamente para o Ministério do Interior. Eles a orientam a escrever. Ela escreve de novo, anônima. Ela telefona para o cartório onde o casamento será registrado. A funcionária a ouve com simpatia.

— Mas, veja bem, se ele estiver determinado a ir em frente com o casamento, não há absolutamente nada que eu possa fazer — responde a funcionária.

— Mas e o divórcio do marido na Ucrânia? Foi feito de uma hora pra outra e no último minuto. E, depois que já estavam divorciados, ela voltou pra ficar com ele.

— Vou checar os papéis, mas se tudo estiver em ordem...

— E a tradução? Ela teve que mandar fazer de última hora, num escritório em Londres. Eles podem ter confundido uma sentença absoluta com uma não absoluta. — Minha irmã é expert em divórcio.

— Pode deixar que eu vou examinar tudo com cuidado. Mas eu não leio ucraniano. Tenho que levar em conta o que está lá. Ele é adulto.

— Ele não está se comportando como tal.

— Bem...

"Ela parecia uma típica assistente social burocrata", conta minha irmã. Ela faria o possível, mas logicamente tinha que se manter dentro das normas.

Tínhamos devaneios nos quais surgíamos no casamento, furtivamente, no meio da cerimônia, quando o casal estava no altar.

— Vou vestir o meu conjunto preto — diz Vera. — Aquele que usei no enterro da mamãe. E na hora em que o padre disser "... e quem tiver alguma coisa contra esse casamento, fale agora ou cale-se para sempre", nós gritamos lá de trás... — (Eu sempre tive vontade de fazer isso.)

— Mas o que vamos alegar? — pergunto à minha irmã.

Estamos sem saída.

★ ★ ★

Meu pai e Valentina se casaram no dia 1º de junho na igreja da Imaculada Conceição, porque Valentina é católica. Meu pai é ateu, mas é tolerante com ela. (É natural que a mulher seja irracional, diz ele.)

Ele lhe deu quinhentas libras para o vestido de noiva: de seda de poliéster cor de creme, justo na cintura e nos quadris, um decote profundo com acabamento em renda franzida através do qual era possível entrever os seios botticellianos modestamente acondicionados. (Eu vi as fotografias do casamento.) Consigo imaginar como meu pai se agitava para lá e para cá tentando garantir que o fotógrafo que contratou pegasse o melhor ângulo. Ele queria exibi-la, seu troféu, para todos aqueles fofoqueiros céticos que a desprezaram. Ela precisava da foto para os funcionários da Imigração.

Meu pai conta que o padre era um jovem irlandês que parecia um adolescente, com espinhas e cabelo espetado. O que ele fez com esse casal fortuitamente unido ao lhes abençoar a união? Será que sabia que a noiva era divorciada? Será que sentiu ao menos uma pontada de inquietação? Os Zadchuck, os únicos amigos ucranianos dela, também são católicos da Ucrânia ocidental. Todos os outros ucranianos na cerimônia, amigos de minha mãe convidados por meu pai, são ortodoxos do Leste. Suponho que a juventude e a acne do padre confirmaram todas as desconfianças que tinham sobre o catolicismo.

O tio dela de Selby, Stanislav e alguns amigos do trabalho aparecem em uma foto. Eles têm aquele ar convencido e forçado de quem sustenta uma farsa. Bob Turner não está na fotografia.

Depois do casamento, pessoas que há cerca de dois anos se acomodaram na sala da frente depois do enterro da mamãe voltam agora à nossa casa para brindar ao casal com vodca, mordiscar tira-gostos comprados prontos na Tesco e conversar sobre... não sei o quê, porque eu não estava lá. Mas posso imaginar a fofoca e o escândalo. "Metade da idade dele. Olhem só os peitos — como ela o sacode na fuça dos homens. Rosto maquiado. O velho está bancando o idiota. Que vergonha!"

7
Lata-velha

Já se passaram três semanas desde o casamento e eu ainda não conheço minha madrasta.

— E então, quando podemos ir até aí conhecer a felizarda da sua esposa? — pergunto a meu pai.

— Ainda não. Ainda não.

— Quando, então?

— Ainda não.

— Por que ainda não?

— Porque ela não está aqui ainda.

— Não está aí? Onde ela está?

— Não interessa onde ela está. Ela não está aqui.

Velho teimoso. Ele não vai me contar nada. Mas eu acabo descobrindo de qualquer jeito, enganando-o com as minhas perguntas.

— Que tipo de esposa é essa que nem sequer mora com o marido?

— Ela virá em breve. Em três semanas, quando terminarem as aulas do Stanislav.

— Que diferença faz ter terminado ou não o ano letivo? Se ela gostasse de você, já estaria aí.

— Mas a casa dela fica bem perto da escola. É mais prático para Stanislav.

— Na Hall Street? Onde Bob Turner mora? Ela ainda está com ele?

— Sim. Não. Mas o relacionamento deles é totalmente platônico agora. Ela me assegurou. — Ele pronuncia "assegurou" com todas as sílabas: "as-se-gu-rou".

Idiota. Foi passado para trás. Não vale a pena discutir com ele agora.

Agosto já vai pela metade, quente, quando vamos visitá-lo. Os campos estão apinhados de colheitadeiras que se arrastam para cima e para baixo parecendo grandes baratas. Em alguns campos a colheita já terminou, e enormes fardos de feno, redondos, embrulhados em plástico preto, foram deixados ao acaso entre os restos da plantação como pedaços de uma gigantesca máquina quebrada — não há nada de pitoresco nessas colheitas de Cambridgeshire. Os podadores mecânicos já estiveram em ação, cortando as rosas-de-cão e as amoreiras silvestres que se amontoam sobre as cercas vivas. Em breve será hora de queimar o que restou dos pés de milho, e os campos de batata e vagem serão aspergidos com desfolhantes químicos.

O quintal da minha mãe, no entanto, ainda é um refúgio para pássaros e insetos. As árvores estão cheias de frutas — que ainda não estão maduras e dão dor de barriga — e vespas e moscas já se saciam com as que o vento derrubou, enquanto pardais gulosos se banqueteiam com os mosquitos, melros ciscam à cata de lagartas e abelhões gordos, zumbidores, se atiram dentro dos lábios abertos das dedaleiras. A janela da sala de jantar do andar de baixo, que dá para o jardim, está aberta, e meu pai está sentado lá, de óculos e com um livro sobre os joelhos. Em cima da mesa há uma toalha em vez do jornal e um vaso com flores de plástico.

— Oi, papai. — Eu me curvo e beijo seu rosto. A barba está por fazer.

— Oi, Dyid — cumprimenta Anna.

— Oi, Nikolai — diz Mike.

— Ah, que bom que vocês vieram! Nadia. Anushka. Michael. Abraços para todos os lados. A aparência dele é boa.

— E então, Dyid, como vai seu livro? — pergunta Anna. Ela adora o avô, acha que ele é um gênio. E, para poupá-la, não comento sobre suas peculiaridades, seu desagradável despertar sexual e seus lapsos de higiene.

— Vai bem, vai bem. Em breve vou chegar a uma parte muito interessante. O desenvolvimento da corrente ininterrupta, ou caterpílar, ou lagarta. Um momento importante na história da humanidade.

— Posso colocar a chaleira no fogo, pai?

— Então me conta sobre o caterpílar — pede Anna, sem ironia.

— Está bem. Como você sabe, nos tempos pré-históricos, grandes pedras eram deslocadas sobre cilindros de madeira feitos de troncos de árvores. Veja. — Ele alinha sobre a mesa uma fileira de lápis 2H bem apontados e apoia um livro em cima. — Alguns homens empurram a pedra enquanto outros, depois que ela tiver passado sobre um tronco, têm que tirá-lo de trás da pedra e ir correndo colocá-lo na frente dela. Na corrente caterpílar, esse movimento dos cilindros é feito por meio de correntes e de um sistema articulado.

Papai, Anna e Mike se revezam empurrando o livro sobre os lápis e mudando os lápis de trás para a frente, cada vez mais depressa.

Eu vou para a cozinha, preparo o chá, coloco as xícaras na bandeja, despejo leite na leiteira e procuro os biscoitos. E então, onde estará ela? Será que está em casa? Será que ainda está se escondendo de nós? E aí eu a vejo — uma mulher grande e loira atravessando o jardim em nossa direção, rebolando sobre tamancos que deixam os dedos à mostra. Seu jeito de andar é preguiçoso e desdenhoso, como se para ela fosse um incômodo ter que se mexer para nos cumprimentar. Uma minissaia jeans muito acima dos joelhos; um top rosa, sem mangas, esticado sobre os seios voluptuosos que balançam para cima e para baixo conforme ela anda. Eu fico olhando, pasmada. Aquele volume de carne sensual, macio e cheio de curvas. Exuberância beirando a gordura. Quando ela chega mais perto, noto que seu cabelo, que serpenteia *à la* Brigitte Bardot em um rabo de cavalo despenteado que cai sobre os ombros nus, é oxigenado, com alguns centímetros de castanho nas raízes. Um rosto largo e bonito. Malares salientes. Narinas tremulantes. Olhos afastados, de um castanho-dourado como calda de açúcar queimado, e contornados *à la* Cleópatra, com linhas pretas que se prolongam nos cantos. A boca, que se encolhe em um biquinho quase de desdém, está com um batom rosa-pêssego para além do desenho natural dos lábios, para deixá-la mais volumosa.

Piranha. Prostituta. Cadela barata. Essa é a mulher que tomou o lugar da minha mãe. Eu estendo a mão e mostro os dentes, sorrindo.

— Olá, Valentina. Que prazer finalmente conhecê-la.

Seu aperto é frio, mole e frouxo. As unhas longas estão pintadas com esmalte rosa-pêssego perolado para combinar com os lábios. Eu me vejo em seus olhos — pequena, magra, tez marrom, sem busto. Não uma mulher de verdade. Ela sorri para Mike, um sorriso lento e malicioso.

— Vocês gostam de vodca?

— Eu fiz um bule de chá — respondo.

Os olhos do meu pai estão fixos nela enquanto ela se movimenta pela sala.

Quando eu tinha 16 anos, meu pai me proibiu de usar maquiagem. Ele me fez subir e lavar o rosto antes de sair.

— Nadia, pense bem, se todas as mulheres usassem pintura no rosto não haveria mais seleção natural. O resultado inevitável seria que as espécies ficariam cada vez mais feias. Você não gostaria que isso acontecesse, não é?

Intelectual desse jeito. Por que ele não podia ser normal como os outros pais e simplesmente dizer que não gostava que eu me pintasse? Agora, vejam só como ele baba por essa piranha russa maquiada. Ou, quem sabe, esteja enxergando tão mal que não consegue ver que ela usa maquiagem. Com certeza acha que ela nasceu com lábios rosa-pêssego e traços pretos de Cleópatra no canto dos olhos.

Então, uma outra figura aparece à porta: um adolescente. Meio gorducho, rosto sardento e infantil, dente da frente quebrado, cabelo castanho e ondulado, óculos redondos.

— Você deve ser o Stanislav — deixo escapar.

— Sim, sou eu. — Sorriso charmoso de dente quebrado.
— Que bom conhecer você! Já me falaram muito a seu respeito! Vamos todos tomar chá.

Anna o observa de cima a baixo, mas seu rosto não deixa transparecer nada. Ele é mais novo que ela, portanto, não há interesse.

Pouco à vontade, nos sentamos em volta da mesa. Stanislav é o único que parece relaxado. Ele fala da escola, do seu professor favorito, do menos favorito, do seu time de futebol favorito, da sua banda favorita, do relógio esporte à prova d'água que ele perdeu no lago Balaton, do seu novo tênis Nike, da sua comida favorita, que é massa, da sua preocupação de que os outros garotos mexam com ele se engordar, da festa a que foi no sábado, do cachorrinho novo de seu amigo Gary. Sua voz é confiante, tem inflexões agradáveis e seu sotaque é encantador. Ele está totalmente à vontade. Ninguém mais diz nada. O peso de todas as coisas não ditas paira sobre nós como as nuvens de uma tempestade. Lá fora, gotas de chuva esparsas começam a cair e ouvem-se trovoadas a distância. Meu pai fecha a janela. Stanislav continua falando.

Depois do chá, recolho as xícaras e as levo à pia para lavá-las, mas Valentina me afasta com um gesto. Ela estica umas luvas de borracha sobre os dedos gorduchos de pontas rosa-pêssego perolado, veste um avental de babados e dissolve o sabão em pó na bacia.

— Eu faço isso — diz ela. — Pode deixar.
— Nós vamos até o cemitério — anuncia meu pai.
— Eu vou com vocês — diz Stanislav.
— Não, Stanislav, por favor, fique e ajude sua mãe.

Senão, em seguida, ele nos falaria sobre seus cemitérios favoritos.

Quando voltamos, tomamos outra xícara de chá e chega a hora do jantar.

— Valentina vai cozinhar para nós — diz meu pai. — Ela cozinha muito bem.

Sentamo-nos em volta da mesa para esperar. Stanislav conta sobre um jogo de futebol em que marcou dois gols. Mike, Anna e eu sorrimos por educação. Meu pai resplandece de orgulho. Enquanto isso, Valentina coloca seu avental de babados e vai para a cozinha. Ela esquenta seis pratos de comida congelada, fatias de carne assada com molho acompanhadas de batatas e ervilhas e coloca tudo na mesa com um meneio.

Comemos em silêncio. Pode se ouvir o arranhar das facas nos pratos enquanto manejamos a carne fibrosa e requentada. Até mesmo Stanislav se cala por alguns minutos. Quando chega às ervilhas, meu pai começa a tossir. As fibras agarram na sua garganta. Eu sirvo água para ele.

— Está delicioso — diz Mike, olhando à volta em busca de apoio.

Todos nós murmuramos, concordando com ele.

O rosto de Valentina se ilumina, triunfante.

— Minha cozinha é moderna, não é cozinha camponesa.

Depois do jantar, tem sorvete de baunilha com calda de framboesa.

— O meu favorito — anuncia Stanislav com uma risadinha.

Ele lista para nós os sabores de sorvete na ordem de sua preferência.

Meu pai estava revirando uma gaveta e agora se aproxima com um punhado de papéis. É o último capítulo do seu livro, que eu o ajudei a traduzir. Ele quer lê-lo para Mike e também para Valentina e Stanislav.

— Vocês vão aprender alguma coisa da história de nossa amada pátria.

Mas Stanislav lembra de repente que tem dever de casa para terminar, Anna tinha ido até a cidade comprar leite e Valentina está ocupada ao telefone no quarto ao lado, e então só Mike e eu nos sentamos com ele na sala de estar de janelas amplas.

Na história da Ucrânia, o trator desempenhou um papel contraditório. Em tempos passados, a Ucrânia foi um país de camponeses fazendeiros. Para um país assim desenvolver todo o potencial de sua agricultura, a mecanização é absolutamente essencial. Mas o método pelo qual se introduziu essa mecanização foi, na verdade, terrível.

Sua voz se tornou pesada, carregada de todas as palavras não ditas e não escritas que estão condensadas no texto que ele está lendo.

Depois da Revolução de 1917, a Rússia começou a se tornar um país industrial, com um crescente proletariado urbano. Esse proletariado seria recrutado entre os camponeses. Entretanto, se os camponeses deixassem o campo, como a população urbana seria alimentada?

A resposta de Stalin para esse dilema foi decretar que o campo também deveria ser industrializado. Então, no lugar das pequenas propriedades camponesas, toda a terra seria coletivizada em grandes fazendas, organizadas segundo os princípios industriais. O nome disso era kolkhoz, *que significa agricultura coletiva. Em nenhum outro lugar o princípio de* kolkhoz *foi aplicado com tanto rigor quanto na Ucrânia. Enquanto os fazendeiros camponeses costumavam usar cavalos e bois para trabalhar a terra, o* kolkhoz *era arado com cavalo de ferro, como os primeiros tratores foram chamados. Toscamente construídos, não confiáveis, com rodas de ferro batido sem pneus, ainda assim esses primeiros tratores podiam fazer o trabalho de vinte homens.*

O aparecimento do trator também tinha uma importância simbólica, porque permitia arar as terras limítrofes que separavam as faixas individuais de cada camponês, criando assim um grande kolkhoz. *Assim, ele prenunciava o fim de toda a classe dos* kulaks, *camponeses que possuíam terra própria e eram vistos por Stalin como inimigos da revolução. O cavalo de ferro destruía o padrão tradicional de vida nos vilarejos, mas a indústria de tratores na Ucrânia florescia. Entretanto, o sistema de* kolkhoz *não era tão eficiente, e isso em grande parte devia-se à resistência dos camponeses, que, ou se recusavam a participar do* kolkhoz, *ou continuavam a cultivar seus lotes simultaneamente.*

A resposta de Stalin foi impiedosa. A fome foi o instrumento que ele usou. Em 1932, toda a colheita da Ucrânia foi confiscada e transportada para Moscou e Leningrado a fim de alimentar o proletariado nas fábricas — de que outra maneira se sustentaria a revolução? Manteiga e cereais da Ucrânia foram postos à venda em Paris e Berlim, e pessoas bem--intencionadas do Ocidente se maravilhavam ante o milagre da produtividade soviética. Mas nas aldeias da Ucrânia as pessoas passavam fome.

Essa é a grande tragédia não registrada de nossa história, que somente agora está vindo à luz...

Ele para e junta os papéis em silêncio. Os óculos estão enganchados na ponta do nariz, as lentes são tão grossas que mal consigo ver seus olhos, mas tenho a impressão de captar um brilho de lágrimas. No silêncio que se segue, ouço Valentina ainda batendo papo ao telefone no quarto ao lado e uma fraca batida de música vindo do quarto de Stanislav. Ao longe, o relógio da igreja da cidadezinha bate sete horas.

— Muito bom, Nikolai. — Mike aplaude. — Stalin tem muitas contas a prestar.

— Muito bom, papai. — Meus aplausos são mais relutantes que os de Mike.

Todo esse nacionalismo ucraniano me incomoda — soa fora de época e irrelevante. Camponeses nos campos, canções folclóricas nas colheitas, o solo pátrio: o que tudo isso tem a ver comigo? Sou uma mulher pós-moderna. Entendo de estruturalismo. Tenho um marido que cozinha polenta. Então por que é que sinto esse tranco emocional inesperado?

A porta dos fundos bate. É Anna que está de volta. Valentina termina sua conversa telefônica e vem se juntar aos aplausos, batendo palmas delicadamente com a ponta perolada dos dedos. Ela sorri com satisfação, como se fosse pessoalmente responsável por aquela obra-prima literária, e o beija no nariz. *"Holubchik!"* Pombinho. Meu pai fica radiante.

Chega, então, a hora de voltarmos para casa. Damos apertos de mãos e fazemos uma encenação não convincente de beijinhos no rosto. A visita é considerada um sucesso.

★ ★ ★

— E então, como ela é? — pergunta minha irmã ao telefone.

Descrevo a minissaia, o cabelo e a maquiagem. Meu tom é neutro, disciplinado.

— Ah, meu Deus! Eu sabia! — grita Vera.

(E como estou gostando de falar mal daquela mulher! O que está acontecendo comigo? Eu costumava me considerar feminista. Agora parece que estou me transformando em uma colunista de fofocas.)

Conto para ela das luvas de lavar louça e das unhas rosa-pêssego.

— Sei. Sei. Consigo ver tudo. — Sua voz treme de raiva. As mãos da nossa mãe eram escuras e ásperas de cuidar do jardim e da cozinha. — Estou vendo que tipo de mulher ela é. Ele se casou com uma prostituta! — (Não fui *eu* quem disse isso!)

— Mas, Vera, você não pode julgar uma pessoa pelo jeito de se vestir. — (Rá! Vejam só como sou racional e adulta!) — De qualquer maneira, esse estilo não quer dizer a mesma coisa na Ucrânia. Significa a rejeição de um passado camponês, só isso.

— Nadia, como você pode ser tão ingênua?

— Nada disso, Vera. Tivemos uma professora de sociologia nos visitando no ano passado, ela era ucraniana e tinha exatamente essa mesma aparência. E ficava chateada porque a maioria das minhas amigas não usava maquiagem e andava de jeans ou de calças de ginástica, enquanto ela era louca por roupas de grife. Ela dizia que era uma traição da feminilidade.

— Bem, e é.

Minha irmã preferia morrer a ser vista de jeans (a não ser que fosse um jeans de grife, óbvio) ou de calças de ginástica. Da mesma forma, preferia morrer a ser vista de tamancos com os dedos à mostra e minissaia jeans.

Conto sobre a comida pré-cozida e congelada. Nesse ponto, pisamos em terreno comum.

— O mais triste é que provavelmente ele não nota a diferença — murmura ela. — Coitada da mamãe.

★ ★ ★

A primeira crise do casamento aconteceu logo depois da nossa visita. Valentina está pedindo um carro novo — que não seja apenas um carro velho qualquer. Tem que ser um bom carro. Ao menos um Mercedes ou um Jaguar. Um BMW está de bom tamanho. Ford, não, por favor. O carro será usado para levar Stanislav à sua escola de luxo, aonde outras crianças vão de Saabs e Land Rovers. Meu pai foi ver um Ford Fiesta de segunda mão, em bom estado, que dava para ele comprar. Valentina não tolerará um Ford Fiesta. Ela não tolerará nem mesmo um Ford Escort. Os dois têm uma discussão acalorada.

— O que você acha, Nadezhda? — Ele me liga muito agitado.

— Eu acho que um Ford Fiesta está muito bom. — (Tenho um Ford Escort.)

— Mas ela não vai tolerar um Ford Fiesta.

— Bem, então faça o que você quiser. — É o que ele fará de todo modo.

Meu pai tem um pouco de dinheiro no banco. É o seu pecúlio de pensionista, com um período de três anos ainda para render plenamente, mas que se dane, a esposa quer um carro e ele quer ser generoso. Eles se decidem por um Rover velho, grande o suficiente para satisfazer as aspirações de Valentina e velho o bastante para meu pai poder arcar com o custo. Ele retira seu pecúlio de pensionista e dá quase tudo para Valentina comprar o carro. As duzentas libras que sobram, ele dá para minha filha, que havia acabado de concluir com brilhantismo o ensino médio, a fim de ajudá-la na ida para a universidade. Eu me senti mal com aquilo, mas não tão mal assim. Disse a mim mesma: se ele não tivesse dado para a universidade da Anna, daria para Valentina comprar um Mercedes.

— É para cobrir a diferença da cláusula adicional — diz ele. — Esse dinheiro não vai para as filhas da Vera, é só da Anna.

Eu me sinto incomodada, porque sei que a Grande Irmã vai criar caso. Mas quero me vingar da cláusula adicional.

— Que ótimo, pai! Ela vai precisar mesmo desse dinheiro quando for pra universidade.

Agora ele está zerado — não sobrou mais dinheiro algum.

Anna fica emocionada quando lhe conto sobre o presente do avô.

— Ah! Ele é muito fofo! Será que ele também deu algum dinheiro pra Alice e pra Lexy quando elas foram pra universidade?

— Espero que sim.

Valentina está encantada com o Rover. Ele é elegante, reluzente, verde-metálico, motor de 3 litros, bancos de couro cheirando a cigarro caro, painel de nogueira e 300 mil de quilometragem. Eles andam pela cidade e estacionam ao lado dos Saabs e dos Land Rovers do lado de fora da escola de Stanislav. Valentina tem uma carteira de motorista internacional, tirada em Ternopil e válida por um ano. Ela nunca fez prova para motorista, conta meu pai, pagou pela carteira com bifes de carne de porco do sítio da mãe. Eles vão visitar os Zadchuk e a amiga de Valentina, Charlotte, e o tio em Selby. E, então, o carro para de andar. Quebrou a embreagem. Meu pai me telefona.

— Nadezhda, por favor, você me empresta cem libras para o conserto? Até eu receber minha pensão.

— Pai, você devia ter comprado o Ford Fiesta.

Eu mando um cheque para ele.

Depois, ele telefona para a minha irmã. E ela me telefona.

— O que está acontecendo com esse carro?

— Não sei.

— Ele pediu cem libras emprestadas para consertar o freio. Perguntei se não dava pra Valentina pagar. Ela está ganhando bem.

— E o que foi que ele disse?

— Ele nem quer ouvir falar disso, tem medo de pedir a ela. Disse que Valentina precisa mandar dinheiro pra Ucrânia, pra mãe doente. Você pode imaginar. — A voz transparece irritação. — Toda vez que eu a critico, ele sai em defesa dela.

— Talvez ele ainda a ame. — (Ainda sou romântica.)

— É, acho que sim. Acho que sim. — Minha irmã dá um suspiro cético. — Os homens são tão idiotas!

— A sra. Zadchuk disse pra ela que é dever do marido pagar as despesas do carro da mulher.

— Dever? Que gracinha! Que esperteza! Ele contou isso pra você?
— Ele perguntou o que eu pensava a respeito. Aparentemente, ser feminista me torna uma autoridade em direitos das esposas.
— Não sei ao certo o que a minha irmã pensa sobre o feminismo.
— Nossa mãe nunca gostou dos Zadchuk, não é? — observa Vera.
— Acho que é por orgulho. Ele não consegue pedir dinheiro a uma mulher. Acha que o homem deve ser o provedor.
— Ele acabou de pedir a mim e a você, Nadezhda.
— Mas nós não somos propriamente mulheres, somos?

Mike telefona para ele. Os dois têm uma longa conversa sobre as vantagens e as desvantagens dos sistemas de freio hidráulico. Eles ficam ao telefone por cinquenta minutos. Mike fica calado a maior parte do tempo, mas de vez em quando diz: "Hum. Hum."

★ ★ ★

Um mês depois, surge outra crise. A irmã de Valentina está vindo da Ucrânia. Ela quer ver com os próprios olhos a vida boa do Ocidente que Valentina descreveu em suas cartas — a casa moderna e elegante, o carro fabuloso, o marido viúvo e rico. É preciso ir buscá-la de carro no aeroporto de Heathrow. Meu pai diz que o Rover não vai aguentar ir e voltar de Londres. Está vazando óleo do motor e fluido do freio. O motor está fervendo. Um dos bancos arriou. Apareceu ferrugem nos retoques e no polimento feitos pelo vendedor. Stanislav resume o problema:

— *Auto ne prestijeskiy.* — Ele diz isso com um sorrisinho doce, a meio caminho da zombaria.

Valentina se volta contra meu pai.

— Você não é homem bom. Você cheio de dinheiro e pão-duro. Promete dinheiro. Dinheiro fica no banco. Promete carro. Lata-velha.

— Você exigiu um carro de prestígio. *Prestijeskiy auto.* A aparência é de prestígio, mas ele não anda. Ha-ha-ha.

— Carro lata-velha. Marido lata-velha. Tchuu! — cospe ela.

— Onde você aprendeu essa expressão nova, "lata-velha"? — pergunta meu pai. Ele não está acostumado a receber ordens.

Sempre fez tudo do jeito dele, acostumou-se a ser paparicado e persuadido através da bajulação.

— Você engenheiro. Por que não conserta carro? Engenheiro lata-velha.

Meu pai desmonta e monta motores na garagem desde que eu me entendo por gente. Mas agora ele não pode mais entrar debaixo de um carro: sua artrite não deixa.

— Diga à sua irmã para vir de trem — responde meu pai. — Trem. Avião. Todos esses transportes modernos são melhores. O carro é lata-velha. Óbvio que é uma lata-velha. Foi você quem quis. Agora é seu.

E tem um outro problema: fogão lata-velha. O fogão da cozinha, que está lá desde o tempo da minha mãe, está ficando velho. Apenas duas das três bocas ainda acendem, e o *timer* do forno parou de funcionar, embora o forno propriamente dito ainda esteja bom. Nesse fogão, delícias culinárias celestiais foram preparadas por mais de trinta anos, mas isso não vai impressionar a irmã de Valentina. O fogão é elétrico, e todo mundo que não é idiota sabe que a eletricidade não tem o prestígio do gás. O próprio Lenin não admitiu que o comunismo era socialismo mais eletricidade?

Meu pai concorda em comprar um fogão novo. Ele gosta de gastar dinheiro, mas não lhe restou dinheiro algum. O fogão terá que ser comprado pelo sistema de *leasing*. Ele viu uma oferta especial na Cooperativa. Valentina põe Nikolai na lata-velha e o leva à cidade para comprar o fogão de prestígio. Tem que ser a gás. Tem que ser marrom. Mas que azar, o fogão marrom não está incluído na oferta especial. Ele custa duas vezes mais.

— Veja bem, Valentina, é exatamente o mesmo fogão. Os mesmos botões. O mesmo gás. Tudo a mesma coisa.

— Na extinta União Soviética, todos os fogões eram brancos. Fogões latas-velhas.

— Mas tudo na cozinha é branco! A máquina de lavar pratos é branca, a geladeira é branca, o freezer é branco, os armários são brancos... Que sentido faz ter um fogão marrom?

— Você cheio de dinheiro e pão-duro. Quer me dar fogão lata-velha.

— Minha mulher cozinhou nele por trinta anos. Melhor do que você cozinha.

— Sua mulher Baba camponesa. Baba camponesa, cozinha camponesa. Para pessoa civilizada, fogão tem que ser gás, tem que ser marrom. — Ela disse isso devagar e com ênfase, como se repetisse uma lição elementar para um imbecil.

Meu pai assinou o contrato de *leasing* de um fogão civilizado. Ele jamais fez um empréstimo na vida, e a emoção do ilícito o deixa tonto. Quando mamãe era viva, o dinheiro ficava guardado em uma lata de caramelos escondida sob uma tábua solta do assoalho, debaixo do tapete de linóleo, e só quando se havia juntado bastante é que se comprava alguma coisa. Sempre à vista. Sempre na Cooperativa. Os cupons da Cooperativa eram colecionados dentro de um livro debaixo da tábua do assoalho também. Nos últimos anos, depois que mamãe descobriu que receberia juros se depositasse o dinheiro na Cooperativa de construção, os depósitos da Cooperativa, da mesma forma que o dinheiro, passaram a ser colocados debaixo do assoalho.

Outro problema: a casa está suja. Hoover lata-velha. O veterano Hoover Junior não está mais aspirando direito. Valentina viu a propaganda de um aspirador de pó para gente civilizada. "Vê? Não precisa ficar empurrando. Apenas suga, suga e suga." Meu pai assina outro contrato de *leasing*.

Foi ele quem me contou, e naturalmente contou a história do seu ponto de vista. Talvez haja uma outra versão dos fatos mais favorável a Valentina. Se houver, eu não quero ouvir. Imagino meu pai, curvado e frágil, tremendo de raiva e impotente, e meu coração se enche de indignação.

— Pai, veja bem, você tem que se impor. Diga simplesmente que ela não pode ter tudo o que deseja.

— Hum — responde ele. — *Tak*. — Ele diz sim, mas não há convicção em sua voz. Ele gosta de uma audiência solidária com quem reclamar, mas não vai fazer nada a respeito.

— As expectativas dela não são realistas, pai.

— Mas não se pode culpá-la por isso. Ela acredita em todas as propagandas do Ocidente.

— Mas ela tem que aprender, não é mesmo? — Meu tom de voz é ácido.

— Mais uma coisa... É melhor não falar sobre isso com Vera.

— Lógico que não. — (Mal posso esperar!)

— Valentina não é má pessoa, sabe, Nadezhda? Tem só algumas ideias incorretas. A culpa não é dela.

— Vamos ver.

— Nadezhda...

— O quê?

— Você não vai contar essas coisas para Vera.

— Por que não?

— Ela vai rir e dizer que me avisou.

— Tenho certeza de que não vai. — (Eu sei que vai.)

— Você sabe como é a Vera, que tipo de pessoa ela é.

Contra a minha vontade, sou sugada para dentro do drama familiar e de volta à infância. Ele me agarra. Do mesmo jeito que um aspirador de pó de gente civilizada. Suga, suga e suga. E eu sou tragada para o interior do saco de lixo do passado, cheio de memórias aglomeradas e cinzentas, em que tudo é amorfo, sombrio, embolorado, com pedaços indistintos de matéria recoberta de poeira antiga — poeira por todo lado, me afogando, me enterrando viva, enchendo meus pulmões e meus olhos até eu não poder mais ver, respirar, até eu mal poder gritar:

— Papai! Por que você é sempre tão duro com Vera? O que foi que ela fez?

— Ah, essa Vera. Ela sempre foi autoritária, mesmo quando era bebê. Agarrada na Ludmilla com punhos de aço. Segurando com força. Sugava, sugava e sugava. Que temperamento! Gritando. Berrando.

— Papai, ela era só um bebê. Não podia ser de outro jeito.

— Hum.

Meu coração grita: "Você devia nos amar, nos amar por piores que fôssemos! É o que pais *normais* fazem!" Mas não consigo dizer isso em alto e bom som. E, de qualquer maneira, como ele podia deixar de ser assim, não é mesmo? Criado como foi pela Baba Nadia, com sopas ralas e castigos severos.

— Nenhum de nós tem culpa de ser como é — digo.

— Hum. Sem dúvida, essa questão do determinismo psicológico — comenta, demorando-se em ambas as consoantes: o "p" e o "s" — é muito interessante de se discutir. Leibniz, por exemplo, que, aliás, foi o fundador da matemática moderna, acreditava que tudo se determinava no momento da criação.

— Papai...

— *Tak, tak*. E fumando o tempo todo. Fumando até mesmo junto ao leito de morte da Ludmilla. Que terrível tirano é o cigarro. — Ele percebe que a minha paciência está se esgotando. — Eu já lhe contei, Nadia, que quase morri por causa do cigarro?

Isso é uma tática grosseira para mudar de assunto ou ele está ficando completamente destrambelhado?

— Eu nem sabia que você fumava.

Nenhum dos meus pais fumava. E não apenas isso: eles fizeram um escândalo tão grande quando eu comecei a fumar aos 15 anos, que nunca fiquei totalmente dependente do cigarro e desisti dele alguns anos mais tarde, não antes de firmar minha posição.

— Ah, justamente por não fumar é que os cigarros salvaram a minha vida e, pela mesma razão, quase me custaram a vida. — Ele adapta o tom de voz para a narrativa tranquila. Está no controle agora, dirigindo seu trator pelos sulcos desfeitos do passado. — Pois é, naquele campo de trabalho alemão onde fomos parar no fim da guerra, o cigarro era uma moeda que todo mundo aceitava. Quando nós trabalhávamos, eles nos pagavam: um tanto de pão, um tanto de banha, tantos cigarros. E, assim, quem não fumava podia trocar os cigarros por comida, roupa e até mesmo por artigos de luxo como sabão e cobertores. Por causa dos cigarros, sempre tivemos o que comer e sempre ficamos agasalhados. Foi assim que sobrevivemos durante a guerra. — Ele olha fixamente para um ponto atrás da minha cabeça. — Vera, infelizmente, é hoje em dia, sem dúvida, uma fumante. Ela já lhe contou sobre o primeiro contato dela com o cigarro?

— Não, ela nunca me contou nada. O que você quer dizer? — Minha mente estava divagando enquanto ele tagarelava. Agora eu me dou conta de que devia ter prestado atenção. — O que aconteceu entre Vera e os cigarros?

Há um longo silêncio.

— Não consigo me lembrar. — Ele olha de esguelha para fora da janela e começa a tossir. — Eu já lhe contei, Nadia, sobre as caldeiras daqueles navios, como elas eram gigantescas?

— Esqueça as caldeiras, pai. Termine, por favor, o que você estava dizendo sobre os cigarros. O que foi que aconteceu?

— Não me lembro. Não me lembro de jeito nenhum. Já faz muito tempo.

Lógico que ele se lembra, só que não quer contar.

★ ★ ★

A irmã de Valentina chega. Um homem da vila foi encontrá-la no aeroporto de Heathrow, meu pai pagou cinquenta libras para ele ir a Londres buscá-la em seu Ford Fiesta. Seu cabelo não é loiro como o de Valentina; é escuro, preso na nuca em um penteado complicado de pequenos cachos. Ela usa um casaco de pele verdadeiro, sapatos de couro envernizado, e a boca é um pequeno arco, vermelho e amuado. Lança um olhar frio e pestanejante pela casa, observa o fogão, o aspirador, o marido e anuncia que vai ficar com o tio em Selby.

8
Um sutiã de cetim verde

Outra crise. Dessa vez é a conta de telefone. Mais de setecentas libras, quase tudo de chamadas para a Ucrânia. Meu pai me telefona.
— Você podia fazer o favor de me emprestar quinhentas libras?
— Papai, isso tem que acabar. Por que é que eu tenho que pagar os telefonemas dela para a Ucrânia?
— Não foi só ela. Stanislav também ligou.
— Está bem, de ambos. Eles não podem simplesmente ligar e ficar batendo papo com os amigos. Diga a Valentina que é ela quem tem que pagar com o próprio salário.
— Hum. Está bem. — Ele coloca o telefone no gancho.
Ele liga para a minha irmã.
Ela me liga.
— Você já está sabendo da conta de telefone? Francamente! Era só o que faltava!
— Eu disse que ele tinha que fazer Valentina pagar. Não vou subsidiá-la. — Meu tom é o de uma leitora indignada em carta de reclamação ao jornal.
— Óbvio que foi exatamente isso o que eu disse, Nadezhda.
— Minha irmã faz a leitora indignada ainda melhor que eu. — E você sabe o que ele respondeu? Que ela não pode pagar a conta de telefone porque tem que pagar o carro.
— Mas eu pensei que ele tinha comprado o carro pra ela.
— É um outro carro. Um Lada. Que ela está comprando com a intenção de levar para a Ucrânia.

— Quer dizer que ela tem dois carros?
— É o que parece. É óbvio que essas pessoas... *são* comunistas. Desculpe, Nadezhda, já sei o que você vai dizer. Mas elas sempre tiveram tudo o que queriam, os luxos, os privilégios, e agora que não podem mais espoliar o sistema de lá, querem vir para cá e espoliar o nosso sistema. Bem, me desculpe...
— Não é tão simples assim, Vera.
— Pois é, neste país os comunistas são pessoas inofensivas de barba e sandália. Mas, quando chegam ao poder, emerge deles, de repente, um novo tipo de personalidade nefasta.
— Não, as pessoas no poder são sempre as mesmas, Vera. Às vezes elas se dizem comunistas, outras, capitalistas, outras, ainda, religiosos devotos... Qualquer coisa necessária pra chegar ao poder. Os antigos comunistas da Rússia são as mesmas pessoas que possuem todas as indústrias agora. São eles os verdadeiros comerciantes ladrões. Mas os profissionais da classe média, gente como o marido da Valentina, foram duramente atingidos.
— É lógico que eu sabia que você ia discordar de mim, Nadezhda, e, sinceramente, não quero discutir isso. Eu sei onde recaem suas simpatias. Mas vejo, objetivamente, que tipo de pessoas eles são.
— Mas você não os viu ainda.
— Mas já percebi pela sua descrição.

Vaca tonta. Não vale a pena discutir com ela. Ainda assim me aborrece que não pense duas vezes antes de me atacar, apesar de nossa nova aliança.

Telefono para meu pai.
— Ah — diz ele —, o Lada. Ela comprou para o irmão. Veja, o irmão estava morando na Estônia, mas foi expulso porque não passou no exame de estoniano. Ele é totalmente russo, sabe? Fala só russo. Não sabe uma palavra de estoniano. Mas, depois da independência, esse novo governo da Estônia quer expulsar todos os russos. Então, o irmão dela tem que sair. Agora, Valentina fala ucraniano e russo. Fala as duas línguas muito bem. Stanislav também. Bom vocabulário. Boa pronúncia.

— Voltando ao Lada...

— Ah, sim, o Lada. O irmão dela tinha um Lada, sabe? Que ficou todo amassado. A cara dele também ficou toda amassada. Uma noite ele foi pescar, pegar peixe num buraco no gelo. Muito frio, sentado durante muito tempo na neve, esperando aparecer algum peixe. Faz muito frio na Estônia. Então, para se esquentar, ele toma vodca. É óbvio que o álcool não é um combustível de combustão como o querosene ou a gasolina usada nos tratores, mas ele tem certas propriedades caloríficas. Mas a um certo custo. Bem, é esse o custo... Ele bebe demais, derrapa no gelo, amassa o Lada e amassa a cara. Mas eu me pergunto: por que eu deveria ajudar um homem que não só não é ucraniano, como também é tão russo que não passou no exame de estoniano? Pode me dizer?

— Então, ela comprou um Lada novo pra ele?

— Novo, não. De segunda mão. Não tão caro, diga-se de passagem. Mil libras. Pois é, neste país o Lada não é considerado um carro chique. — (Ele pronuncia "chic", do jeito francês. Ele se imagina um tanto francófono.) — Carroceria muito pesada para o tamanho do motor, consumo de combustível ineficiente, transmissão antiquada... Mas, na Ucrânia, um Lada é bom por causa da facilidade das peças de reposição. Talvez não seja nem para o irmão. Talvez ela venda com um bom lucro.

— Então, ela está dirigindo dois carros?

— Não, o Lada fica na garagem. O Rover é para dirigir.

— Mas ela não tem dinheiro pra pagar a conta de telefone!

— Ah, o telefone. Isso é um problema. Muita conversa. Marido, irmão, irmã, mãe, tio, tia, amiga, primo. Às vezes ucranianos, mas, na maior parte, russos. — Como se ele não se importasse de pagar a conta se fosse para falar em ucraniano. — Conversa fiada. Tagarelice. — Ele não se importaria de pagar se fosse para falar de Nietzsche e Schopenhauer.

— Papai, diga a ela que, se não pagar, o telefone vai ser cortado.

— Hum. Vou dizer. — Ele diz que vai, mas seu tom é de quem não vai.

Não dá. Ele não consegue enfrentá-la. Ou talvez, na verdade, não queira. Ele só quer reclamar e ter nosso apoio.

— Você tem que ser mais firme com ela. — Posso sentir a resistência dele através da linha telefônica, mas engato mais uma. — Ela não compreende. Deve achar que no Ocidente todo mundo é milionário.

— É...

Alguns dias depois, ele telefona mais uma vez. O Rover quebrou novamente. Agora é o sistema de freio hidráulico. Ah, e o carro não passou na vistoria. Meu pai precisa de mais dinheiro emprestado.

— Só até eu receber minha pensão.

— Está vendo? — esbravejo, comentando com Mike. — Os dois são completamente malucos. Eles dois. Por que eu não nasci numa família normal?

— Imagina só como deve ser chato.

— Ah, eu acho que me daria bem com um pouco de chatice. O que eu não quero é essa coisa toda... Não a esta altura da vida.

— Bem, tente não se abalar tanto, porque, com certeza, as coisas ainda vão piorar. — Ele pega uma lata de cerveja na geladeira e despeja em dois copos. — Você tem que dar a ele a chance de se divertir um pouco. Não devia interferir.

Depois, eu me arrependi de não ter interferido mais, e mais cedo.

É impossível, percebo, controlar as coisas pelo telefone. Hora de uma nova visita. Dessa vez não aviso meu pai.

Valentina não está em casa quando chegamos, só Stanislav. Ele está lá em cima, no quarto, fazendo o dever de casa, curvado sobre os livros. Leva a sério os estudos. Bom menino.

— Stanislav — pergunto —, o que está acontecendo com esse carro? Parece que ele está causando muitos problemas.

— Ah, nenhum problema. Está tudo certo agora. Tudo consertado. — Ele dá seu cativante sorriso de dente quebrado.

— Mas, Stanislav, não dá pra convencer sua mãe de que um carro menor seria melhor, mais seguro que um grande monstro reluzente que gasta uma fortuna pra rodar? Meu pai não tem tanto dinheiro assim, sabia?

— Ah, ele está bom agora. É um carro muito bom.

— Mas vocês não estariam mais bem servidos com um carro mais confiável, como um Ford Fiesta?

— Ah, o Ford Fiesta não é um bom carro. Você sabia que, quando estávamos vindo pra cá, vimos um acidente horrível na estrada com um Ford Fiesta e um Jaguar, e o Ford Fiesta estava completamente esmagado embaixo do Jaguar? Por aí você vê que um carro grande é muito melhor.

Ele está falando sério?

— Mas, Stanislav, meu pai não tem condições de sustentar um carro grande.

— Ah, acho que ele tem. — Sorriso doce. — Ele tem bastante dinheiro. Ele deu dinheiro pra Anna, não deu? — Seus óculos escorregam pelo nariz. Ele os empurra para cima e olha para mim, me encarando com tranquilidade. Talvez um menino não tão bom assim.

— É, mas... — O que posso dizer? — Foi decisão dele.

— Exatamente.

Passos rápidos sobem as escadas e Valentina irrompe no quarto. Ela briga com Stanislav por estar falando comigo:

— Pare de falar com essa gralha agourenta e sem tetas.

Esqueceu que eu falo ucraniano ou não está nem aí.

— Não tem problema, Valentina — respondo. — É com você que eu quero falar. Vamos até lá embaixo?

Ela desce comigo para a cozinha. Stanislav vem também, mas Valentina o manda para a sala ao lado, onde papai está traçando para Mike um extenso quadro comparativo das características de segurança de diferentes sistemas de freios, evitando teimosamente qualquer referência aos problemas específicos do Rover, enquanto Mike luta para virar o jogo e levar a conversa naquela direção.

— Por que você quer falar comigo? — Valentina se posiciona de frente para mim e perto demais. Seu batom é um borrão vermelho e raivoso em volta do contorno da boca.

— Eu acho que você sabe por quê, Valentina.

— Sei? Por que eu sei?

Eu havia planejado uma discussão racional, um desdobrar tranquilo de argumentos lógicos que terminariam em uma graciosa admissão de culpa por parte dela, um sorriso, uma aceitação sentida de que as coisas tinham que mudar. Mas tudo o que eu sinto é uma raiva cega, ardente, e os argumentos me fogem. O sangue lateja na minha cabeça.

— Você não tem vergonha? — Eu descambei para uma língua híbrida, metade inglês, metade ucraniano, fluente e agressiva.

— Ver-gonha! Ver-gonha! — Ela bufa. — Você vergonha. Eu não vergonha. Por que você não visita o túmulo da sua mãe? Por que não chora, não leva flores? Por que vem fazer confusão aqui?

A imagem de minha mãe jazendo esquecida sob a terra fria enquanto essa usurpadora manda e desmanda na cozinha dela me provoca um novo acesso de fúria.

— Não ouse falar da minha mãe. Não pronuncie o nome dela com sua boca suja de comida congelada!

— Sua mãe morreu. Agora seu pai casa comigo. Você não gosta. Você faz confusão. Eu entendo. Não sou burra.

Ela fala na língua híbrida também. Rosnamos uma para a outra como dois vira-latas.

— Valentina, por que você fica saindo por aí com dois carros, se meu pai não tem dinheiro suficiente pra fazer o conserto de nenhum deles? Por que você fica ligando pra Ucrânia e ele tem que me pedir dinheiro pra pagar as contas? Faça o favor de me dizer!

— Ele deu dinheiro para você. Agora você dá dinheiro para ele — provoca a grande boca vermelha.

— Por que meu pai tem que pagar as despesas dos seus carros? As suas contas de telefone? Você trabalha. Ganha dinheiro. Precisa contribuir com alguma coisa na casa. — Eu me elevei a um estado de indignação, e as palavras vão brotando, umas em inglês, outras em ucraniano, misturadas de algum modo antigo.

— Seu pai não compra nada para mim! — Ela se inclina para a frente e grita tão perto do meu rosto que sinto uma chuva fina de saliva na pele. Sinto o cheiro das axilas e do laquê dela. — Nem carro! Nem joias! Nem roupas! Nem cremes! Nem roupas de baixo! — Ela levanta com violência a camiseta para exibir os seios exorbitantes, explodindo como ogivas gêmeas para fora de um sutiã-lançador de foguetes de cetim verde com suporte de arame, amarrado com tiras, com detalhes em lycra e acabamento em renda.

— Eu compro tudo! Eu trabalho! Eu compro!

Em se tratando de busto, eu tenho que admitir minha derrota. Fico sem palavras. No silêncio que se segue, ouço a voz monocórdia do meu pai na sala ao lado. Ele está contando para Mike a história dos lápis no espaço. Eu já escutei essa história muitas vezes. E Mike também.

— Nos primeiros dias da corrida espacial, surgiu um problema interessante após os experimentos sobre ausência de peso. Os americanos descobriram que, para escrever bilhetes e fazer relatórios, a caneta de tinta comum não funcionava sem a ação da gravidade. Os cientistas empreenderam pesquisas intensivas e finalmente desenvolveram uma caneta de tecnologia avançada para funcionar em condições de falta de gravidade. Na Rússia, os cientistas que se depararam com o mesmo problema encontraram uma solução diferente. Em vez de caneta, usaram lápis. Foi assim que os russos colocaram os lápis no espaço.

Como meu pai pode estar tão cego a respeito do que está acontecendo com ele?

Eu me viro para Valentina.

— Meu pai é um homem inocente. Idiota, mas inocente. Você gasta todo o seu dinheiro em lingerie de piranha e em maquiagem de piranha! Será que é porque meu pai não é suficiente pra você, hein? Será que é porque você está atrás de um outro homem, ou de dois ou três ou quatro, hein? Eu sei o que você é, e em breve meu pai também vai saber. E aí nós veremos!

Stanislav exclama:

— Uau! Eu não sabia que Nadezhda falava ucraniano tão bem assim!

Então, a campainha toca. Mike atende. São os Zadchuk. Estão em pé na soleira da porta com um buquê de flores e um bolo caseiro.

— Entrem! Entrem! — convida Mike. — Vocês chegaram bem na hora do chá.

Eles ficam parados na entrada, hesitantes. Perceberam o rosto transtornado de Valentina. (Os seios estão cobertos de novo.)

— Entrem — convida Valentina, fazendo biquinho. São seus amigos, apesar de tudo, e ela pode precisar deles.

— Entrem — digo —, vou pôr a chaleira no fogo. — Preciso de um tempo para me recompor e acalmar o ritmo da minha respiração.

Embora seja outubro, a tarde está amena e ensolarada. Tomamos chá no jardim. Mike e Stanislav trazem cadeiras de armar e uma mesa de camping velha e bamba para baixo da ameixeira.

— Que bom que vocês vieram! — diz meu pai aos Zadchuck, ajeitando-se sobre a lona barulhenta. — Que bolo gostoso! Minha Millochka fazia um bolo assim.

Valentina toma o comentário como ofensa.

— O da Tesco é melhor.

A sra. Zadchuk fica ofendida.

— Eu gosto mais de bolo feito em casa.

O sr. Zadchuk sai em sua defesa.

— Para que comprar bolo na Tesco, Valentina? Por que você mesma não faz o bolo? As mulheres devem fazer seus bolos.

Valentina ainda está em pleno modo de erupção por causa do embate comigo.

— Eu não tenho tempo para fazer bolo. O dia todo trabalhando por dinheiro. Comprar bolo. Comprar roupas. Comprar carro. Marido ruim, pão-duro, não dá dinheiro.

Fico com medo que a camiseta suba novamente, mas ela se satisfaz com um dramático movimento com o busto na direção do meu pai. Alarmado, ele olha para Mike em busca de socorro. Mike, que não sabe ucraniano o suficiente para perceber o que se passa, fatalmente retorna ao assunto do bolo e se insinua para a sra. Zadchuk, para que ela o sirva de mais uma boa fatia.

— Humm... Delicioso.

As bochechas cor-de-rosa da sra. Zadchuk se iluminam. Ela dá um tapinha na perna de Mike.

— Você come bem. Eu gosto de homem que come bem. Por que você não come mais, Yuri?

O sr. Zadchuk toma isso como ofensa.

— Bolo demais deixa a pessoa gorda, barriguda. Você está gorda, Margaritka. Um pouquinho gorda.

A sra. Zadchuk toma isso como ofensa.

— Antes gorda que magricela. Veja Nadezhda. É a dama faminta de Bangladesh.

Tomo isso como ofensa. Reagindo à injustiça, encolho o estômago:

— Magro é bom. Magro é sadio. Gente magra vive mais.

Todos se viram para mim com uivos e risadas de deboche.

— Magro é fome! Magro é inanição! Tudo que é magro cai morto! Ha-ha-ha!

— Eu gosto de gorda — anuncia meu pai. Ele pousa a mão apaziguadora e murcha sobre o seio de Valentina e dá um leve apertão.

O sangue me sobe à cabeça. Dou um pulo e sem querer esbarro no pé da mesa, jogando o bule e o que resta do bolo no chão.

Nosso chá não foi um sucesso.

Depois que os Zadchuk se vão, ainda há louça e alguma roupa suja para lavar — guardanapos, toalha. Valentina calça as luvas de borracha nas mãos de unhas rosa-pêssego peroladas. Eu a empurro para o lado.

— Eu faço isso — digo. — Não tenho medo de sujar as mãos. Você, obviamente, é muito fina pra isso, Valentina. Fina demais para o meu pai, não acha? Embora não tão fina assim quando se trata de gastar o dinheiro dele, não é mesmo?

Ela solta um urro.

— Megera! Gralha! Fora da minha cozinha! Fora da minha casa!

— Esta casa não é sua! É da minha mãe! — Urro em resposta.

Meu pai corre para a cozinha.

— Nadezhda, por que você está metendo o nariz onde não é chamada?

— Papai, você é maluco. Primeiro diz que Valentina gasta todo o seu dinheiro. "Me empresta cem libras. Me empresta quinhentas libras." Depois diz que eu não devo meter o nariz. Ponha a cabeça no lugar!

— Eu disse emprestar dinheiro. Não meter o nariz. — O maxilar dele está contraído. Os punhos, cerrados. Está começando a tremer. Eu me lembro de quando essa visão me enchia de terror, mas agora sou mais alta que ele.

— Papai, por que eu deveria dar dinheiro pra você gastar com essa mulher gananciosa, desonesta, supermaquiada, com essa... — *Puta, puta, puta!*, penso. Mas a minha boca feminista se recusa a dizer.

— Vá embora! Vá embora e nunca mais apareça por aqui! Você não é mais a minha filha Nadezhda! — Ele me encara com olhos desbotados e dementes.

— Ótimo — digo. — Pra mim está ótimo. Afinal, pra que eu quero um pai feito você? Você que fique com sua mulher peituda e me deixe fora disso.

Junto as minhas coisas depressa e corro para o carro. Poucos minutos depois, vem Mike.

Quando deixamos para trás as cercanias de Peterborough e nos dirigimos para campo aberto, Mike arrisca, em tom jocoso:

— Que bando de malucos vocês são.

— Cale a boca! — grito. — Cale a boca e não se meta nisso! — Logo em seguida, sinto vergonha. Cheguei às raias da loucura.

Vamos para casa em silêncio. Mike procura sintonizar estações de rádio com música relaxante.

9
Presentes de Natal

Certa noite, bem tarde, não muito depois de nossa visita, Stanislav telefona para minha irmã. Ele tinha achado o número na agenda telefônica do meu pai.

— Por favor, você precisa fazer alguma coisa... Essas brigas horríveis... Gritando o tempo todo... — Ele soluça ao telefone.

Vera age. Telefona para o Ministério do Interior. Eles a orientam a escrever. Ela liga para mim, furiosa.

— Dessa vez vamos fazer isso juntas e nós duas vamos assinar. Eu não vou deixar que ele fique nos jogando uma contra a outra. Não vou deixar você ficar bem com ele porque não toma nenhuma atitude, enquanto eu faço todo o trabalho sujo e acabo cortada do testamento.

— Talvez eu escreva — respondo. — Vou telefonar pra ele primeiro. Vou ver se consigo descobrir o que está acontecendo. Não quero fazer nada que nos cause arrependimento depois. — Eu me sinto culpada de não ter me mantido vigilante para defendê-lo.

Telefono para meu pai. Ouço o telefone cair com um estrondo e, em seguida, a respiração ofegante dele ao apanhá-lo no chão.

— Alô? Ah, Nadezhda. Que bom que você ligou.

— O que está acontecendo, papai?

— As coisas não estão indo muito bem com Valentina. Alguns problemas. Ela tem se comportado como se não gostasse de mim... me dizendo que eu sou um ser inferior... um inseto que merece ser esmagado... um imbecil que devia ficar trancafiado... um cadáver que precisa ser enterrado... e outras coisas assim. — Ele sussurra frases incoerentes e tosse muito. Sua voz sai arrastada, como se o esforço de articular as palavras lhe causasse dor.

— Ah, pai. — Não sei o que dizer, mas ele percebe a desaprovação na minha voz.

— Óbvio que a culpa não é inteiramente dela. Ela tem estado muito estressada devido aos atrasos do Ministério do Interior. E, além disso, o trabalho dela é muito puxado: de dia na clínica e à noite no hotel. Ela fica muito cansada e, como está exausta, perde a paciência com facilidade.

Sinto a raiva tomar conta de mim — raiva dela e dele.

— Mas, papai, qualquer um podia ver que isso ia acabar acontecendo. Qualquer um, menos você.

— Não conte nada para Vera, está bem? Ela vai dizer...

— Pai, Vera já sabe. Stanislav ligou pra ela.

— Stanislav ligou para Vera?

— Ele estava chorando ao telefone.

— Isso não é bom. Não é nada bom. Bem, o que quer que aconteça... Pelo menos até a decisão do recurso, nós vamos ficar juntos... Depois disso, eles vão embora e me deixam em paz.

Mas eu e minha irmã não vamos dar nenhuma chance para o azar. Redijo uma carta para o Departamento de Imigração do Ministério do Interior em Lunar House, Croydon, relatando a história do casamento de Valentina com nosso pai e de seu relacionamento com Bob Turner. Não me importo mais de não ser uma liberal correta. Quero que essa mulher seja mandada embora. Descrevo as condições em que vivem — camas separadas — e o fato de o casamento não ter se consumado, porque acredito que a visão do sistema é a de que o sexo penetrativo é o que define o casamento. Fico satisfeita com a objetividade da carta.

> No começo deste ano, a sra. Dubova obteve um segundo visto de seis meses e, em março, chegou aqui através de Ramsgate. Mais uma vez

ela foi morar na casa do sr. Turner. Em junho, ela e nosso pai se casaram na igreja da Imaculada Conceição, em Peterborough.

Depois do casamento, a sra. Dubova não foi morar com nosso pai, continuou na casa do sr. Turner, na Hall Street. Quando o período escolar terminou, a sra. Dubova (agora Mayevska) e Stanislav se mudaram para a casa de nosso pai. Entretanto, ela não dorme no mesmo quarto que nosso pai, e o casamento nunca se consumou.

No começo, tudo parecia estar indo bem. Nós acreditávamos que, embora a sra. Dubova (agora Mayevska) talvez não amasse nosso pai no sentido romântico, ela seria ao menos atenciosa e carinhosa com um homem idoso e frágil em seus últimos anos de vida. Contudo, depois de poucos meses, as coisas começaram a dar errado.

Enquanto escrevo, me vem, ao mesmo tempo, um sentimento de culpa terrível e uma doce e secreta sensação de alívio. O beijo de Judas no jardim, a alegria da maldade sem responsabilidade. Meu pai não pode saber nunca, Mike e Anna não podem saber nunca. Valentina vai desconfiar, mas jamais terá certeza.

Solicito ao correspondente sigiloso do Ministério do Interior que mantenha nosso anonimato. Assino a carta e a envio para minha irmã pelo correio. Ela a assina e envia pelo correio para o Ministério do Interior. Não recebemos resposta. Minha irmã telefona algumas semanas depois e é informada de que a carta foi anexada ao processo.

Quando torno a telefonar para meu pai a fim de perguntar como estão as coisas, ele é evasivo.

— Está tudo bem. — É tudo o que diz. — Nada fora do normal.

— Nenhuma discussão?

— Nada fora do normal. Marido e mulher. Discutir é normal. Nada muito sério. — Então ele começa a falar de aviação: — Veja, assim como no amor, na aviação tudo é uma questão de equilíbrio. A asa longa e fina facilita a elevação, mas ao custo de um peso maior. Da mesma maneira, discussão e mau humor ocasionais são os custos do amor. No design da asa de uma aeronave, o segredo do sucesso é chegar à proporção ideal entre sustentação e arrasto. Com Valentina é a mesma coisa.

— Você quer dizer que ela tem um levantamento reforçado, mas arrasta um bocado. — (Ha-ha-ha.)

Faz-se um longo silêncio do outro lado da linha enquanto ele tenta decifrar o que eu falei.

— Papai — digo —, chega de aviação. Não está vendo que eu estou preocupada com você?

— Está tudo bem. Só a minha artrite que está voltando. É esse tempo úmido.

— Você gostaria que eu e Mike fôssemos até aí ver você?

— Não. Agora, não. Mais pra frente, talvez. Daqui a algum tempo.

Com minha irmã, ele tem ainda menos consideração.

— Ele não responde a nenhuma pergunta minha. Discorre sobre isso ou aquilo, e fala e fala. Sinceramente, acho que ele está perdendo a lucidez — diz ela. — Nós deveríamos levá-lo a um médico para atestar sua insanidade. Aí poderíamos dizer que ele estava com a mente perturbada quando se casou.

— Ele sempre foi assim. Não está pior do que já era. Você sabe que ele sempre foi um pouco maluco.

— É verdade. Completamente maluco. Mas sinto que, de alguma forma, agora está pior. Ele fala com você sobre Valentina?

— Na verdade, não. Diz que eles têm seus desentendimentos, mas nada fora do normal. Você se lembra das discussões que ele tinha com a mamãe? Ou as coisas tinham se ajeitado e estava tudo bem entre eles, ou ele não queria que a gente soubesse da seriedade da briga. Ele está preocupado que você vá rir dele, Vera.

— Bem, óbvio que vou rir dele. O que é que ele esperava? Mas, apesar de tudo, ele é nosso pai. Nós não podemos deixar que essa mulher perigosa faça isso com ele.

— Ele diz que está tudo bem. Mas não é o que transmite.

— Talvez ela esteja escutando enquanto ele fala ao telefone. É apenas uma suposição.

O Natal nos oferece a desculpa de que precisávamos para uma visita.

— É Natal, papai. As famílias sempre se reúnem no Natal.

— Vou perguntar o que Valentina acha.

— Não, só diga a ela que nós vamos aí.

— Tudo bem. Mas nada de presentes. Nenhum presente para mim, e eu não dou nada para vocês.

Essa ideia de "nenhum presente" vem da mãe dele, Baba Nadia. Meu nome é por causa dela. Ela era uma professora de aldeia, mulher enérgica e devota, de cabelo liso e preto que só ficou grisalho depois dos 70 ("Sinal de sua ancestralidade mongol", dizia minha mãe), seguidora fiel de Tolstói e suas ideias excêntricas que cativaram a intelectualidade russa da época: a nobreza espiritual do campesinato, a beleza da autonegação e outros tantos absurdos (dizia minha mãe, que havia sofrido com os discursos da sogra sobre casamento, criação de filhos e a melhor maneira de preparar bolinhos). E, apesar disso, quando eu era criança, meu pai confeccionou para mim presentes maravilhosos. Eram aviões-modelo feitos de balsa e acionados por ligas de elástico — toda a rua parava para vê-los voar. Tinha uma garagem, com um boxe de serviço no chão para o exame dos carros, em madeira e alumínio rebitado, com um elevador operado por um elástico que levava os carros de brinquedo até o teto e uma rampa curva por onde se podia descê-los novamente. Certo Natal, ele me deu uma fazenda em miniatura, um *"khutor"* como o da família de minha mãe na Ucrânia — uma folha de cartolina pintada de verde cercada por um muro pintado com portão de dobradiça que abria, uma casa de fazenda com porta e janelas que abriam e um pequeno estábulo de teto inclinado para vacas e porcos moldados em metal. Fico extasiada ao me lembrar desses presentes. Faz tanto tempo que não me lembrava mais do que um dia amei no meu pai.

— Mas Valentina e Stanislav talvez gostem de receber presentes — diz. — Na verdade, eles são bastante tradicionais, sabe? — Ah, e não os intelectuais leitores de Nietzsche que ele achava que eram!

Eu me divirto escolhendo presentes para Valentina e Stanislav. Para Valentina, embrulho um vidro de perfume especialmente barato e desagradável que ganhei de brinde numa promoção de supermercado. Para Stanislav, escolho um pulôver malva de poliéster que minha filha trouxe de um bazar na escola. Faço embrulhos caprichados, cheios de lacinhos. Compramos chocolates e um livro sobre aviões para meu pai. Na verdade, embora diga que não, ele gosta de ganhar presentes.

No dia de Natal, à tarde, vamos para a casa do meu pai. É um daqueles dias cinzentos, de um frio penetrante, que parecem ter desbancado os Natais brancos de neve. A casa está sombria, triste e suja, mas meu pai pendurou cartões de Natal (inclusive alguns que guardou do ano passado) em um barbante no teto, para abrilhantar a noite. Não tem comida em casa. Na ceia de Natal, na véspera, eles comeram fatias de peito de peru com batatas, ervilhas e molho, compradas prontas em pacotes para esquentar no micro-ondas. Não restaram sequer umas sobras. Em uma panela sobre o fogão, há algumas batatas cozidas frias e cinzentas e restos de um ovo frito.

Lembro-me de quando a ceia de Natal era uma ave grande e gorda, com a pele salgada e crocante e sumos oleosos porejando dela, cheirando a alho e manjerona, com a enorme barriga recheada de *khasha* de cereais, chalotas e castanhas assadas em volta, vinho caseiro que deixava todo mundo meio tonto, uma toalha branca e flores na mesa, mesmo no inverno, e presentes bobos, risadas e beijos. Aquela mulher que tomou o lugar da minha mãe roubou o Natal e o substituiu por comida congelada e flores de plástico.

— Por que não vamos jantar fora? — propõe Mike.

— Boa ideia — responde meu pai. — Podemos ir ao restaurante indiano.

Meu pai gosta de comida indiana. Existe um restaurante chamado O Himalaia na praça do triste shopping de concreto construído na cidade, na década de 1960. Por algum tempo, depois que minha mãe morreu, ele viveu da comida que eles entregavam em casa e chegou a conhecer o dono.

— É melhor que o Meals on Wheels — dizia —, o sabor é melhor. — Até que um dia ele ingeriu uma overdose de vindaloo, carne ao curry, e teve consequências desagradáveis as quais descrevia com prazer para quem quisesse ouvir. ("Quente quando entra. Muito, muito quente quando sai.")

Somos as únicas pessoas no restaurante: Mike, Anna e eu, papai, Valentina e Stanislav. Diminuíram a calefação, então o salão está frio. Há um cheiro de paredes úmidas e especiarias velhas. Escolhemos uma mesa perto da janela, mas não há nada para se ver lá fora a não ser o brilho do gelo no teto dos carros e o clarão da luz da rua na calçada da frente. O restaurante tem as paredes forradas de papel estampado de marrom e abajures de pergaminho com motivos indianos. Canções de Natal em ritmo de jazz, transmitidas por uma estação de rádio da cidade, fazem a trilha sonora.

O dono do restaurante cumprimenta meu pai como se fosse um amigo que não vê há muito tempo. Meu pai o apresenta a mim, ao Mike e à Anna:

— Minha filha, o marido e minha neta.

— E os outros? — O dono do restaurante se refere a Valentina e Stanislav. — Quem são?

— Essa senhora e seu filho vieram da Ucrânia — diz papai.

— E quem é ela? Sua esposa? — É óbvio que os comentários correram pela cidade, e agora ele quer a confirmação do escândalo. Ele deseja a porção que lhe cabe da fofoca quentinha.

— Eles são da Ucrânia — repito. Não consigo dizer "Sim, é a esposa dele". — Gostaríamos de dar uma olhada no cardápio.

Frustrado, ele vai buscar o cardápio e o joga na mesa.

— Queremos uma garrafa de vinho — pede Mike, mas o restaurante não tem licença para vender bebidas alcoólicas.

Nós mesmos temos que dar um jeito de nos animar.

Fazemos os pedidos. Meu pai adora *bhuna* de carneiro. Minha filha é vegetariana. Meu marido gosta de pratos apimentados. Eu, de comida feita no forno.

Valentina e Stanislav nunca comeram comida indiana antes. Eles estão cautelosos, condescendentes.

— Eu só quero carne. Muita carne — diz Valentina.

Ela escolhe um bife da seleção de pratos ingleses. Stanislav pede frango assado.

Escutamos a música pop e as baboseiras do DJ. Olhamos o brilho do gelo no teto dos carros. O dono do restaurante fica atrás do bar e nos olha discretamente. Está esperando o quê?

Anna se encosta em Mike e começa a transformar o guardanapo dele em uma complicada flor de origami. Ela é a queridinha do papai, como eu fui um dia. Vê-los juntos me deixa triste e feliz ao mesmo tempo.

— Bem — diz Mike —, é Natal novamente. Não é bom sair e jantar juntos? Deveríamos fazer isso mais vezes.

— Boa ideia — digo. Ele não sabe da carta para o Ministério do Interior.

— Você ganhou algum presente maneiro, Stanislav? — pergunta Anna, com a voz borbulhante de animação natalina. Ela também não sabe.

Stanislav ganhou meias, sabonetes, um livro sobre aviões e algumas fitas. No ano anterior, ele ganhou um casaco preto com gola de pelo — pelo de verdade. Um ano antes, ganhou patins do pai.

— O Natal é melhor na Ucrânia — diz Valentina.

— Então, por que você não... — Eu tento me deter, mas Valentina percebe o que eu ia dizer.

— Por quê? Por causa do Stanislav. É tudo por causa do Stanislav. Stanislav precisa ter boa oportunidade. Não tem oportunidade na Ucrânia — responde ela, bem alto. — Só tem oportunidade para prostituta-gângster na Ucrânia.

Mike balança a cabeça com simpatia. Anna fica calada. Stanislav dá seu sorriso encantador de dente quebrado. Atrás do bar, o dono do restaurante está em completo silêncio. Meu pai parece estar a quilômetros de distância, em cima de um trator em algum lugar.

— Era melhor na época do comunismo? — pergunto.

— Sem dúvida, melhor. Era vida boa. Você não imagina que tipo de pessoa governa país agora.

Seus olhos cor de calda de açúcar queimado estão pesados, vidrados. Hoje é seu primeiro dia de descanso em duas semanas. O delineador preto borrou e escorreu entre as rugas debaixo dos olhos. Se eu não tomar cuidado, vou começar a ter pena dela. Piranha. Puta. Cozinheira de comida congelada. Penso em minha mãe e endureço o coração.

— Minha escola era melhor — diz Stanislav. — Mais disciplina. Mais dever de casa. Mas agora, na Ucrânia, a gente tem que pagar aos professores para passar nas provas.

— Então não é diferente da sua escola nova — digo secamente.

Mike me chuta por baixo da mesa.

— Nem diferente da minha escola — cantarola Anna. — A gente tem sempre que subornar os professores com maçãs.

Stanislav parece perplexo.

— Maçãs?

— Brincadeira — diz Anna. — As crianças da Ucrânia não levam maçãs para os professores?

— Maçãs, nunca — responde Stanislav. — Vodca, sim.

— Você professora na universidade? — pergunta Valentina para mim.

— Sou.

— Eu quero ajuda para Stanislav na Universidade de Oxford-Cambridge. Você trabalha na Universidade de Cambridge. Você ajuda, então?

— Eu trabalho em Cambridge, mas não na Universidade de Cambridge. Trabalho na Universidade Politécnica Anglia.

— Universidade de Ângela? O que é isso?

Meu pai se inclina para ela e sussurra: "Politécnica."

Valentina ergue as sobrancelhas e murmura alguma coisa que eu não consigo entender.

Nossa comida chega. O dono do restaurante paira por um longo tempo ao redor de Valentina enquanto coloca os pratos diante dela. Ela dá um jeito de virar os olhos de calda de açúcar queimado na direção dele, mas é só um meio flerte. É tarde e estamos todos famintos demais para cortesias. O *bhuna* de carneiro está fibroso, e temos que cortar em pedacinhos para meu pai. O prato de legumes ao curry só tem repolho. O curry apimentado de Mike está com *muita* pimenta. O frango assado de Stanislav está duro e ressecado. O bife de Valentina parece um pedaço de pau.

— Está tudo bem? — pergunta o dono do restaurante.

— Uma maravilha — responde Mike.

Mais tarde, Mike leva meu pai, Anna e Stanislav de carro para casa e eu e Valentina vamos caminhando. As calçadas estão escorregadias de gelo, e nós nos agarramos uma à outra, em princípio para nos equilibrar, mas depois de algum tempo o toque se torna amistoso. Apesar da refeição decepcionante, certa animação da data nos contagia. Paz na Terra, boa vontade a todos os homens, cantam os anjos de Natal no céu enfarruscado. Eu me dou conta de que não haverá outra oportunidade como essa.

— Como vão as coisas? — pergunto.

— Bem. Tudo bem.

— Mas e as discussões? Parece que vocês discutem muito. — Mantenho um tom de voz neutro, amigável.

— Quem disse isso?

— Valentina, dá pra qualquer um perceber. — Não quero trair a confiança de Stanislav nem envolver meu pai nisso.

— Seu pai não é um homem fácil — diz ela.

— Eu sei. — Sei que não conseguiria conviver com meu pai dia após dia como ela convive. Começo a me arrepender de minha carta ao Ministério do Interior.

— O tempo todo ele me cria problemas.

— Mas você trabalhou num lar para idosos, Valentina. Você sabe como gente velha pode ser difícil.

O que ela estava esperando? Um velho cavalheiro e requintado que a enchesse de presentes e que, em uma bela noite, deixasse esse mundo tranquilamente? Não é o caso do meu velho pai, difícil, mal-humorado e teimoso.

— Seu pai mais difícil. Problema de tosse, tosse, tosse. Problema de nervos. Problema de banho. Problema de xixi. — Quando ela se volta para mim, o luar ilumina seu belo perfil eslavo, os malares altos e a boca curva. — O tempo todo, sabe? Beija, beija... pega aqui, aqui e aqui... — Suas mãos enluvadas acariciam os próprios seios, as coxas, os joelhos, por cima do casaco grosso.

Meu pai faz aquilo? Eu me sinto engasgar, mas mantenho a voz firme.

— Seja delicada com ele. Apenas isso.

— Eu delicada — diz ela. — Como meu próprio pai. Não preocupe.

Ela escorrega no gelo e segura com força o meu braço. Sinto seu corpo quente e sensual se apoiar por um breve instante no meu e aspiro o perfume forte e açucarado, meu presente de Natal, que ela borrifou na frente e atrás do pescoço. Essa mulher que tomou o lugar da minha mãe.

10
Chove não molha

Meu pai está eufórico. A inspetora do Serviço de Imigração passou por lá. Em breve a condição de imigrante de Valentina será confirmada, e o amor dos dois estará selado para sempre. Sem a ameaça de deportação pairando sobre eles, a nuvem de desentendimento se dissipará e tudo será como no começo outra vez, quando se apaixonaram. Quem sabe até melhor. Talvez comecem uma nova família. Pobre Valentina, tem estado muito ansiosa, e isso, algumas vezes, a tem tornado irritável, mas em breve os problemas chegarão ao fim.

A inspetora é uma mulher de meia-idade que usa sapatos baixos de cadarço e cabelo repartido no meio. Ela carrega uma pasta marrom e não aceita o chá que meu pai lhe oferece. Ele mostra a casa para ela.

— Este é o meu quarto. Este é o quarto da Valentina. Este é o quarto do Stanislav. Como a senhora pode ver, há bastante espaço para todo mundo.

A inspetora faz anotações sobre o lugar em que cada um vive.

— E esta é a minha mesa. Como pode ver, prefiro comer sozinho. Stanislav e Valentina comem na cozinha. Eu faço a minha comida, veja: maçãs Toshiba. Cozidas em micro-ondas Toshiba. Cheias de vitamina. A senhora quer experimentar?

A inspetora recusa educadamente e faz mais anotações.

— Será que eu poderei ver a sra. Mayevska? Quando ela chega do trabalho?

— Cada dia ela chega num horário diferente. Algumas vezes mais cedo, outras, mais tarde. É melhor a senhora telefonar antes.

A inspetora faz mais algumas anotações e então guarda o caderno dentro da pasta marrom, para depois apertar a mão do meu pai. Ele fica olhando o pequeno Fiat turquesa da inspetora desaparecer em uma curva da estrada e me telefona para contar a novidade.

Duas semanas depois, Valentina recebe uma carta do Ministério do Interior. Seu pedido de autorização para permanecer na Grã-Bretanha foi recusado. A inspetora não encontrou provas de casamento genuíno. Tomada de raiva, ela voa em cima do meu pai.

— Seu homem burro, idiota. Respondeu tudo errado. Por que não mostrou para ela a poesia-carta de amor? Por que não mostrou foto do casamento?

— Para que mostrar a ela a poesia? Ela não pediu para ver poesia, pediu para ver o quarto.

— Ah! Ela viu que você não é homem bom para entrar no quarto da mulher.

— Você que não é boa mulher, deixa o marido fora do quarto.

— O que você quer no quarto, hein? Uuuuu! Você é chove não molha! Um bunda-mole! Chove não molha! Bunda-mole! — debocha ela. Ela aproxima o rosto do dele e grita cada vez mais alto: — Chove não molha! Bunda-mole!

— Para! Para! Para! — grita meu pai. — Vá! Vá! Vá embora! Volte para a Ucrânia!

— Chove não molha, bunda-mole!

Ele a empurra longe. Ela o empurra também. Ela é maior. Ele tropeça e bate com o braço na quina do aparador. Forma-se uma contusão arroxeada.

— Olhe só o que você fez!

— Agora vai chorar com sua filha! Socorro, socorro, Nadia! Verochka! Mulher me bateu! Ha-ha-ha! Marido é que bate na mulher.

Se pudesse, talvez ele batesse nela, mas não pode. Pela primeira vez, percebe como está indefeso. Seu coração se enche de desespero. No dia seguinte, quando ela está no trabalho, ele me telefona e conta o que aconteceu.

As palavras saem com dificuldade, aos borbotões, trôpegas, como se só de contar em voz alta ele sofresse. Demonstro preocupação, mas sinto orgulho de mim mesma. Não é que eu estava certa a respeito da visão oficial sobre penetração?

— Você sabe, essa história de disfunção erétil, Nadia... Algumas vezes acontece com o homem.

— Não importa, papai. Ela não devia caçoar de você desse jeito.
— *Homem idiota*, penso. O que é que ele esperava?

— Não conte para Vera.

— Papai, talvez a gente precise da ajuda da Vera.

Eu já havia pensado que essa história poderia se tornar uma farsa burlesca, mas agora vejo que está se transformando em uma tragédia burlesca. Meu pai não me contou antes porque ela ficava escutando quando ele falava ao telefone. E porque ele não queria que Vera ficasse sabendo.

Resisti à tentação de falar "Eu bem que avisei, seu idiota". Mas telefono para Vera e ela diz isso para mim.

— Na verdade, eu responsabilizo você por isso, Nadezhda — acrescenta ela. — Você impediu a ida dele para um lugar especial para idosos. Nada disso teria acontecido se ele estivesse num asilo.

— Ninguém poderia prever...

— Nadia, *eu* previ. — Sua voz vibra com o triunfo da Grande Irmã.

— Está bem, você é muito esperta. E agora, como vamos tirá-lo disso? — Faço uma cara de zombaria que ela não pode ver do outro lado da linha.

— Existem duas possibilidades — diz Vera. — Divórcio ou deportação. A primeira é cara e incerta. A segunda também é incerta, mas pelo menos papai não precisa pagar por ela.

— Não podemos tentar as duas?

— Como você mudou, Nadia. O que aconteceu com as suas ideias feministas?

— Não seja tão maldosa, Vera. Nós precisamos ser aliadas, mas você não consegue ser educada comigo, não é? Eu entendo por que é que o papai nunca lhe conta nada.

— Sim, bem, ele é outro idiota. Mamãe e eu sempre fomos as pessoas práticas da família.

Veem como minha irmã reivindica a herança da mamãe? Ela não está atrás somente do armário cheio de latas e potes, do medalhão de ouro, e até do dinheiro da conta das economias; não, a briga é também pela herança do caráter, da natureza.

— Nós nunca fomos uma família muito prática.

— Qual é mesmo a expressão que vocês, assistentes sociais, usam? Uma família *disfuncional*. Talvez a gente possa pleitear uma ajuda do conselho municipal.

Apesar de um começo precário, conseguimos estabelecer uma divisão de trabalho. Vera, como a expert da família em divórcio, vai contatar advogados, enquanto eu vou pesquisar a lei que trata de imigração e deportação. A princípio, me incomoda descalçar os sapatos liberais de sola macia e calçar os de salto agulha da sra. Dá-uma-surra-neles-e-manda-de-volta-pra-casa, mas, depois de algum tempo, os sapatos novos se acomodam nos meus pés. Descubro que Valentina pode apelar e depois, se a decisão lhe for desfavorável, pode apelar mais uma vez a um tribunal. E ela também tem direito a uma assistência legal. Obviamente, ainda ficará aqui por um bom tempo.

— Talvez a gente devesse escrever para o *Daily Mail*. — Estou me desdobrando no meu papel.

— Boa ideia — diz Vera.

No *front* do divórcio, minha irmã tem um plano astucioso. Ela descobriu que um divórcio litigioso vai ser complicado e caro, e então lhe veio a ideia da anulação — o ângulo da não-consumação-e-portanto-não-casamento tão popular na realeza europeia do século XVI.

— Veja bem, o casamento, na realidade, nunca existiu; logo, não há necessidade de divórcio — explica ela para um jovem estagiário de direito que advoga em Peterborough. Ele nunca se deparou com isso antes, mas promete que vai procurar saber. Ele fala baixinho e gagueja ao telefone com minha irmã ao tentar se informar sobre os detalhes da não consumação.

— Deus do céu! — exclama ela. — De que nível de detalhamento exatamente você precisa?

Embora tenha funcionado para a realeza europeia, não vai dar certo com o papai. Somente se uma das partes reclama da impossibilidade ou da recusa da outra parte quanto a consumar o casamento é que a não consumação pode se tornar um motivo para anulação ou divórcio, escreve o estagiário de direito em uma carta mal articulada.

— Bem, eu nunca soube disso — disse Vera, que pensava que sabia tudo sobre divórcio.

Valentina dá uma gargalhada quando meu pai sugere o divórcio.

— Primeiro meu passaporte e meu visto, depois seu divórcio.

Papai também deixou de lado a ideia de divórcio. Ele tem medo de que lhe perguntem sobre aquela história do chove não molha; tem medo de que o mundo inteiro descubra sua impotência.

— Melhor pensar em alguma outra coisa, Nadia — diz ele.

★ ★ ★

Apesar do estresse a que se encontra submetido, ele conseguiu concluir outro capítulo da sua história, mas este se revestiu de um tom sombrio. Quando eu e Mike o visitamos no começo de fevereiro, ele nos leva para a sala de estar, ainda repleta de maçãs do ano passado e fria como um frigorífico, e lê em voz alta para nós:

> Os primeiros fabricantes de tratores sonhavam em transformar espadas em relhas de arado, mas agora o espírito do século torna-se cada vez mais obscuro e percebemos que, ao contrário, as relhas de arado é que se transformam em espadas.
>
> A Fábrica de Veículos de Kharkiv, que já havia produzido mil tratores por semana para atender às demandas do Novo Plano Econômico, foi trans-

ferida para Chelyabinsk, além dos Urais, e convertida para a produção de tanques, por decreto de K. J. Voroshilov, o comissário de defesa do povo.

O designer-chefe era Mikhail Koshkin, que estudou no Instituto Politécnico de Leningrado e trabalhou na fábrica de Kirov até 1937. Ele era um homem moderado e culto, cujo gênio Stalin usou, e pode-se até mesmo dizer que abusou, para criar a supremacia militar da União Soviética. O primeiro tanque de Koshkin, o A20, corria sobre correntes caterpílar originais, com uma arma de 45mm e uma blindagem que resistia ao ataque de um projétil. Ele foi rebatizado de T32 quando o tamanho da arma foi aumentado para 76,2mm e a blindagem, reforçada. O T32 participou de ações na Guerra Civil Espanhola, em que se mostrou vulnerável devido à pouca espessura da chapa da blindagem, embora tenha sido muito admirado em termos de manobrabilidade. Com base nele, nasceu o lendário T34, ao qual muitos creditam a mudança nos rumos da guerra. Ele tinha uma blindagem ainda mais reforçada e, para compensar o peso adicional, foi o primeiro veículo a ser equipado com um motor de alumínio fundido.

Sua voz está mais fraca, mais trêmula, e ele tem que parar de vez em quando para respirar.

Nas condições de tempo implacáveis de fevereiro de 1940, o primeiro T34 foi levado a Moscou para desfilar diante da liderança soviética. Ele causou enorme impacto, grande parte pela maneira como rodou suavemente pelas ruas de pedras gastas e cobertas de neve da capital.

Entretanto, o pobre Koshkin não viveu para ver sua criação em produção. Nessa viagem, tendo ficado exposto por muitas horas àquele tempo abominável, ele contraiu pneumonia e morreu alguns meses depois.

O design foi concluído por seu aluno e colega Aleksandr Morozov, um jovem engenheiro vigoroso e bonito. Sob sua orientação, os primeiros tanques T34 deixaram a linha de montagem em agosto de 1940 e, rapidamente, a deixariam às centenas e aos milhares. Em homenagem a este feito, a cidade de Chelyabinsk, anteriormente mais conhecida pela produção de tratores, passou a se chamar Tankograd.

Pela janela, vê-se o sol atravessar os sulcos deixados pelo arado cujo gelo, passado todo o dia, não derreteu. O vento que congela a vegetação vem das planícies da costa de East Anglia e, para além delas, das estepes e, para além das estepes, dos Urais.

Meu pai está todo agasalhado para se proteger do frio, com luvas sem dedos, gorro de lã e três pares de meias. Ele se inclina para a frente na cadeira, lendo através das lentes grossas dos óculos. Atrás dele, na prateleira em cima da lareira, há um retrato da mamãe. Ela está olhando, por cima do ombro dele, para os campos e o horizonte lá fora. Por que será que ela se casou com ele, essa jovem pensativa de olhos castanhos, cabelo cacheado preso em tranças e de sorriso misterioso? Será que ele era um jovem engenheiro vigoroso e bonito? Será que a seduziu com aquele papo de transmissão automática, dando-lhe de presente óleo para motor?

★ ★ ★

— Por que ela se casou com ele? — pergunto a Vera.

A sra. Expert-em-divórcio e a sra. Dá-uma-surra-neles-e-manda-de-volta-pra-casa estavam trocando impressões ao telefone, e o tom entre nós era bastante cordial. Pulamos do casamento do nosso pai com Valentina para o casamento dos nossos pais, e, naquele momento, vi uma fresta aberta na porta para o passado e quis abri-la.

— Foi depois que o comandante de submarino foi morto em Sebastopol. Eu acho que ela teve medo de ficar sozinha. Eram tempos medonhos, aqueles.

— Que comandante de submarino é esse?

— Da frota do mar Negro. Com quem ela estava comprometida.

— Mamãe, comprometida com um comandante de submarino?

— Você não sabia? Ele foi o grande amor da vida dela.

— Não foi o papai?

— O que é que *você* acha?

— Não sei — choraminga Nariz Escorrendo —, ninguém nunca me contou nada a respeito disso.

— Às vezes é melhor não saber.

Com um empurrão, a Grande Irmã bate a porta para o passado e gira a chave.

11
Sob coação

Foi marcada uma data para Valentina apelar contra a decisão do Serviço de Imigração. De repente, meu pai percebe que, afinal de contas, ele não está tão desprovido de poder. A apelação será em Nottingham, em abril.

— Eu não vou — diz meu pai.

— Você vai, sim — responde Valentina.

— Vá você, sozinha. Por que é que eu preciso ir a Nottingham?

— Seu burro. Se você não vai, a *bureaucraczia* da Imigração pergunta "Onde seu marido? Por que você sem marido?".

— Explique à *bureaucraczia* que estou doente. Diga que não vou.

Valentina consulta seu advogado em Peterborough. Ele lhe diz que o caso ficará seriamente comprometido se o marido dela não for, a não ser que ela apresente provas da doença dele.

— Você está doente da cabeça — diz Valentina a meu pai. — Está causando problemas demais. Conversa maluca demais. Beijo, beijo demais. Homem de 84 anos não bom. O doutor tem que escrever carta.

— Não estou doente — diz meu pai. — Sou poeta e engenheiro. Aliás, Valentina, você deve lembrar que o próprio Nietzsche foi considerado louco por pessoas intelectualmente inferiores a ele. Vamos à dra. Figges. Ela vai lhe dizer que não estou doente da cabeça.

A médica da cidade, uma mulher delicada na maneira de falar e quase aposentada, cuidou da minha mãe e do meu pai por vinte anos.

— Ótimo. Vamos à dra. Figges. E eu conto à dra. Figges sobre *sexoral* — anuncia Valentina. (O quê? Sexo oral? Meu pai?)

— Não, não! Valya, por que você tem que falar disso pra todo mundo? — (Ele parece não se incomodar de falar disso comigo!)

— Vou contar pra ela que marido de 84 anos quer fazer *sexoral*. Marido chove não molha quer fazer *sexoral*. — (Por favor, papai, isso está começando a me dar ânsia de vômito.)

— Por favor, Valenka.

Valentina cede. Irão a um outro médico, então. Valentina e a sra. Zadchuk metem meu pai na lata-velha. Elas têm tanta pressa de chegar à clínica antes que ele mude de ideia, que ele sai com o casaco abotoado de qualquer jeito e os sapatos com os pés trocados. Em vez dos óculos para longe, ainda está usando os óculos de leitura, de modo que tudo passa diante dele como um borrão — a chuva, o vaivém dos limpadores de para-brisa, as janelas embaçadas do carro, a mancha das cercas vivas. Valentina vai na frente, dirigindo no estilo selvagem que aprendeu sozinha, enquanto a sra. Zadchuk vai atrás, segurando Nikolai com firmeza, para o caso de ele resolver abrir a porta e se jogar do carro. E assim eles seguem em uma correria por pequenas estradas, espalhando água de poças, fazendo um ou outro camponês correr para salvar a vida.

Elas não o levam à clínica da cidade para ver a dra. Figges, mas a uma clínica associada, em uma cidade vizinha, onde trabalham outros profissionais. Pretendem consultar um médico indiano de meia-idade, mas quem está atendendo no lugar dele é uma assistente. A dra. Pollock é jovem, ruiva e muito bonita. Meu pai não quer discutir seus problemas com ela. Ele a espia com seus olhos míopes, através dos óculos de leitura embaçados, e tenta trocar os sapatos de pés sem que ela note. Só quem fala é Valentina. Ela está convencida de que a jovem olhará seu caso com simpatia e entra em alguns detalhes a respeito do comportamento estranho do meu pai — a tosse, as maçãs Toshiba, os monólogos sobre tratores, as persistentes exigências sexuais. A dra. Pollock olha atentamente para meu pai, repara nos sapatos trocados, nos olhos fixos, no casaco abotoado errado, e lhe faz uma série de perguntas:

— Há quanto tempo vocês estão casados? Está tendo dificuldades sexuais? Por que exatamente você veio me ver?

Meu pai responde "Não sei" para tudo. E, então, aponta para Valentina com um gesto dramático.

— Porque ela me trouxe! Esse demônio dos infernos!

A dra. Pollock se recusa a escrever um atestado ao Serviço de Imigração dizendo que meu pai está tão doente que não pode comparecer à apelação de Valentina. Mas diz a meu pai que vai marcar uma consulta para ele com um psiquiatra do Hospital Distrital de Peterborough.

— Está vendo? — diz Valentina, triunfante. — A doutora acha você maluco!

Meu pai fica calado. Não era o desfecho que ele queria.

— Você acha que eu sou maluco, Nadia? — pergunta ele para mim, ao telefone, no dia seguinte.

— Bem, pai, pra ser sincera, eu acho um pouco. Achei você maluco de se casar com Valentina. Não disse isso na época? — (A minha vontade é falar "Ha-ha-ha! Eu avisei!", mas mordo a língua.)

— Ah, isso não foi maluquice. Foi um simples engano. Qualquer um pode se enganar.

— É verdade — respondo. Ainda estou zangada, mas também tenho pena dele.

★ ★ ★

— Que história é essa de sexo oral? — pergunto a Vera. Outra conversa para compartilhar nossas impressões. Estamos ficando muito amiguinhas.

— Ah, é mais uma das ideias sórdidas da Margaritka Zadchuk. Parece que Valentina contou a ela que nós estávamos tentando obter uma anulação com base na não consumação.

— Mas será que eles...?

— Desculpe, Nadezhda. É desagradável demais falar disso.

Mesmo assim, descobri tudo através do papai. Valentina esteve conversando com a amiga Margaritka Zadchuk, que tinha algumas coisas para lhe contar. "A antiga sra. Mayevska era uma mulher esperta e econômica", disse ela. "Quando morreu, tinha juntado uma enorme fortuna. Cem mil libras. Está tudo guardado em algum lugar da casa. Por que aquele marido sovina não lhe dá essa fortuna?" O marido sovina ri muito ao me contar a história. Ela pode virar a casa de cabeça para baixo: não vai encontrar um só centavo.

A sra. Zadchuk ensinou uma nova palavra para Valentina: *sexoral*. "É muito popular na Inglaterra", disse ela. "Você pode ler sobre isso em todos os jornais ingleses." As pessoas corretas da Ucrânia não fazem *sexoral*. O marido sovina vive há muito tempo na Inglaterra, lê jornais ingleses, absorveu a ideia inglesa de *sexoral*. "*Sexoral* é bom", diz a sra. Zadchuk, "porque com *sexoral* todo mundo sabe que o casamento é genuíno, assim o marido sovina não pode dizer que o casamento não é genuíno."

E uma outra coisa que a sra. Zadchuk disse a Valentina: se ela se divorciar daquele marido sovina e espancador de mulheres, com *sexoral* fica garantido que ela leva metade da casa. É assim que funciona a lei na Inglaterra. Eufórica com sonhos de riquezas inimagináveis, ela enfrenta meu pai.

— Primeiro eu pego passaporte e visto, depois peço divórcio. Quando me derem divórcio, vou ficar com metade da casa.

— Por que não começamos agora? — pergunta ele. — Vamos dividir a casa. Você e Stanislav ficam com a parte de cima e eu fico com a parte de baixo.

Então meu pai começa a desenhar: plantas do andar de baixo, plantas do andar de cima, portas que serão fechadas, aberturas a serem feitas. Ele cobre folhas de papel quadriculado com desenhos que parecem aranhas. Com a ajuda dos vizinhos, traz a cama para baixo e a coloca na sala de estar repleta de maçãs, o cômodo onde minha mãe morreu. Ele diz para Vera que é porque está com dificuldades para subir a escada.

Mas o cômodo é muito frio, e ele reluta em ligar o aquecimento por causa das maçãs. Começa a tossir e a respirar mal, e Valentina, com medo que ele morra antes que seu passaporte britânico tenha sido concedido (isso é o que ele diz), o leva à dra. Figges. A doutora diz que ele precisa se manter aquecido durante a noite. Sua cama é levada para a sala de jantar, junto à cozinha, onde o *boiler* de aquecimento central pode ficar ligado o dia inteiro. Na sua planta, essa sala ficaria aberta, mas ele pede a Mike que coloque uma porta, porque tem medo que Valentina o assassine durante a noite (é o que ele diz). Lá, passa o dia, dorme e come. Usa o banheirinho do primeiro andar e o chuveiro que foi colocado para minha mãe. Seu mundo encolheu para o espaço limitado de um cômodo, mas sua mente ainda vagueia livremente pelos campos arados do mundo.

* * *

A Irlanda, como a Ucrânia, é um país basicamente rural que sofre com a proximidade de um vizinho industrialmente mais poderoso. A contribuição da Irlanda para a história do trator se deu por meio do genial engenheiro Harry Ferguson, nascido em 1884, perto de Belfast.

Ferguson era um homem inteligente e brincalhão, que também tinha uma paixão por aviões. Dizem que foi o primeiro homem na Grã-Bretanha a construir o próprio avião e a voar nele, em 1909. Mas ele logo passou a acreditar que aumentar a eficiência da produção de alimentos seria a melhor contribuição que poderia dar à humanidade.

O primeiro arado de dois sulcos de Harry Ferguson era preso ao chassi do carro Ford Modelo T convertido em trator, apropriadamente chamado de Eros. Esse arado era montado na parte traseira do trator e, com a utilização engenhosa de molas em espiral, podia ser levantado ou abaixado acionando-se uma manivela localizada ao lado do assento do motorista.

Ford, enquanto isso, estava desenvolvendo seus próprios tratores. O design de Ferguson era mais avançado, e fazia uso da transmissão hidráulica, mas Ferguson sabia que, apesar de seu talento em engenharia, não poderia realizar seu sonho sozinho. Ele precisava de uma grande empresa que produzisse seu design. Então, fez um acordo informal com Henry Ford, selado apenas por um aperto de mãos. A sociedade Ford-Ferguson deu ao mundo um novo tipo de trator, o Fordson, de longe superior a qualquer trator conhecido até então e precursor de todos os tratores modernos.

Entretanto, esse acordo selado por um aperto de mãos caiu por terra em 1947, quando Henry Ford II assumiu o império do pai e começou a produzir o novo trator Ford 8N, utilizando o sistema de Ferguson. A natureza aberta e alegre de Ferguson não era páreo para a mentalidade desumana do homem de negócios americano. A questão foi decidida na Justiça em 1951. Ferguson postulou 240 milhões de dólares, mas ganhou apenas 9,25 milhões.

De espírito indomável, Ferguson teve uma nova ideia. Ele procurou a Companhia Standard Motor, em Coventry, com um plano: adaptar o carro Vanguard para utilizá-lo como trator. Mas o design teve que ser modificado, porque a gasolina ainda estava racionada no período pós--guerra. O maior desafio para Ferguson foi a modificação dos motores movidos a gasolina para poder funcionar a diesel, e o seu sucesso fez nascer o famoso TE-20, que teve mais de meio milhão de unidades fabricadas no Reino Unido.

Ferguson será lembrado por juntar duas grandes histórias da engenharia dos nossos tempos, a do trator e a do carro de passeio — agricultura e transporte —, que contribuíram de maneira muito rica para o bem-estar da humanidade.

★ ★ ★

Meu pai acaba indo a Nottingham para a apelação de Valentina. Como ela conseguiu persuadi-lo? Será que ameaçou contar à *bureaucraczia* sobre *sexoral*? Será que aconchegou o corpo ossudo do meu pai entre suas duas ogivas e sussurrou doces bobagens em seu aparelho de surdez? Meu pai não fala nada sobre isso, mas conta com um plano astucioso.

Eles viajam de trem para Nottingham. Valentina compra roupas novas para a ocasião: um conjunto azul-marinho forrado de poliéster de seda rosa, combinando com o batom e o esmalte. O cabelo, amontoado no alto da cabeça como uma colmeia amarela, está preso por um grampo e duro de tanto laquê, para não sair do lugar. Meu pai está com o mesmo terno que usou no casamento e uma camisa branca amarrotada com o colarinho puído e os dois botões superiores costurados com linha preta. Na cabeça, ele põe um boné verde e pontudo, o qual chama de *"lordovska kepochka"* (que significa "boné como os da aristocracia"), que ele comprou na Cooperativa de Peterborough vinte anos atrás. Valentina apara o cabelo dele com a tesoura da cozinha para que fique mais arrumado, ajeita-lhe a gravata e até mesmo lhe dá uma beijoca na bochecha.

Eles são conduzidos a uma sala sombria, pintada de bege, onde dois homens de terno cinza e uma mulher de cardigã cinza estão sentados atrás de uma mesa marrom sobre a qual há alguns maços de papel, uma jarra de água e três copos. Valentina é chamada primeiro e submetida a uma série de perguntas. Ela detalha como meu pai a conheceu no Clube Ucraniano, em Peterborough, como foi amor à primeira vista, como ele a cortejou com poesias e cartas de amor, como se casaram na igreja e são felizes juntos.

Quando chega a vez do meu pai, ele pergunta em voz baixa se não poderia ir para uma sala separada. Há uma discussão entre os funcionários da Imigração, e eles concluem que não têm como fazer isso, que será preciso falar na frente de todo mundo.

— Vou falar sob coação — diz ele, e é submetido à mesma série de perguntas; suas respostas são exatamente as mesmas de Valentina. No fim, ao terminar, ele fala: — Obrigado. Agora, quero que vocês registrem que tudo o que eu falei foi dito sob coação.

Ele está jogando com o pouco conhecimento que Valentina tem da língua inglesa.

Há um alvoroço de anotações sendo feitas, mas nenhum dos membros da mesa olha para cima, procurando o olhar do meu pai. Valentina ergue uma sobrancelha por uma fração de segundo, mas mantém o sorriso fixo.

— O que quer dizer isso, essa palavra "co-a-ção"? — pergunta a ele, enquanto esperam o trem de volta para casa.

— Quer dizer amor — diz meu pai.

— Ah, *holubchik*. Meu pombinho. — Seu rosto se ilumina e ela dá outra beijoca na bochecha dele.

12
Um sanduíche de presunto comido pela metade

— Como será que a sra. Z ficou sabendo do plano de anulação? — pergunta Vera. A sra. Expert-em-divórcio e a sra. Dá-uma-surra-neles-e-manda-de-volta-pra-casa juntam novamente suas cabeças pensantes.
— Valentina deve ter visto a carta do advogado.
— Ela está vigiando a correspondência dele.
— Parece que sim.
— Devo dizer que, com a inclinação criminosa que ela demonstra ter, isso não me surpreende em nada.
— É um jogo que duas pessoas podem jogar.

Na visita seguinte, abandono Mike com os monólogos sobre tratores na sala de estar repleta de maçãs e desapareço lá em cima, para fuçar o quarto de Valentina. Ela ocupou o quarto que era dos meus pais. É um quarto sombrio, feio, com a mobília de carvalho pesada dos anos 1950, o armário ainda cheio de roupas da minha mãe, as camas iguais, com colchas amarelas bordadas, as cortinas, nas cores malva, amarela e marrom, com uma estampa modernista extravagante escolhida por meu pai, e um tapete azul, quadrado, no meio do assoalho forrado de linóleo marrom. Para mim, esse quarto, esse recôndito santuário do relacionamento dos meus pais, sempre foi um lugar de mistério e temor. Por isso, fico espantada ao constatar que Valentina o transformou em uma alcova em estilo hollywoodiano, com almofadas felpudas de náilon cor-de-rosa, recipientes acolchoados, com babados, para colocar lenços de papel, cosméticos e algodão, gravuras de crianças de olhos grandes nas paredes, bichos de pelúcia na cama e vidros de perfume, loções e cremes na penteadeira. A impressão é de que isso tudo são artigos de catálogos de encomenda pelo correio, e muitos desses catálogos estão pelo chão, abertos.

Mas o que mais chama atenção no quarto é a bagunça. É um caos de papéis, roupas, sapatos, xícaras sujas, vidros de esmalte, potes de creme, cascas de torrada, escovas de cabelo, utensílios de beleza, escovas de dentes, meias, pacotes de biscoito, bijuterias, fotografias, embalagens de doces, bugigangas, pratos usados, roupas de baixo, miolos de maçã, curativos, revistas, papéis de embrulho, doces pegajosos, tudo misturado e transbordando da penteadeira, da cadeira e da cama em que ela não dorme, quase caindo no chão. E algodão, chumaços de algodão sujos de batom vermelho, maquiagem preta para os olhos, ruge laranja, esmalte rosa, todos espalhados na cama, no chão, afundados no tapete azul, misturados com roupas e comida.

Paira um estranho odor, a mistura de um aroma doce e enjoativo com produto químico industrial, e algo mais — alguma coisa orgânica e bacteriana.

Por onde começar? Percebo que não sei exatamente o que estou procurando. Faço os cálculos: tenho uma hora antes de Valentina chegar do trabalho e Stanislav do seu emprego aos sábados.

Começo pela cama. Há fotos, alguns papéis que parecem documentos, um formulário solicitando uma carteira de motorista provisória, a rescisão de seu emprego na clínica (noto que seu sobrenome está grafado de forma diferente nos dois documentos), um formulário se candidatando a um emprego no McDonald's. As fotografias são interessantes: mostram Valentina em um glamoroso vestido de festa, ombros à mostra, muito bem penteada, ao lado de um homem de meia-idade atarracado, de pele marrom, alguns centímetros mais baixo que ela. Em algumas fotos, o homem está com a mão no seu ombro, em outras, eles estão de mãos dadas, em outras, sorriem para a câmera. Quem é esse homem? Observo as fotos bem de perto: não, ele não se parece com Bob Turner. Pego uma das fotografias e a escondo no bolso.

Embaixo da cama, dentro de uma sacola da Tesco, faço a próxima descoberta: um maço de cartas e poesias na letra emaranhada do meu pai. Junto, há traduções para o inglês de alguns deles. *Minha querida... muito amada... linda deusa Vênus... seios como pêssegos maduros* (pelo amor de Deus!)... *cabelos como os campos dourados de trigo da Ucrânia... todo o meu amor e a minha devoção... seu até e além da morte.* A letra das traduções parece de criança, grande e redonda, os pingos dos is são pequenos círculos. Stanislav? Para que ele faria isso? Quem seria o leitor a quem se destinavam essas traduções? Uma das cartas, observo, além de letras, também tem números. Curiosa, eu a retiro do maço. Nela, meu pai escreveu quanto ganha, com detalhes de todas as suas pensões e das contas em que estão depositadas suas economias. Os números do meu pai sobem e descem pelas páginas parecendo aranhas. *É uma quantia modesta, mas o suficiente para viver com conforto, e tudo será seu, minha amada*, escreveu ele no final. Tudo isso foi caprichosamente transcrito na letra infantil.

Reli a carta toda com irritação crescente. Minha irmã tem razão — ele é louco. Não posso culpar Valentina por tomar o dinheiro dele — de certa forma, ele o jogou no colo dela.

Agora, volto minha atenção para as gavetas. Ali prevalece um caos idêntico. Vou garimpando na bagunça de roupas de baixo, roupas de cima, papéis melados de bala, vidros de loção e perfume barato. Em uma gaveta, encontro um bilhete: *Te vejo no sábado. Com todo o meu amor; Eric.* Ao lado, sob um par de tênis, um sanduíche de presunto comido pela metade, a casca cinzenta e revirada, a fatia de presunto rosa-escuro, seca e saindo obscenamente do pão.

Nesse momento, ouço o barulho de um carro chegando. Rapidamente, me esgueiro para fora do quarto de Valentina e para dentro do de Stanislav. Esse quarto era meu, e, como ainda há algumas coisas minhas dentro do armário, tenho uma desculpa para estar aqui. Stanislav é mais organizado que Valentina. Não demoro a perceber que ele é fã de Kylie Minogue e Boyzone. Aquele "gênio da música" tem o quarto cheio de fitas de Boyzone! Sobre a mesa embaixo da janela, há alguns livros escolares e um bloco de papel. Ele está escrevendo uma carta em ucraniano. *Querido papai...*

E então eu percebo duas vozes diferentes — não são de Mike e meu pai, mas de Valentina e Stanislav conversando na cozinha. Fecho a porta do quarto de Stanislav atrás de mim, sem fazer barulho, e desço pé ante pé. Valentina e Stanislav estão na cozinha mexendo alguma iguaria congelada que está fervendo no fogão. Sob a chapa do *grill*, duas salsichas raquíticas começam a fumegar.

— Oi, Valentina. Oi, Stanislav. — (Não tenho certeza do que a etiqueta recomenda aqui: como se deve falar com alguém que está batendo no seu pai e cujo quarto se esteve espionando? Opto pela maneira inglesa: conversa educada.) — Como foi seu dia hoje, muito duro?

— Eu sempre trabalho duro. Muito duro — responde Valentina, mal-humorada.

Reparo em como ela engordou. O estômago estufou feito um balão e as bochechas ficaram redondas e esticadas. Stanislav, por sua vez, parece ter emagrecido. Meu pai espreita junto à porta, encorajado pela presença de Mike.

— As salsichas estão queimando, Valentina — diz ele.

— Você não vai comer, cale a boca. — Ela agita um pano de prato molhado na direção dele.

Depois, ela despeja a comida congelada em um prato e, com uma faca, a corta em fatias, desprezando seus conteúdos indefinidos, joga as salsichas ao lado, esguicha um pouco de ketchup em cima delas e vai para o quarto pisando firme. Stanislav a segue, calado.

★ ★ ★

A caneta é mais poderosa que o pano de prato, e meu pai escreve sua própria revanche.

Nunca a tecnologia da paz, em forma de trator, foi transformada em arma de guerra com mais ferocidade que na criação do tanque Valentina. Esse tanque foi desenvolvido pelos britânicos, mas produzido no

Canadá, onde muitos engenheiros ucranianos se especializaram na produção de tratores. O tanque Valentina foi assim nomeado porque veio ao mundo pela primeira vez no Dia de São Valentim, em 1938. Mas não havia nada de amoroso nele. Canhestro e pesado, com uma caixa de marchas antiquada, ele era, no entanto, mortífero, uma verdadeira máquina de matar.

* * *

— Eca! — exclama Vera, quando lhe conto sobre o sanduíche de presunto. — Mas o que se poderia esperar dessa vadia?

Não dá para descrever o cheiro. Falo do algodão.

— Simplesmente nojento! No quarto da mamãe! Mas você não achou mais nada? Não tinha nada do advogado sobre a situação de imigração dela, ou algum conselho sobre divórcio?

— Não consegui achar nada. Talvez ela esteja guardando essas coisas no trabalho. Não há nada em casa.

— Ela deve ter escondido. Óbvio, é só o que se poderia esperar de uma mente criminosa altamente desenvolvida como a dela.

— Mas escute só isso, Vera: eu dei uma olhada no quarto do Stanislav e adivinha o que eu encontrei?

— Não faço a menor ideia. Drogas? Dinheiro falsificado?

— Não seja idiota. Não, eu achei uma carta. Ele está escrevendo para o pai em Ternopil, dizendo que se sente muito infeliz aqui. Ele quer voltar pra casa.

13
Luvas amarelas de borracha

Óbvio que Valentina descobre o verdadeiro significado de "coação". Stanislav lhe diz. Pior ainda, ela descobre no mesmo dia em que chega uma carta do Serviço de Imigração comunicando que sua apelação foi mais uma vez recusada.

Valentina cerca meu pai quando ele sai do banheiro, curvado, atrapalhado com a braguilha.

— Seu morto-vivo! — grita ela. — Você vai ver só o que é co-a-ção!

Ela está de luvas amarelas de borracha e segura um pano de prato, molhado da louça que esteve enxugando, com o qual começa a bater nele.

— Seu inútil, seu burro do cérebro murcho, do pênis murcho. — Plaft, plaft. — Seu resto de bosta seca e murcha de bode caquético!

Ela bate nas pernas dele e nas mãos que ele estende para se proteger e suplicar. Ele recua e fica encurralado contra a pia da cozinha. Por cima do ombro dela, vê uma panela cheia de batatas borbulhando sobre o fogão.

— Seu inseto rastejante, eu vou esmagar você.

Plaft, plaft! O vapor das batatas embaça os óculos dele, ao mesmo tempo que sente um leve cheiro de queimado no ar.

— Co-a-ção! Co-a-ção! Eu já te mostro o que é co-a-ção!

Fora de controle, ela começa a bater no rosto dele. Plaft, plaft. A ponta do pano atinge a parte alta do seu nariz, e os óculos voam e, em seguida, deslizam pelo chão.

— Valechka, por favor...

— Seu pedaço de nervo velho que cachorro mastigou, cachorro cuspiu fora! Tchuu!

Ela o cutuca nas costelas com um dedo de borracha amarela.

— Por que você ainda está vivo? Você já devia estar descansando ao lado da Ludmilla há muito tempo, morto junto de morto.

O corpo do meu pai está tremendo, e ele já sente a familiar revolução nos intestinos. Fica com medo de estar a ponto de se sujar. O cheiro de batata queimada impregna o ar.

— Por favor, Valechka, querida, pombinha... — Ela está muito perto, os dedos amarelos ora cutucam, ora estapeiam. A panela de batatas começa a soltar fumaça.

— Em breve você vai voltar pro lugar a que pertence! Debaixo da terra. Sob co-a-ção! Hah!

Ele é salvo pela sra. Zadchuk, que toca a campainha. Ela entra, avalia a situação e segura o braço da amiga com a mão roliça.

— Vem, Valya. Deixa pra lá esse seu marido imprestável, sovina e maníaco de *sexoral*. Vem. Vamos ao shopping.

Quando a lata-velha desaparece na curva, meu pai resgata as batatas queimadas e, com muito cuidado, vai para o banheiro se aliviar. E, então, ele me telefona. A voz está aguda e ofegante.

— Eu acho que ela queria me matar, Nadia.

— Ela realmente disse aquilo, de voltar para o cemitério?

— Em russo. Falou tudo em russo.

— Pai, a língua não tem importância...

— Não, pelo contrário, a língua é de suma importância. Na língua estão encapsulados não só pensamentos, mas também valores culturais...

— Papai, escute. Por favor, escute. — Ele ainda está matraqueando a respeito das diferenças entre russo e ucraniano, enquanto meu pensamento está fixo em Valentina. — Me escute só por um momento. Embora seja difícil pra você, a boa notícia é que não deram à Valentina a licença pra ficar no país. Isso significa que talvez, em breve, ela seja deportada. Se a gente ao menos soubesse quanto tempo isso vai levar... Mas, se nesse intervalo você tiver medo de ficar com ela em casa, pode vir passar uns dias comigo e com Mike. — Eu sei que ele não virá, a menos que esteja realmente desesperado; odeia qualquer mudança na sua rotina. Nunca passou uma só noite sob o teto da minha irmã ou sob o meu.

— Não, não, eu vou ficar aqui. Se eu sair de casa, ela vai trocar a fechadura. Eu vou ficar do lado de fora e ela, aqui dentro. Ela já está falando algo nesse sentido.

Depois que meu pai se despediu e se refugiou atrás de sua porta bem trancada, dei três telefonemas.

O primeiro foi para o Ministério do Interior: Lunar House, Croydon. Eu imagino uma imensa paisagem lunar cheia de crateras, vazia e silenciosa, exceto pelo toque fantasmagórico e contínuo do telefone. Depois de tocar umas quarenta vezes, alguém atende. Uma voz feminina e impessoal me aconselha a mandar a informação por escrito, e me comunica que os arquivos são confidenciais e não podem ser discutidos com terceiros. Tento explicar a situação desesperadora do meu pai. Se ele pode pelo menos ter alguma ideia do que se passa, se Valentina pode apelar novamente, quando será deportada. Eu imploro. A voz distante se torna mais branda e me sugere tentar o Serviço de Imigração local da área de Peterborough.

Em seguida, telefono para a delegacia da cidade. Descrevo o incidente com o pano de prato molhado e explico o perigo a que ele está exposto. O policial não se impressiona. Já viu coisa muito pior.

— Procure ver o caso da seguinte maneira: isso pode ser apenas um desentendimento conjugal, não é? — diz ele. — Acontece o tempo todo. Se a polícia se envolvesse toda vez que um casal briga... Bem, isso não teria mais fim. Se não se importa que eu diga, a senhora parece estar interferindo nos assuntos do seu pai sem que ele tenha pedido. A senhora, com certeza, nem sempre está de acordo com essa outra senhora com quem ele se casou. Mas, se ele quisesse prestar uma queixa, teria telefonado, certo? Pelo que tudo indica, ele está vivendo com ela a melhor fase da vida.

Em pensamento, vejo a figura do meu pai idoso, curvado, magro como um graveto, encolhendo-se sob os golpes do pano de prato molhado, e Valentina, grande, voluptuosa, usando luvas de borracha amarela, por cima dele, rindo. Mas o policial tem uma imagem diferente na cabeça. De repente, entendo tudo.

— Você acha que era um jogo sexual, o pano de prato molhado.

— Eu não disse isso.

— Não disse, mas pensou, não é?

O policial foi treinado para lidar com pessoas como eu. Com educação, ele vai abrandando minha raiva. No fim, concorda em dar um pulo até lá quando estiver fazendo uma ronda, e a coisa fica nesse pé.

A terceira ligação foi para minha irmã. Vera entende na mesma hora. Ela fica furiosa.

— A filha da mãe. A vagabunda, a bandida. Mas que estúpido ele é. Ele merece isso.

— Não importa o que ele merece, Vera. Eu acho que a gente tem que tirar nosso pai de lá.

— Seria melhor se a gente a tirasse de lá. Se ele sair, nunca mais vai conseguir voltar, e ela fica com a casa.

— Isso, não.

— Você sabe o que dizem: posse é noventa por cento da propriedade.

— Parece que você tirou isso do livro de direito da sra. Zadchuk.

— Foi o que aconteceu comigo. Quando Dick começou a ficar insuportável, a minha vontade era ir embora correndo, mas meu advogado me aconselhou a ficar firme, senão eu podia perder a casa.

— Mas Dick não estava tentando matar você.

— Você acha que Valentina quer matar o papai? Eu tenho a impressão de que ela só quer amedrontá-lo.

— Isso ela já conseguiu, com certeza.

Silêncio. Ao fundo, dá para ouvir jazz tocando no rádio. A música termina. Uma salva de palmas. E, então, Vera fala com sua voz de Grande Irmã:

— Tem vezes que eu fico pensando, Nadia, se não existe esse negócio de mentalidade de vítima... Que nem no reino animal, em que existe uma hierarquia de dominação entre as espécies, sabe? — (Lá vem ela de novo.) — Talvez esteja na natureza dele ser atormentado.
— Você quer dizer que a culpa é da vítima?
— Bem, sim, de certo modo.
— Mas quando Dick ficou insuportável, a culpa não era sua.
— Era diferente, óbvio. Em relação ao homem, a mulher é sempre a vítima.
— Isso soa perigosamente feminista, Vera.
— Feminista? Ah, querida, eu pensei que era apenas bom senso. Mas quando um homem se deixa ser surrado por uma mulher, você tem que admitir que tem alguma coisa errada.
— Você quer dizer que está tudo bem se é o marido quem bate na mulher? Mas isso é exatamente o que Valentina disse. — Não consigo me segurar. Ainda fico dando corda para ela. Se não tomar cuidado, a conversa termina como antigamente, com uma de nós batendo o telefone. — Talvez você tenha razão, Vera. Mas pode ser apenas uma questão de tamanho e força, mais que de personalidade ou gênero — digo, conciliatória.
Pausa. Ela pigarreia.
— Tudo está ficando muito confuso, Nadia. Talvez não seja mentalidade de vítima, então. Talvez seja só papai que atrai a violência. A mamãe nunca contou pra você a história do que aconteceu quando eles se encontraram pela primeira vez?
— Não. Me conta.

* * *

Em um domingo de fevereiro de 1926, meu pai atravessava a cidade com seus patins de gelo pendurados no pescoço e um ovo cozido com um pedaço de pão no bolso. O sol tinha aparecido e a neve, que caíra havia pouco, cobria levemente os balcões ornamentados e as cariátides entalhadas das casas *fin-de-siècle* da avenida Melnikov, abafava os sinos de domingo que tocavam nas cúpulas douradas e assentava, inocente como um travesseiro de bebê, nas encostas de Babi Yar.

Ele havia acabado de passar pela ponte Melnikov e se dirigia para o estádio, quando uma bola de neve, arremessada do outro lado da rua, assoviou junto de sua orelha. Ao se virar para ver de onde ela partira, outra lhe acertou em cheio o rosto. Nikolai ficou sem ar e, caído no chão, apalpava a neve, procurando o boné.

— Ei, ei, Nikolashka! Nikolashka do caralho esperto! De quem você gosta, Nikolashka? Em quem você pensa quando bate punheta?

Seus perseguidores eram dois irmãos de sobrenome Sovinko, que haviam largado a escola dois anos antes. Deviam ter uns 13 ou 14 anos — a mesma idade do meu pai. Eram uns rapazes grandes, de cabeça rapada, que moravam com a mãe e três irmãs em dois quartos atrás da estação de trem. O pai havia morrido em um acidente na floresta, perto de Gomel. A sra. Sovinko ganhava a vida lavando roupa, e os garotos se vestiam com as roupas velhas que a mãe resgatava das trouxas dos fregueses.

— Ei, seu cabeça de jumento! Você gosta da Lyalya? Gosta da Ludmilla? Aposto que gosta da Katya. Mostrou seu pau pra ela?

O maior deles arremessou outra bola de neve.

— Eu não gosto de ninguém — respondeu meu pai. — Me interesso só por línguas e matemática.

Os garotos apontaram seus dedos vermelhos de frio e zombaram, aos berros:

— Ei, ele não gosta de garotas! Será que ele gosta de garotos?

— Só porque eu não gosto de garotas não é logicamente dedutível que eu goste de garotos.

— Você ouviu isso? Não é logicamente dedutível! Ouviu isso? Ele tem um caralho lógico. Ei, ei, Nikolashka, mostra pra gente o seu caralho lógico.

Eles haviam atravessado a rua e o seguiam pela calçada, chegando cada vez mais perto.

— Vamos dar uma esfriada no pau dele!

Eles iniciaram uma corrida cuidadosa. O irmão mais novo se esgueirou e jogou uma bola de neve por dentro da parte de trás das calças de Nikolai. Ele tentou se desvencilhar, mas a calçada estava escorregadia. Caiu de cara no chão. Os dois rapazes o prenderam e montaram em cima dele, esfregando punhados de neve no seu rosto, empurrando pela gola da camisa e calça adentro. Começaram a puxar sua calça para baixo. O irmão mais velho segurou os patins e os puxou com força. Nikolai, apavorado, gritava e se debatia na neve.

Naquele exato momento, apareceram três vultos na rua, ao longe. De onde estava, deitado com o rosto enfiado na neve, ele vislumbrou uma moça alta segurando duas crianças pela mão.

— Me ajuda! Me ajuda! — gritou.

Os três hesitaram quando perceberam a confusão. Deviam ir embora ou intervir? Então, o menino pequeno correu até lá.

— Sai de cima dele! — berrou, se arremessando contra as pernas do menor dos irmãos.

A moça alta entrou na briga e começou a puxar o rapaz maior pelo cabelo.

— Cai fora, seu valentão! Deixa o garoto em paz!

Ele se protegeu do ataque e segurou os pulsos dela com as duas mãos, o que permitiu que Nikolai se soltasse.

— Então ele é seu namorado? Você gosta dele?

— Cai fora, senão eu chamo meu pai pra cortar seus dedos com o sabre dele e enfiar no seu nariz. — Seus olhos chispavam.

A menina pequena metia punhados de neve dentro das orelhas deles.

— Enfiar no seu nariz! Enfiar no seu nariz! — berrava ela.

Os irmãos se agitavam e se contorciam, rindo e agarrando as garotas. Não havia nada de que gostassem mais que uma boa briga, e não sentiam frio. O céu estava azul como um ovo de tordo e o sol cintilava sobre a neve. Então, adultos apareceram. Houve gritaria e brandir de varas. Os Sovinko puxaram os gorros para cima das orelhas e fugiram, ágeis e rápidos como lebres-do-ártico, antes que alguém pudesse pegá-los.

— Está tudo bem com você? — perguntou a moça alta. Era sua colega Ludmilla Ocheretko, com os irmãos mais novos. Eles estavam com patins pendurados no pescoço também. (Óbvio que os Sovinko eram muito pobres para ter patins.)

No inverno, o estádio de Kiev era borrifado com água, que congelava instantaneamente, formando um rinque de patinação interno, e todos os jovens de Kiev calçavam seus patins. Eles faziam piruetas, exibindo-se, levavam tombos, empurravam, deslizavam e caíam uns nos braços dos outros. Não importava o que estava acontecendo em Moscou ou nas muitas frentes sangrentas da Guerra Civil: as pessoas ainda se conheciam, davam algumas voltas de patins juntas e se apaixonavam. Então, Nikolai e Ludmilla seguraram as mãos enluvadas um do outro e ficaram rodopiando e rodopiando de patins — o céu, as nuvens e as cúpulas douradas rodopiavam com eles — cada vez mais depressa, rindo como crianças (ainda eram crianças) até caírem, tontos, um por cima do outro, no gelo.

14
Uma pequena fotocopiadora portátil

A visita seguinte que faço a meu pai é no meio da semana, no meio da manhã, e vou sem Mike. É um dia de primavera razoavelmente luminoso: as tulipas florescem nos jardins na frente das casas e o verde brota nas pontas das árvores. No jardim da minha mãe, as peônias já nasceram, lançando os punhos carmins sobre o mato viçoso dos canteiros.

Quando paro perto da casa, reparo em um Fiat Panda da polícia estacionado. Entro na cozinha e encontro Valentina e o policial do bairro rindo de uma piada enquanto seguram xícaras de café. Depois do frescor do ar primaveril, é insuportável o calor dentro de casa, com o *boiler* de gás a toda e as janelas fechadas. Os dois olham para mim, ressentidos, como se eu estivesse atrapalhando um encontro amoroso. Valentina, usando uma minissaia de lycra azul-escura e uma blusa fofa rosa-bebê cujo bolso é um coração branco de cetim, está empoleirada em um banco alto, com as pernas cruzadas e as sandálias casualmente balançando dos dedos nus (piranha!). O policial está reclinado sobre uma cadeira encostada na parede, com as pernas esticadas (vulgar!). Eles se calam quando eu entro. Quando me apresento, o policial corrige a postura e aperta minha mão. É o oficial de polícia do bairro, o mesmo homem com quem falei ao telefone sobre o incidente do pano de prato molhado.

— Dei uma passada pra saber do seu pai — diz ele.

— Onde ele está? — pergunto.

Valentina aponta na direção da porta improvisada que Mike instalou para separar a cozinha da sala de jantar, que agora é o quarto de dormir do meu pai. Ele se trancou no quarto e se recusa a sair.

— Papai — digo, tentando convencê-lo —, sou eu, Nadia. Pode destrancar a porta agora. Está tudo bem. Eu estou aqui.

Depois de um longo tempo, ouve-se o ruído metálico do trinco sendo puxado, e meu pai surge por trás da porta. Fico chocada com o que vejo. Ele está impressionantemente magro — macilento — e os olhos estão de tal maneira afundados nas cavidades que a cabeça parece a de um cadáver. O cabelo branco está comprido e desce em desalinho pela nuca. Está nu da cintura para baixo. Reparo na terrível nudez dos joelhos e das pernas encolhidas, de um branco lívido.

Justo naquele momento, pego Valentina e o policial trocando olhares. O olhar de Valentina diz: está vendo o que eu quero dizer? E o olhar do policial: meu Deus!

— Papai — sussurro —, onde estão suas calças? Por favor, vá vesti-las.

Ele aponta para uma pilha de roupas no chão e não precisa dizer mais nada, porque já sinto o cheiro do que aconteceu.

— Ele fez cocô nas calças — diz Valentina.

O policial tenta esconder um risinho involuntário.

— O que aconteceu, papai?

— Ela... — Ele aponta para Valentina. — Ela...

Valentina ergue as sobrancelhas, cruza as pernas mudando-as de posição e não diz nada.

— O que foi que ela fez? Pai, o que foi que aconteceu?

— Ela jogou água em cima de mim.

— Ele grita comigo — diz Valentina, fazendo bico. — Grita coisa feia. Fala linguagem chula. Eu diz cala a boca. Ele não cala a boca. Eu joga água. É só água. Água não machuca.

O policial se vira para mim.

— Parece que são seis contra meia dúzia — diz. — Geralmente é assim nesses problemas domésticos. Não dá pra tomar partido.

— Você realmente não enxerga o que está acontecendo aqui? — retruco.

— Até onde eu consigo perceber, nenhum crime foi cometido.

— Mas seu papel não é proteger os mais vulneráveis? Veja só, olhe com atenção! Se você não conseguir enxergar mais nada, pelo menos vai ver que existe uma diferença de tamanho e força. Eles não são lá muito páreo um para o outro, não é? — Noto mais uma vez como Valentina engordou, mas, apesar disso, ou talvez por causa disso, há uma espécie de magnetismo nela.

— Não se pode prender uma pessoa só por causa do tamanho. — O policial mal consegue tirar os olhos de cima dela. — Mas posso continuar de olho, se seu pai quiser que eu faça isso. — Seu olhar passa de Valentina para mim e para meu pai.

— Vocês são iguais à polícia do Stalin. — Meu pai explode de repente, a voz alta e trêmula. — Todo o sistema do aparelho estatal só serve para defender o poderoso contra o fraco.

— Sinto muito que o senhor pense assim, sr. Mayevskyj — responde o policial educadamente. — Mas nós vivemos num país livre, e o senhor tem o direito de expressar sua opinião.

Valentina desce pesadamente do banco.

— Eu na hora de trabalhar agora — diz ela. — Você limpa o cocô do seu pai.

O policial também se despede e vai embora.

Meu pai afunda na poltrona, mas eu não o deixo descansar.

— Papai, por favor, vá vestir uma calça — peço.

Há algo tão apavorante em sua nudez cadavérica que não me atrevo a olhar para ele. Não consigo suportar seu olhar, ao mesmo tempo derrotado e obstinado. Não consigo suportar o fedor que vem do quarto dele. Não tenho dúvidas de que Valentina também não consegue, mas endureci meu coração: foi uma escolha dela.

Enquanto meu pai se limpa, vasculho a casa de novo. Em algum lugar deve haver cartas de seu advogado, informações sobre o recurso à Imigração. Onde será que ela guarda a correspondência?

Precisamos saber o que ela está planejando fazer, por quanto tempo vai ficar aqui. Para minha surpresa, acho, na sala de estar, sobre a mesa, entre as maçãs apodrecidas, uma fotocopiadora pequena, portátil. Eu não havia prestado atenção nela antes, pensando que fosse algum periférico de computador, talvez de Stanislav.

— Papai, o que é isso?

— Ah, esse é o brinquedo novo da Valentina. Ela usa isso pra fazer cópias de cartas.

— Que cartas?

— É a última maluquice dela, sabe como é. Faz cópia disso, cópia daquilo.

— Ela faz cópias de suas cartas?

— Das cartas dela. Das minhas cartas. Com certeza ela acha que isso é muito moderno. Ela faz cópia de todas as cartas.

— Mas por quê?

Ele dá de ombros.

— Quem sabe ela pensa que ter uma fotocopiadora dá mais prestígio que escrever a mão.

— Prestígio? Que besteira. Não deve ser por isso.

— Você conhece a teoria do panóptico? Do filósofo inglês Jeremy Bentham. Planejada para a prisão perfeita. O guarda vê tudo, de todos os ângulos, e, mesmo assim, ele próprio permanece invisível. Da mesma maneira, Valentina sabe tudo sobre mim e eu não sei nada sobre ela.

— Do que é que você está falando, papai? Onde estão todas as cartas e as cópias?

— Talvez estejam no quarto dela.

— Não, eu já olhei. Também não estão no quarto do Stanislav.

— Não sei. Talvez no carro. Eu a vejo levar tudo para o carro.

A lata-velha está estacionada na entrada de casa. Mas onde está a chave?

— Não precisa de chave — explica meu pai. — A fechadura está quebrada. Ela trancou a chave dentro da mala. Eu arrebentei a fechadura com a furadeira.

Noto que o carro também não tem o selo de licença do veículo. Talvez ela estivesse com segundas intenções, pensando em sair de carro enquanto o policial estava na casa. Dentro da mala, encontro uma caixa de papelão lotada de papéis, formulários e fotocópias. É o que eu estava procurando. Eu a carrego para a sala de estar e me sento para ler.

Há tanto papel que me sinto sufocada. De nenhuma informação, passo a ter, de repente, informação demais. Até onde dá para perceber, as cartas não seguem nenhuma organização ou separação específica: nem por data, nem por destinatário, nem por conteúdo. Começo a pegá-las ao acaso. Uma carta do Serviço de Imigração, logo na frente da caixa, atrai meu olhar. É a carta que expõe as razões da recusa a conceder a permissão de permanência após a apelação — não há nenhuma referência à declaração do meu pai de estar sob coação, mas há um parágrafo explicando o direito que ela tem a mais um recurso ao tribunal. Meu coração se aperta. Então, a última apelação não era o fim do túnel. A quantas apelações e audiências ela ainda terá direito? Faço uma cópia da carta na pequena fotocopiadora portátil para mostrar a Vera.

E há cópias de poesias e cartas do meu pai para ela, inclusive a carta explicando os detalhes sobre suas economias e pensões — tanto os textos originais em ucraniano quanto as traduções foram fotocopiados e grampeados juntos. Por quê? Para quem? Há uma carta do psiquiatra do Hospital Distrital de Peterborough para o meu pai oferecendo um horário de consulta. A consulta é amanhã. Meu pai não falou nada sobre o assunto. Será que ele recebeu a carta? Ela a copiou (por quê?), mas não devolveu a original.

Há algumas cartas da Ucrânia, possivelmente do marido, mas eu só consigo ler ucraniano letra por letra, e não tenho tempo para isso no momento.

Tem mais correspondência do meu pai — a carta do estagiário de advocacia sobre a dificuldade de obter uma anulação. E a carta que ele escreveu a quem interessar possa no Ministério do Interior, declarando seu amor por ela e insistindo que o casamento era genuíno. É datada de 10 de abril, um pouco antes da audiência da apelação com o trio de funcionários da Imigração. Isso também teria sido escrito sob coação? E uma carta de sua médica, a dra. Figges, avisando que ele precisa retornar para uma nova avaliação.

Em um envelope pardo, encontro cópias das fotografias do casamento: Valentina sorrindo para a câmera, curvada diante do meu pai, revelando a fabulosa linha divisória dos seios, e meu pai com os olhos arregalados, todo sorrisos. No mesmo envelope, há uma cópia da certidão de casamento e uma declaração do Ministério do Interior sobre a naturalização.

E, finalmente, a carta que eu estava procurando: uma carta do advogado de Valentina, datada de apenas uma semana atrás, concordando em representá-la na audiência do Tribunal de Imigração em Londres, no dia 9 de setembro, e aconselhando-a a solicitar assistência legal. Setembro! Meu pai não vai aguentar tanto tempo. A carta terminava com um alerta:

> Esteja ciente de que deve evitar a todo custo dar motivos a seu marido para o divórcio, pois isso poderia prejudicar seriamente seu caso...

Estou de tal maneira absorvida que quase não ouço o som da porta dos fundos sendo aberta. Percebo que alguém está na cozinha. Rapidamente, junto todos os papéis e todas as cartas, jogo-os de volta dentro da caixa e procuro algum lugar para colocá-la. No canto do cômodo fica o freezer grande onde minha mãe guardava seus legumes e ervas, e onde Valentina agora guarda suas refeições congeladas. Enfio a caixa lá. A porta é aberta.

— Ah, você ainda está aqui! — exclama Valentina.

— Estou arrumando umas coisas. — Minha voz é apaziguadora (não tem sentido aborrecê-la; eu vou embora logo e ela vai ficar com meu pai), mas ela recebe como uma indireta.

— Eu muito trabalho. Tempo nenhum arrumar casa.

— Entendo. — Encosto casualmente no freezer.

— Seu pai não dá dinheiro.

— Mas ele dá metade da pensão pra você.
— Pensão não boa. O que comprar com pensão?

Não quero discutir com ela. Só quero que ela vá embora, para que eu possa continuar a olhar os papéis. Mas então me dou conta de que ela pode ter voltado para almoçar sua comida congelada.

— Não quer que eu prepare seu almoço, Valentina? Você pode subir e descansar um pouco enquanto eu faço tudo.

Ela fica surpresa e sensibilizada, mas recusa minha oferta.

— Eu sem tempo de comer. Só sanduíche. — (Ela pronuncia "san-iitche".) — Vim buscar carro. Depois do trabalho vou Peterborough fazer compras com Margaritka.

Ela bate a porta e sai dirigindo o carro, e me deixa com a caixa cheia de documentos congelados.

Faço uma cópia da carta do advogado, e vejo que só restam duas folhas de papel em branco na copiadora, então paro. Ponho uma das fotos do casamento dentro da bolsa, junto com as cópias que fiz. Depois coloco o resto dos papéis de volta na caixa.

Enquanto estou fazendo isso, outro papel chama minha atenção. É uma carta do Instituto de Beleza Feminina de Budapeste, digitada em papel creme espesso, com a borda em alto-relevo dourado, para a sra. Valentina Dubova na Hall Street, Peterborough. É uma carta agradecendo, em inglês, à estimada cliente e confirmando o recebimento de três mil dólares americanos, relativos a uma cirurgia de aumento de busto. Está assinada com um floreio pelo *Doktor* Pavel Nagy. Pela data, calculo que a tal cirurgia deve ter acontecido alguns meses antes do casamento deles, durante a viagem dela à Ucrânia. Ressurge em minha mente o envelope pardo e volumoso. Três mil dólares americanos é um pouco mais que mil e oitocentas libras. Portanto, meu pai devia saber para o que era. Devia saber e devia estar ansioso para pagar.

— Papai — chamo com delicadeza, não querendo revelar o tamanho da minha raiva. — Papai, o que é isso?

— Hum. É. — Ele olha a carta e balança a cabeça. Não tem o que dizer.

— Você *é* maluco. Sorte que tem hora marcada com o psiquiatra amanhã.

Escondo a caixa de cartas congeladas embaixo da cama do meu pai, com instruções expressas para ele recolocá-la na mala do carro na primeira oportunidade, sem que Valentina veja. Fico achando que devia ficar e fazer isso eu mesma, mas já é começo de noite e estou com vontade de ir embora, ir para minha casa arrumada, para o meu Mike são e gentil. Cozinho para meu pai macarrão com queijo, branco cor de larva e sem gosto, mas que dá para ele comer sem a dentadura. Jantamos em silêncio. Não resta nada a ser dito. Quando ele termina, eu me despeço. Logo após eu passar da entrada da casa para a rua, um carro vira a curva selvagemente, vindo da direção contrária. Uma lanterna está queimada. Na frente, duas criaturas sorridentes: Valentina e Margaritka voltando das compras.

15
Na cadeira do psiquiatra

A visita do meu pai ao psiquiatra é um triunfo. A consulta dura uma hora inteira, e o médico mal consegue dizer uma palavra. É um sujeito muito inteligente e culto, segundo meu pai. Um indiano, diga-se de passagem. Ele fica fascinado com a teoria do meu pai da relação entre a engenharia mecânica aplicada a tratores e a engenharia psicológica defendida por Stalin e aplicada à alma humana. Tem simpatia pela observação de Schopenhauer sobre a ligação entre a loucura e a genialidade, mas reluta em discutir se a suposta loucura de Nietzsche seria um efeito da sífilis, embora admita, sob pressão, que há certo mérito no argumento do meu pai de que o gênio de Nietzsche foi meramente mal interpretado por tipos menos inteligentes. O médico pergunta a meu pai se ele acredita estar sendo perseguido.

— Não, não! — exclama ele. — Apenas por ela! — E aponta para a porta atrás da qual Valentina espreita. ("O doutor queria descobrir se eu estou sofrendo de paranoia", explicou meu pai, "mas óbvio que eu não caí nessa cilada.")

Valentina fica ofendida por estar sendo excluída da consulta, já que acredita ter sido a primeira a chamar a atenção das autoridades para a loucura do meu pai. Ela fica ainda mais ofendida quando meu pai surge com o rosto radiante de triunfo.

— Muito inteligente, esse médico. Ele disse que eu não sou maluco. Você que é maluca!

Ela invade o consultório do psiquiatra e começa a brigar com ele em várias línguas. O médico chama a segurança do hospital e

Valentina é convidada a se retirar. Ela sai fazendo estardalhaço, lançando por cima do ombro comentários ofensivos sobre indianos.

— Está bem, papai, então a visita ao psiquiatra foi um sucesso. Mas o que aconteceu com a sua cabeça? Onde você arrumou esse corte?

— Ah, isso também é obra da Valentina. Quando ela viu que não tinha conseguido atestar a minha insanidade, tentou me assassinar.

Ele descreve outra cena feia que aconteceu ao passarem pelo pórtico da entrada do hospital, ainda gritando um com o outro. Ela o empurra, ele perde o equilíbrio e cai sobre os degraus de pedra, batendo com a cabeça, que começa a sangrar.

— Levanta daí, seu homem idiota que cai à toa! — grita Valentina. — Entra no carro, rápido, rápido, rápido, para a gente ir para casa.

Uma pequena multidão se junta em torno deles.

— Não, vá embora, sua assassina! — grita meu pai, agitando os braços. — Eu não vou para casa com você. — Os óculos haviam caído e uma das lentes se espatifara.

Uma enfermeira destaca-se da multidão e vai olhar o ferimento na cabeça do meu pai. Não é profundo, mas sangra copiosamente. Ela o pega pelo braço.

— Talvez seja bom dar um pulo até a Emergência para ver isso.

Valentina agarra o outro braço.

— Não, não! Ele é meu marido. Ele bem. Ele vai para casa no carro.

Instaura-se um cabo de guerra entre as duas mulheres, meu pai no meio, o tempo todo protestando "Assassina! Assassina!". A multidão de curiosos cresce. A enfermeira chama os guardas da segurança do hospital e meu pai é encaminhado para o setor de Acidente & Emergência, onde seu ferimento é tratado, com Valentina pendurada o tempo todo, teimosamente, no braço dele. Ela não quer largá-lo.

Mas meu pai se recusa a deixar o A & E com Valentina.

— Ela quer me matar! — grita ele para qualquer pessoa que passe pelo seu raio de alcance. Por fim, uma assistente social é chamada, e meu pai, com a cabeça dramaticamente enfaixada, é admitido na enfermaria do hospital por uma noite. No dia seguinte, é levado para casa em um carro de polícia.

Quando meu pai chega, Valentina está esperando por ele, toda sorrisos e abraços.

— Vem, *holubchik*, meu pombinho. Meu querido. — Ela lhe dá tapinhas nas bochechas. — Não vamos discutir nunca mais.

Os policiais ficam encantados. Aceitam o chá que ela oferece e ficam sentados na cozinha mais tempo que o necessário, discutindo a vulnerabilidade e as tolices das pessoas idosas e a importância de elas serem cuidadas de maneira adequada. Os policiais contam histórias de velhos enganados por criminosos dentro de casa e derrubados na rua por assaltantes. Nem todos os idosos têm a sorte de contar com uma esposa carinhosa para cuidar deles. Valentina manifesta seu horror a esses casos de brutalidade desumana.

E talvez ela esteja arrependida de verdade, acredita meu pai, porque, quando os policiais se foram, ela não se voltou furiosa contra ele, mas pegou sua mão e a colocou sobre o seio, acariciando-a com os dedos, repreendendo-o calmamente por não ter confiado nela, por ter permitido que aquela nuvem se interpusesse entre os dois. Ela nem mesmo o maltratou por ter pegado a caixa de papéis e escondido embaixo da cama. (Óbvio que ela achou a caixa; óbvio que meu pai não conseguiu devolvê-la para a mala do carro.) Ou, quem sabe, alguém (a sra. Zadchuk?) tenha explicado para ela o significado da última frase da carta do advogado.

* * *

Mandei uma cópia da carta do advogado para a sra. Expert-em--divórcio, e ela mandou um recorte de jornal para a sra. Dá-uma--surra-neles-e-manda-de-volta-pra-casa. Nele, é contada a história de um homem do Congo que já vive no Reino Unido há quinze anos e está sendo deportado por ter entrado ilegalmente no país tanto tempo atrás, apesar de agora estar estabelecido financeiramente com um negócio próprio e de ter se tornado uma figura de destaque na comunidade. A igreja local organizou uma campanha em favor dele.

— Acho que a maré está mudando — diz Vera. — Finalmente as pessoas estão acordando.

Eu tinha chegado à conclusão oposta. As pessoas estão adormecendo, e não acordando. As vozes remotas em Lunar House estão dormindo. As vozes aristocratas dos consulados distantes estão dormindo. O trio da câmara da Imigração em Nottingham está dormindo — eles estão se movimentando como sonâmbulos. Nada vai acontecer.

— Vera, toda essa história de deportação, e esses casos de grande repercussão com campanhas e cartas para os jornais, é apenas pra criar uma ilusão de atividade. Na realidade, na maioria dos casos, nada acontece. Absolutamente nada. É só uma farsa.

— Bem, era exatamente isso o que eu esperava que você dissesse, Nadezhda. Suas simpatias sempre foram bastante óbvias.

— Não é uma questão de simpatia, Vera. Escute o que eu estou dizendo. Nosso erro foi pensar que eles iam mandar Valentina embora. Mas eles não vão. *Nós* é que temos que fazer isso.

Os saltos agulha da sra. Dá-uma-surra-neles-e-manda-de-volta--pra-casa alteraram minha maneira de andar. Eu costumava ser liberal a respeito de imigração — acho que pensava que o certo era as pessoas viverem onde quisessem. Mas agora imagino hordas de Valentinas forçando caminho pela alfândega, em Ramsgate, em Felixstowe, em Dover, em Newhaven — transbordando dos barcos, objetivas, determinadas e enlouquecidas.

— Mas você sempre ficou do lado dela.

— Não estou mais.

— Tenho a impressão de que é por ser assistente social, você não pode evitar.

— Eu não sou assistente social, Vera.

— Não é assistente social? — Faz-se silêncio. O telefone estala. — Bem, então o que você é?

— Eu sou professora.

— Tá bom. Professora! E o que você ensina?
— Sociologia.
— Então! É isso o que eu quero dizer.
— Sociologia não é a mesma coisa que assistência social.
— Não? Então é o quê?
— É sobre a sociedade: diferentes forças e grupos da sociedade, e por que eles se comportam de determinada maneira.

Há uma pausa. Ela pigarreia.
— Mas isso é fascinante!
— Bem, é mesmo. *Eu* acho.

Outra pausa. Posso ouvir Vera acendendo um cigarro do outro lado da linha.
— Então, por que é que Valentina está se comportando dessa maneira?
— Porque ela está desesperada.
— Ah, claro. Desesperada. — Ela inspira profundamente, tragando a fumaça.
— Lembra-se de quando a gente estava desesperada, Vera?

O abrigo. O centro de refugiados. A cama de solteiro que dividíamos. A casa geminada, o banheiro no quintal e os pedaços de jornal rasgado para nos limparmos.
— Mas quanto desespero é necessário para uma pessoa se tornar criminosa? Ou para se prostituir?
— As mulheres sempre chegaram a extremos pelos filhos. Eu faria o mesmo por Anna. Tenho certeza de que faria. Você não faria o mesmo por Alice e Lexy? Mamãe não faria o mesmo por nós, Vera? Se ficássemos desesperadas? Se não tivesse outro jeito?
— Você não sabe do que está falando, Nadia.

★ ★ ★

Fico deitada na cama de madrugada pensando no homem do Congo. Imagino a batida na porta no meio da noite, o coração disparado no peito, o predador e a presa olhando-se nos olhos. *Peguei!* Imagino os amigos e vizinhos reunidos na calçada, os Zadchuk ora acenando com os lenços, ora apertando-os contra os olhos. Imagino a xícara de café, ainda quente, deixada na mesa na pressa da partida: esfria, depois cria uma película de mofo e finalmente seca, formando uma crosta marrom.

Mike não gosta da sra. Dá-uma-surra-neles-e-manda-de-volta-pra-casa. Não é a mulher com quem se casou.

— Deportação é uma maneira cruel e sórdida de lidar com as pessoas. Não é solução para coisa alguma.

— Eu sei. Eu sei. Mas...

Na manhã seguinte, telefono para o número no timbre da carta que Valentina recebeu do Conselho de Imigração. Eles me dão um número do aeroporto de East Midlands. Surpreendentemente, eu encontro a mulher da pasta marrom e Fiat azul que visitou a casa depois do casamento deles. Ela fica surpresa de me ouvir, mas se lembra imediatamente do meu pai.

— Eu tive a sensação de que alguma coisa não estava certa — diz ela. — Seu pai parecia *tão*... bem...

— Eu sei.

Ela parece ser uma ótima pessoa. Ao menos muito melhor que a descrição que meu pai fez dela.

— Não eram só os quartos, mas também o fato de que eles pareciam não fazer *nada* juntos.

— Mas o que vai acontecer agora? Como isso vai terminar?

— Isso eu não sei.

Fico sabendo que a deportação, caso ocorra, não será levada a cabo pelo Serviço de Imigração, mas pela polícia local, instruída pelo Ministério do Interior. Toda região tem agentes policiais especializados em imigração, lotados em postos da polícia local.

— É interessante conversar com você — diz ela. — Nós visitamos as pessoas, preenchemos relatórios e depois elas evaporam. Em geral, ficamos sem saber o que aconteceu.

— Bem, ainda não aconteceu nada.

Telefono para a delegacia central de polícia em Peterborough e peço para falar com o agente especialista em imigração. Eles me encaminham para Spalding. O agente cujo nome me deram não está de serviço. Telefono novamente no dia seguinte. Estava esperando um homem, mas Chris Tideswell é, na verdade, uma mulher. Quando conto a história do meu pai, ela é objetiva:

— Coitado do seu pai. Vocês arranjaram uns verdadeiros vilões.
— Sua voz é jovem, alegre e com um forte sotaque de Fenland. Ela não parece ter idade suficiente para ter executado muitas deportações.

— Escute — digo —, quando tudo isso acabar, vou escrever um livro, e você pode ser a jovem e heroica agente policial que finalmente leva a vilã à Justiça.

Ela ri.

— Farei o possível, mas não crie muita expectativa.

Não há nada que ela possa fazer antes do tribunal. E, depois, pode ser concedida a permissão para uma apelação por razões humanitárias. Somente em seguida é que haverá, talvez, uma ordem de deportação.

— Mais ou menos uma semana depois da audiência, você me telefona.

— O seu papel pode ser o da estrela do filme. Protagonizado por Julia Roberts.

— Você me parece um tanto desesperada.

★ ★ ★

Será que Valentina será capaz de se manter nesse regime de arrulhos de pombinhos e carinhos nos seios até setembro? Duvido. Será que meu pai, magro como um graveto, frágil como uma sombra, conseguirá sobreviver com sua dieta de presunto enlatado, cenouras cozidas, maçãs Toshiba e surras ocasionais? Parece improvável.

Telefono para minha irmã.

— Não podemos esperar até setembro. Temos que dar um jeito de tirá-la de lá.

— É. Já toleramos tempo demais. Na verdade, a culpa é... — Ela para. Quase dá para ouvir o barulho de freios verbais sendo acionados.

— Precisamos trabalhar juntas nisso, Vera. — Minha voz é apaziguadora. Estamos indo tão bem. — Só precisamos convencer o papai a reconsiderar as objeções ao divórcio.

— Não, tem que ser algo mais imediato. Devemos solicitar uma ordem de destituição para tirá-la da casa quanto antes. O divórcio pode vir depois.

— Mas será que ele vai concordar com isso? Agora que voltaram ao esquema de carinho nos seios, é bastante imprevisível.

— Ele é maluco. Completamente maluco. Apesar do que o psiquiatra disse.

★ ★ ★

Não foi a primeira vez que meu pai recebeu um "tudo ok" de um psiquiatra. Aconteceu pelo menos uma vez antes dessa, uns trinta anos atrás, quando eu me encontrava no que ele chama de minha fase trotskista. Descobri a respeito por acaso. Meus pais tinham saído e eu estava no quarto deles bisbilhotando — o mesmo quarto com mobília pesada de carvalho e cortinas com um estampado descombinado que Valentina agora havia convertido em seu *boudoir*. Não me lembro do que estava procurando, mas encontrei duas coisas que me chocaram.

A primeira, jogada no chão embaixo de uma das camas, era um saquinho de borracha amarfanhado, cheio de um fluido esbranquiçado e gosmento. Fiquei estarrecida de horror. Aquele transbordamento tão íntimo. Aquela evidência despudorada de que meus pais haviam tido uma relação sexual além das duas em que Vera e eu fomos concebidas. O sêmen do meu pai!

A segunda foi o relatório de um psiquiatra da enfermaria, datado de 1961. Estava entre alguns papéis guardados em uma gaveta da penteadeira. O relatório dizia que meu pai havia pedido uma consulta com um psiquiatra porque ele acreditava estar sofrendo de um ódio patológico em relação à ilha (eu, e não Vera!). Tão obsessivo e desgastante era esse ódio que ele ficou com medo de que fosse um sinal de doença mental. O psiquiatra conversou muito com meu pai e concluiu que, em vista de sua experiência negativa com o comunismo, não era de forma alguma surpreendente — na verdade, era até natural — que ele pudesse odiar a filha por seus posicionamentos comunistas. Eu lia aquilo com um espanto crescente, e depois com raiva, tanto do meu pai quanto daquele psiquiatra anônimo que havia seguido a opção mais fácil, que não escutara o pedido de socorro do meu pai. Estúpidos, os dois. Minha mãe, cuja família havia sofrido injustiças inomináveis, que tinha muito mais razão para me odiar por ser comunista, nunca deixou, de um jeito ou de outro, de me amar, mesmo durante os meus anos mais rebeldes, muito embora as coisas que eu dizia devessem reabrir suas antigas feridas.

Coloquei os papéis de volta na gaveta. Embrulhei a camisinha usada em um pedaço de jornal e joguei-a no lixo, como se pudesse de alguma forma proteger minha mãe de seu conteúdo vergonhoso.

16
Minha mãe usa chapéu

Tia Shura fez o primeiro parto da minha mãe. Vera nasceu em Luhansk (Voroshilovgrad), em março de 1937. Era um bebê infeliz, cujo choro agudo e ofegante, como se ela fosse parar de respirar a qualquer momento, levava Nikolai à loucura. Tia Shura adorava Ludmilla, mas não gostava de Nikolai, e nem seu marido, membro do Partido Comunista e amigo do marechal Voroshilov, gostava dele. A vida na casa da tia Shura ficou tensa. Exaltaram-se os ânimos, bateram-se portas, ergueram-se vozes, e a casa de madeira reverberava como uma caixa de som. Depois de algumas semanas, Ludmilla, Nikolai e a bebê Vera debandaram e foram morar com a mãe de Ludmilla (agora ela já era avó e a chamavam de Baba Sonia) em seu novo apartamento de concreto com três quartos, do outro lado da cidade.

O apartamento ficou muito apertado. Nikolai, Ludmilla e a bebê ocupavam um quarto; no outro quarto, morava Baba Sonia; o terceiro era alugado para dois estudantes. O irmão e a irmã mais novos estavam fora estudando e, quando voltavam, dividiam o quarto com a mãe. Não havia água quente — às vezes nem mesmo água fria —, e, embora a fome tivesse diminuído, a comida ainda era escassa. A bebezinha chorava e gritava constantemente. Ela sugava o seio da mãe com ferocidade, mas Ludmilla, doente e anêmica, tinha pouco leite para lhe dar.

Baba Sonia colocava a bebê chorona sobre os joelhos e a erguia e baixava, cantando:

Além do Cáucaso nos levantamos por nossos direitos,
Nos levantamos por nossos direitos. Ei!
Lá os magiares foram avançando, foram avançando. Ei!

Tia Shura receitou:

— Pega uma maçã, enfia uns pregos de ferro nela e deixa até o dia seguinte; então, tira os pregos e come, assim você ingere vitamina C e ferro.

Nikolai não conseguia encontrar um emprego apropriado e vagava pelo apartamento, escrevendo poesia e tropeçando em todo mundo. O choro constante da filha lhe dava nos nervos e ele dava nos nervos de Ludmilla. No inverno de 1937, ele retornou a Kiev.

★ ★ ★

No mesmo ano, foi oferecida a Ludmilla, finalmente, uma vaga na escola de veterinária de Kiev. Talvez o trabalho de operadora de guindastes tenha feito a diferença, transformando-a, enfim, em uma proletária. Mas agora aquilo parecia uma brincadeira de mau gosto. Com um bebê pequeno e o marido trabalhando, seria impossível aceitar.

— Vá! Vá! — disse tia Shura. — Eu tomo conta da Verochka.

Ludmilla teve que escolher: o marido e a escola de veterinária ou a filhinha. Tia Shura comprou-lhe um casaco novo e uma passagem de trem e lhe deu de presente um chapéu extravagante com flores de seda e um véu. Ludmilla beijou a mãe e a tia ao se despedir na estação. A pequena Verochka agarrou-a, soluçando. Tiveram que virar a menina de costas quando Ludmilla entrou no trem.

— E quando você viu mamãe de novo?

— Mais ou menos uns dois anos depois — responde Vera. — Ela ficou em Kiev até o começo da guerra. Aí veio me buscar. Kharkiv era muito perigoso. Fomos para Dashev, ficar com a Baba Nadia. Lá era mais seguro.

— Você deve ter ficado contente em vê-la.

— Eu não a reconheci.

Um dia, uma mulher magra e com aparência desgrenhada surgiu à porta e apertou Vera em seus braços. A criança começou a gritar e a espernear.

— Você não está reconhecendo sua mãe, Verochka? — perguntou-lhe tia Shura.

— Ela não é a minha mãe! — gritou Vera. — A minha mãe usa chapéu.

★ ★ ★

Ainda temos uma fotografia da nossa mãe de chapéu, com o véu puxado para trás e um sorriso de menina no rosto. Meu pai deve ter tirado logo depois que ela chegou a Kiev. Encontrei-a dentro de um maço de fotografias e cartas velhas, na mesma gaveta onde uma vez achei a carta do psiquiatra. A carta já se perdeu há muito tempo, mas as fotografias estão em uma caixa de sapatos velha na sala de estar, junto com as maçãs cheirando a podridão, o freezer cheio de refeições congeladas, a pequena fotocopiadora portátil e o Hoover de gente civilizada que, sendo estrangeiro, não tem sacos de lixo descartáveis para ele no país e agora está abandonado no canto, com a tampa aberta e entulho transbordando de seu interior civilizado.

Aquele cômodo ainda é um território disputado. Quando Valentina está em casa, senta-se lá com a televisão ligada a todo o volume e um aquecedor elétrico (meu pai fixou o radiador de maneira que não aqueça a sala, para proteger as maçãs). Ele não entende a televisão: a maior parte do conteúdo não faz sentido para ele. Então vai para o quarto e escuta música clássica no rádio ou lê. Mas quando ela sai para trabalhar, ele gosta de ficar na sala com as maçãs, as fotografias e a vista para os campos arados.

Estamos sentados na sala, todos juntos, na tarde chuvosa de maio, tomando chá, olhando a chuva escorrer pela vidraça e açoitar os lilases no jardim, enquanto eu tento desviar a conversa do desenvolvimento da propulsão a jato na Ucrânia em 1930 para a discussão do divórcio.

— Eu sei que você não gosta da ideia, papai. Mas acho que é a única maneira de se ver livre de novo.

Ele para e olha para mim, franzindo a testa.

— Por que você está falando em divórcio agora, Nadia? Deixe isso para Vera, ela que é a entusiasta do divórcio. Cigarros e divórcio. Ora!

Sua mandíbula está tensa e os dedos, artríticos, fechados no colo.

— Nós duas, Vera e eu, concordamos a respeito do assunto, papai. Achamos que Valentina vai continuar a maltratar você, e estamos preocupadas com a sua segurança.

— Você sabia que, quando Vera descobriu que existia essa coisa chamada divórcio, ela imediatamente tentou convencer Ludmilla a se divorciar de mim?

— Verdade? — É a primeira vez que ouço falar nisso. — Tenho certeza de que ela não tinha a intenção. As crianças falam todo tipo de coisas estranhas.

— Tinha a intenção, sim. Tinha mesmo. A vida toda ela tentou fazer com que eu e Millochka nos divorciássemos. Agora, quer que eu e Valentina nos divorciemos. E agora, Nádia, você também.

Ele me encara com aquele olhar obstinado. Posso sentir que a conversa não vai chegar a lugar algum.

— Mas, papai, você viveu com a mamãe por sessenta anos. Com certeza é capaz de ver que Valentina não é como ela.

— Óbvio que Valentina é de uma geração completamente diferente. Ela não sabe nada de história, e menos ainda do passado recente. Ela é filha da era Brejnev. Nos tempos de Brejnev, a ideia geral era enterrar as coisas do passado e se tornar semelhante ao Ocidente. Para construir essa economia, as pessoas tinham que comprar o tempo todo. Novos desejos precisavam ser criados tão depressa quanto os antigos ideais eram enterrados. É por isso que ela está sempre querendo comprar alguma coisa moderna. A culpa não é dela; é a mentalidade criada no pós-guerra.

— Mas, papai, isso não é desculpa pra ela lhe tratar mal. Ela não pode maltratar você desse jeito.

— Por uma mulher bonita, a gente perdoa muita coisa.

— Ai, papai! Pelo amor de Deus!

Os óculos tinham escorregado pelo seu nariz e estacionado em um ângulo estranho. A camisa está desabotoada na gola, mostrando os cabelos brancos que brotam em volta da cicatriz. Ele está com o cheiro acre de quem precisa de um banho. Não é exatamente um *donjuán*, mas não tem ideia disso.

— Valentina é bonita como a Milla e, como a Milla, tem uma personalidade forte, mas com um elemento de crueldade em sua natureza que era desconhecido na Ludmilla, o qual, aliás, é uma característica russa.

— Papai, como você pode comparar Valentina com a mamãe? Como você tem coragem de pronunciar o nome dela junto com o da mamãe?

É a deslealdade dele que eu não consigo perdoar.

— Você tornou a vida da mamãe uma desgraça, e agora desrespeita a memória dela. Vera está certa, a mamãe devia ter se divorciado de você há muito tempo.

— Desgraça? Memória? Nadia, por que você tem sempre que transformar tudo em drama? Millochka morreu. Isso é triste, óbvio, mas faz parte do passado. Agora é hora de ter uma nova vida, um novo amor.

— Papai, não sou eu que estou fazendo drama. É você. Durante toda a minha vida, toda a vida da mamãe, nós tivemos que conviver com suas ideias malucas, seus dramas. Lembra-se de como a mamãe ficou aborrecida quando você convidou todos os ucranianos para virem para a Inglaterra morar conosco? Lembra-se de quando comprou uma motocicleta Norton nova, sendo que a mamãe precisava de uma máquina de lavar roupas? Lembra-se de quando saiu de casa e tentou pegar o trem de volta pra Rússia?

— Mas isso não foi por causa da Millochka. Foi por sua causa. Você, na época, era uma trotskista maluca.

— Eu não era trotskista. E, mesmo que fosse, eu só tinha 15 anos. Você supostamente era adulto.

É verdade, porém, que foi por minha causa que ele foi embora de casa e tentou pegar um trem de volta para a Rússia. Encheu com suas coisas a mala de papelão marrom — a mesma que o acompanhou quando ele saiu da Ucrânia — e foi para a plataforma da estação de trem de Witney. Posso imaginá-lo caminhando de um lado para outro, murmurando consigo mesmo e olhando, impaciente, o relógio de tempos em tempos.

Minha mãe foi até lá e implorou:

— Nikolai! Kolya! Kolyusha! Venha para casa! Kolya, para onde você vai?

— Estou esperando o trem para a Rússia! — Imagino o movimento dramático da cabeça, os olhos faiscando. — Por que não? É tudo a mesma coisa. Agora que estão trazendo o comunismo para cá, não sei mais por que saí da Rússia. Não sei por que fui arriscar tudo. Agora até minha filha está ajudando a trazer o comunismo para cá.

Sim, foi tudo culpa minha. Fui à antiga base aérea de Greenham Common com minha amiga Cathy em 1962. (Fui novamente em 1981, mas isso é outra história.) Fomos protestar contra a explosão de bombas H na base nuclear, e acabamos presas. Lá estávamos nós, calças jeans apertadas, faixas na cabeça e óculos escuros, sentadas na estrada de acesso recém-aberta. Eu estava lendo *De Bello Gallico*, de Júlio César (para a escola), quando a polícia chegou e nos levou embora, um a um. Talvez estivesse desafiando o Estado com um ato de desobediência civil não violenta, mas ainda era filha do meu pai e fiz meu dever de casa de latim.

Algumas pessoas dedilhavam guitarras espanholas, e todo mundo começou a cantar:

> Não está ouvindo as bombas H trovejando,
> Soando como a explosão do Juízo Final?
> Enquanto elas cortam os céus em pedaços,
> A radioatividade faz da Terra um túmulo.

Sim, eu ouvia as bombas H. Eu via as partículas radioativas brilhando no ar, sentia a chuva estranha caindo. Realmente acreditava que nunca chegaria à vida adulta se não nos livrássemos daquelas bombas H. Mas, ainda assim, eu me garantia fazendo minhas tarefas escolares.

Todos ali eram mais velhos que Cathy e eu. Alguns tinham cabelo comprido e esfiapado, estavam descalços e usavam calças jeans desbotadas e óculos escuros. Outros tinham uma boa cara de *quaker* e usavam sapatos confortáveis e suéteres. Eles continuavam cantando enquanto a polícia os levantava pelos braços e pelas pernas e os colocava dentro de caminhões de mudança (os camburões pareciam estar em falta). Cathy e eu não cantávamos, pois não queríamos parecer malucas. Um tribunal foi improvisado na escola primária local. Nós nos sentamos em cadeiras de criança e fomos chamados ao banco dos réus um a um. Cada pessoa fez um discurso sobre os malefícios da guerra, foi multada em três libras e mais duas libras de custo do tribunal. Quando chegou minha vez, não consegui me lembrar de nada para dizer, e então fui multada em apenas três libras (uma pechincha!). Menti minha idade, porque não queria que meus pais soubessem, mas eles descobriram mesmo assim.

— Kolya — implorou minha mãe —, ela não é comunista, é apenas uma garota boba. Agora venha para casa.

Meu pai não respondeu nada e continuou olhando fixo para um ponto no fim da linha do trem. O trem chegou em quarenta minutos e ia para Eynsham e Oxford, não para a Rússia.

— Kolyusha, o caminho para a Rússia é muito longo. Escute, pelo menos vá até lá em casa e coma alguma coisa antes. Eu fiz uma sopa de beterraba gostosa. E *kotletki*, seu *kotletki* favorito, com espinafre e feijões da horta, e batatinhas. Venha só encher a barriga, depois você pode ir para a Rússia.

Então, ainda resmungando de raiva, ele se deixou levar de volta pelo caminho enlameado, por entre pés de amoras-pretas e urtigas, até a casa geminada de paredes com acabamento de pedra em que a gente morava. Contrariado, curvou a cabeça sobre a tigela de sopa fumegante. Mais tarde, ela o persuadiu a subir e se deitar. E, assim, ele acabou não indo embora de casa.

Em vez dele, fui eu que saí. Fugi e fui morar na casa de Cathy. Sua família vivia em um chalé Cotswold de pedra comprido e baixo em White Oak Green, cheio de livros, gatos e teias de aranha. Os pais de Cathy eram intelectuais de esquerda. Eles não se importavam que Cathy fosse a protestos; na verdade, a encorajavam. Conversavam sobre coisas de gente grande, como se a Grã-Bretanha devia entrar para a Comunidade Econômica Europeia e quem criou Deus. Mas a casa era fria, a comida tinha um gosto engraçado e os gatos pulavam em cima de você no meio da noite. E, depois de alguns dias, minha mãe apareceu e me convenceu a voltar para casa também.

Anos depois, eu ainda me lembro do cheiro do sol quente batendo no asfalto fresco de Greenham Common e do cheiro de mofo do quarto de Cathy. Somente a imagem do meu pai não é nítida, como se algo sombrio mas vital tivesse sido apagado e houvesse restado apenas a raiva. Quem é ele, esse homem que eu conheci e não conheci durante toda a minha vida?

— Mas isso tudo é passado, Nadia. Por que você tem uma preocupação tão chata com as histórias pessoais?

— Porque são importantes... Elas definem... Ajudam a entender... Porque podemos aprender... Ah, sei lá.

17
Lady Di e o Rolls-Royce

Valentina e Stanislav ganharam uma gata. Eles a chamam de Lady Di por causa da princesa Diana de Gales, a quem admiram muito. Ela veio da vizinhança da sra. Zadchuk, e ainda é filhote — e nem de perto é bonita como a sua xará. Ela é preta com manchas brancas esparsas, o contorno dos olhos é rosa-pálido e o nariz, rosa-pálido e úmido.

Lady Di (eles pronunciam Lei Di Di) assume o posto desfiando tudo que encontra de macio pela frente no mobiliário da casa. Depois de algumas semanas, descobre-se que ela é um gato, e não uma gata (minha mãe nunca cometeria tal engano), e então começa a fazer xixi por todo lado. Agora, ao cheiro das maçãs apodrecendo, do mofo de refeições congeladas pela metade, do perfume barato e do odor de quarto de velho mal ventilado, soma-se o aroma de xixi de gato macho. E não apenas xixi. Ninguém ensinou Lady Di a usar a caixinha de areia, e ninguém se incomoda de limpar quando, em dias de chuva, ele resolve que é nobre demais para ir até o jardim.

Meu pai, Valentina e Stanislav adoram Lady Di, que tem um jeito elegante de escalar as cortinas e consegue pular a uma altura de 1,5 metro para pegar um pedaço de papel balançando em um barbante. Somente Vera e eu não gostamos dele, mas, como não moramos lá, que importância tem o que sentimos?

Lady Di tornou-se o substituto de uma criança para eles. Sentam-se juntos, de mãos dadas, e ficam se maravilhando com o brilhantismo e a beleza do gato. Certamente é apenas uma questão de tempo até ele aprender a demonstrar Pitágoras, partindo dos primeiros princípios.

★ ★ ★

— Ele não quer nem considerar a possibilidade do divórcio, Vera. Ficam sentados de mãos dadas, paparicando aquele gatinho nojento.
— Realmente, é demais! Eu bem que disse pra você que a gente tinha que arrumar o atestado de insanidade dele — diz a Grande Irmã.
— Isso é o que Valentina acha.
— Sim, e ela está certa, embora seja uma depravada. É óbvio que ele está comendo na mão dela de novo e ela vai tentar mantê-lo assim até conseguir o visto. Os homens são tão burros!
— Vera, que história é essa de você querer que a mamãe se divorciasse dele?
— Como assim?
— Ele disse que você tentou convencer a mamãe a se divorciar dele.
— Eu fiz isso? Não lembro. Que pena que eu não consegui.
— De qualquer forma, a conclusão é que ele não quer nem ouvir falar em divórcio.
— Estou vendo que vou ter que ir até lá e conversar com ele pessoalmente.

★ ★ ★

Entretanto, logo acontece um fato que o faz mudar de ideia. Um dia de manhã cedo, ele telefona e, nervoso, começa a falar alguma coisa sem sentido sobre um rolo grande. Estou com pressa para ir trabalhar e lhe peço que ligue mais tarde. Mas, finalmente, ele consegue se explicar melhor:
— É o rolo que está lá no jardim da frente, no gramado.
— Pai, o que você está dizendo? Que rolo?
— Rolo! Rolls! Rolls-Royce!

Valentina atingiu o apogeu dos seus sonhos de vida no Ocidente — ela é dona de um Rolls-Royce. É um sedã 4 litros, vendido por Eric Pike pela pechincha de quinhentas libras (pagas pelo meu pai). Ela agora tem um Lada na garagem, um Rover na calçada e um Rolls na grama. Nenhum dos carros tem licença ou seguro. Ela ainda não passou no exame de motorista.

— Quem é esse Eric Pike, papai? — Eu me lembro do bilhete que achei, enfiado na gaveta das calcinhas com o sanduíche pela metade.

— Na verdade, ele é um tipo bastante interessante. Foi piloto da Força Aérea Real britânica. Piloto de caça a jato. Agora, negocia carros usados. Tem um bigode fantástico.

— E ele é muito amigo da Valentina?

— Não, não. Eu acho que não. Eles não têm nada em comum. Ela não tem interesse em nenhum tipo de motor, a não ser como forma de se exibir. Na verdade, é um carro bastante bom. Veio da propriedade de Lady Glaswyne. Acredito que tenha sido usado por muitos anos como carro de fazenda, transportando feno, carneiros, sacos de fertilizantes, coisas desse tipo. Quase como um trator. Agora está precisando de alguns reparos.

Mike cai na gargalhada quando vê o Rolls. O carro está tombado e torto sobre a grama em frente à janela da sala de estar, como um cisne de asa quebrada. Parece não ter mais suspensão. Um líquido marrom goteja da parte de baixo dele, envenenando a grama. A pintura, originalmente branca, agora é uma colcha de retalhos de retoques de pintura, massa e ferrugem. Ele e meu pai ficam andando em volta do carro, dando tapinhas e cutucadas nele, aqui e ali, balançando a cabeça.

— Ela quer que eu conserte o carro — diz meu pai, dando de ombros, desesperançoso, como se fosse um príncipe de contos de fadas a quem uma linda princesa incumbiu de uma tarefa impossível como prova de amor.

— Eu acho que ele está além de qualquer possibilidade de conserto — avalia Mike. — De qualquer forma, onde você vai conseguir as peças?

— É verdade, ele está precisando de algumas peças, e mesmo depois disso não se pode garantir de modo algum que vá andar — responde meu pai. — É uma pena. Um carro como esse deveria andar para sempre, mas dá para notar que ele foi maltratado no passado. Apesar disso, que beleza...

Exatamente nesse momento, Valentina surge de dentro de casa. Embora seja junho e o tempo esteja quente, ela está usando um enorme casaco de peles, estreito na cintura e largo nos ombros, e abraça o corpo com as mãos nos bolsos, fazendo pose de estrela de cinema. Ela engordou tanto que o casaco mal fecha. Em volta do pescoço cintilam contas que, à luz fraca, podem ser confundidas com diamantes. Stanislav, de camisa de mangas curtas, vem atrás, carregando a bolsa da mãe.

Ela para ao nos ver no jardim examinando o seu Rolls.

— Bom carro, hein? — Ela se dirige a todos nós, mas olha para Mike à espera de uma resposta.

— Sim, é um carro muito bom — responde Mike —, mas possivelmente é mais uma peça de museu ou um item de colecionador do que um carro para andar na estrada.

— Olá, Valentina. — Eu sorrio, tentando ser agradável. — Você está muito elegante. Vai sair?

— Trabalho. — Uma palavra. Ela nem ao menos vira a cabeça na minha direção.

— O que você achou, Stanislav? Gostou do carro?

— Gostei. É melhor do que um Zill. — Sorriso rápido de dente quebrado. — Valentina sempre acaba conseguindo o que ela quer.

— O carro está morto — declara meu pai.

— Você conserta — revida ela. Depois, lembrando que o esperado é que seja delicada com ele, ela se curva e lhe dá um tapinha no rosto. — Sr. Engenheiro.

O sr. Engenheiro se ergue em toda a sua torta estatura.

— Rolls-Royce morto. Lada morto. Rover quase morto. Só andar a pé não está morto. Ha-ha-ha.

— Você quase morto — responde Valentina.

Mas, então, seu olhar encontra o meu e ela dá uma risadinha como se dissesse "é brincadeira".

Ela sai no Rover com Stanislav, deixando para trás uma nuvem de fumaça e um cheiro de queimado. Enquanto Mike e meu pai continuam a estudar o Rolls, eu entro e vou consultar as Páginas Amarelas.

— Alô, é o sr. Eric Pike?

— Em que posso ajudar? — A voz é, ao mesmo tempo, untuosa e áspera, como óleo de motor queimado.

— Aqui é a filha do sr. Mayevskyj. O senhor vendeu um carro pra ele.

— Ah, sim. — Risada áspera e chacoalhante. — O Rolls da Valentina. Veio de Glaswyne, sabe?

— Sr. Pike, como o senhor pôde fazer uma coisa dessas? O senhor sabe que aquele carro nem anda.

— Bem, senhorita... senhora... a senhora sabe, Valentina me disse que o marido dela é um engenheiro fabuloso. Aeronáutica. Eu entendo um pouco de aviões, sabe? — A voz untuosa e áspera se torna mais confidencial. — Veja, senhora, alguns dos maiores craques em aeronáutica do mundo, nos anos 1930, eram ucranianos. Sikorsky inventou o helicóptero. Lozinsky trabalhou na MiG. Eu mesmo os vi em ação na Coreia, sabia? Pequenos caças fantásticos. Então, quando Valentina me falou sobre o marido, e que ele prometeu que faria o carro andar em dois tempos... Acredite, eu tive as minhas dúvidas, mas ela foi muito persuasiva. A senhora sabe como ela é.

— Meu pai olhou o carro e disse que não tem condições de consertá-lo. Talvez o senhor possa vir buscá-lo e devolver o dinheiro.

— Quinhentas libras é um preço muito bom por um Rolls de colecionador.

— Não se ele não funciona.

Faz-se silêncio do outro lado da linha.

— Sr. Pike, eu sei o que está acontecendo. Sei sobre o senhor e Valentina.

Silêncio novamente, e depois um clique suave. E, então, o sinal de ocupado.

* * *

Lady Di gosta do Rolls. Há uma janela no banco de trás, do lado do carona, que não fecha totalmente, de modo que ele consegue se esgueirar e entrar por ali. Ele convida os amigos para irem também e os gatos fazem a festa, a noite toda, sobre os suntuosos bancos de couro, e depois urinam um pouco ao redor para marcar território. A namorada de Lady Di é uma gatinha magra e tímida, que, fica logo evidente, está prenhe e gosta de se enroscar no assento do motorista, enfiando as unhas no couro macio.

Junho está úmido demais para a estação. Não para de chover, transformando o gramado em um mar de lama. O Rolls afunda cada vez mais; a grama e o mato vão crescendo em torno dele. A namorada de Lady Di tem seus gatinhos no banco da frente do carro — ao todo são quatro —, olhos fechados, coisinhas fofas e miadoras que sugam a mãe magra, empurrando-lhe a barriga, ritmadamente, com as patinhas. Papai, Valentina e Stanislav ficam encantados com eles e tentam levá-los para dentro da casa, mas a mãe os leva de volta, carregando-os um por um pelo cangote.

* * *

A visita de Vera à casa do papai se dá pouco tempo depois do nascimento dos gatinhos. Ela vem de Putney dirigindo seu Golf GTI conversível surrado, um presente romântico do Big Dick nos tempos em que ele ainda a amava (óbvio que, na época, o carro não estava surrado). Ela chega no meio da tarde, quando Valentina e Stanislav estão fora, e o papai está cochilando na poltrona com o rádio a todo o volume. Ele acorda com Vera em pé diante dele, e deixa escapar um grito involuntário:

— Não! Não!

— Pelo amor de Deus, pai, fique quieto. Já tivemos melodrama demais esta semana, graças a você — ladra Vera, em seu tom de

Grande Irmã. — Agora! — Ela olha em volta, como se Valentina pudesse estar escondida em algum canto. — Onde ela está?

Meu pai fica sentado, agarrado aos braços da poltrona, sem falar nada.

— Onde ela está, papai?

Ele aperta os lábios de maneira teatral e fica olhando fixamente para a frente.

— Papai, pelo amor de Deus, eu venho dirigindo lá de Putney para tentar tirá-lo dessa confusão em que se meteu e você não pode nem ao menos se dignar a falar comigo?

— Você me mandou ficar quieto, então eu estou quieto. — Ele aperta os lábios novamente.

A Grande Irmã marcha por todos os cômodos da casa, batendo as portas ao passar. Ela olha até mesmo nas dependências do lado de fora e na estufa. Depois, volta para o cômodo onde meu pai está. Ele permaneceu imóvel. Ainda está com os lábios contraídos.

— Realmente, Nadia — comenta ela comigo —, eu consigo entender perfeitamente por que Valentina jogou um copo d'água em cima dele. Tive vontade de fazer o mesmo. Acho que ele estava tentando demonstrar como é esperto. — Eu não disse nada. Meus lábios estavam fechados com força. Estava tentando não rir. — Óbvio que foi fácil fazer com que ele voltasse a falar. Foi só perguntar sobre Korolev e o programa espacial.

— E o que aconteceu, afinal? Você conheceu Valentina?

— Eu a achei simplesmente maravilhosa. Tão... *dinâmica*.

Aparentemente, a Grande Irmã e Valentina se deram superbem. Valentina admirou o estilo e a ostentação de Vera. Vera admirou a liberdade sexual e a impiedade de Valentina. Ambas concordaram que nosso pai é patético, maluco e desprezível.

— Mas e o esmalte rosa-pêssego perolado? E os tamancos com os dedos de fora? E o Rolls na grama?

— Ah, sim. Óbvio que ela é uma piranha. E uma criminosa. Mas, ainda assim, tive que admirar aquela mulher.

Sinto meu coração murchar. Esperei tanto por esse confronto: o cânone matrimonial Zadchuk *versus* a sra. Expert-em-divórcio; o lança-foguetes de cetim verde *versus* a bolsa Gucci. Eu me dou conta de quanto estava dependendo da Grande Irmã para enfrentar Valentina. Agora reconheço que, de alguma maneira, as duas são parecidas.

— Coitado do papai. Eu sei que ele é um tanto excêntrico, mas não o tacharia de desprezível.

— Olhe só a quantidade de problemas que ele causou para todo mundo; para nós, para as autoridades, até para Valentina. No fim, ela vai perceber que teria sido melhor ter se envolvido com outra pessoa. Teria sido melhor se ele tivesse dito "não" logo no começo. Ele realmente se julga um parceiro adequado para uma piranha de 36 anos. Se isso não é desprezível, então me diga o que é.

— Mas ela o enredou. Ela o bajulou. Ela o fez se sentir jovem e sexy.

— Ele se deixou bajular porque acha, no fundo do coração, que é superior. Ele pensa que é tão esperto que pode enganar o sistema. Não é a primeira vez que faz uma coisa dessas.

— Do que você está falando?

— Tem uma porção de coisas que você não sabe, Nadia. Sabia que ele quase fez Baba Sonia ser deportada para a Sibéria?

— Eu me lembro de uma história que o papai me contou sobre os pioneiros ucranianos de design de aeronaves. E de uma história da mamãe sobre como Baba Sonia perdeu os dentes da frente.

★ ★ ★

Depois que se formou pelo Instituto de Aeronáutica de Kiev, em 1936, meu pai queria ir para a Universidade de Kharkiv, onde Lozinsky e outros estavam desenvolvendo trabalhos pioneiros em propulsão a jato. Mas, em vez disso, mandaram-no para Perm, nos sopés dos Urais, para dar aulas em uma escola de treinamento da Força Aérea soviética. Ele detestou Perm: cheia de soldados bêbados, nenhuma vida cultural e intelectual, a milhares de quilômetros longe de casa, milhares de quilômetros longe de Ludmilla, que estava grávida do primeiro filho deles. Como conseguir que o mandassem de volta para casa? Nikolai bolou um plano engenhoso. Daria um jeito de não passar na checagem da segurança. Em um dos formulários da pilha a ser preenchida, ele informou às autoridades que era casado com uma inimiga do povo. E só para se colocar em um ângulo ainda pior, inventou um irmão mais velho para Ludmilla, um terrorista contrarrevolucionário que vivia na Finlândia, dedicado à derrubada do Estado soviético.

As autoridades mal puderam acreditar na sorte que tiveram. Naturalmente, quiseram saber mais a respeito desse irmão contrarrevolucionário. Prenderam Baba Sonia e a submeteram a vários dias de interrogatório intenso e espancamentos. Onde estava esse filho mais velho? Por que ele não era mencionado em nenhum de seus documentos de trabalho? O que mais teria ela a esconder? Seria ela, como seu falecido marido, traidora e inimiga do povo?

Sonia Ocheretko teve sorte de escapar em 1930, quando o marido foi capturado e fuzilado. Mas aquelas eram as primeiras marolas dos expurgos. Em 1937, as ondas das detenções recrudesceram. Fuzilamentos passaram a ser bons demais para os inimigos do povo — eles eram mandados aos campos da Sibéria, para reeducação corretiva por meio do trabalho.

Tia Shura foi resgatá-la. Contou ao inquiridor como, na qualidade de jovem estagiária de medicina, tinha viajado para Novaya Aleksandria, em 1912, para fazer o parto do primeiro bebê de sua irmã, a minha mãe, Ludmilla. Ela assinou uma declaração juramentada de que Sonia Ocheretko era, então, uma primípara. O fato de o marido de Shura ser amigo de Voroshilov ajudou.

Mas Sonia, a sobrevivente, nunca se recuperou dos seis dias de interrogatório. Ela ficou com uma cicatriz na testa, acima de um dos olhos, e perdeu os dentes da frente. Seus movimentos, que antes eram rápidos e ágeis, tornaram-se pesados e doloridos, e ela piscava de nervoso o tempo todo. Seu espírito ficou alquebrado.

***

— Óbvio que tia Shura o mandou embora depois daquilo. Eles ficaram sem ter pra onde ir e foram morar no apartamento da Baba Sonia de novo. Realmente era imperdoável.

— Mas Baba Sonia o perdoou.

— Ela o perdoou por causa da mamãe. Mas a mamãe nunca o perdoou.

— Com certeza acabou perdoando, pois ela viveu com ele sessenta anos.

— Ela ficou com ele por nossa causa. Por você e por mim, Nadia. Coitada da mamãe.

Fico pensando. Será verdade? Ou será Vera projetando seu próprio drama no passado?

— Mas, Vera, isso quer dizer que você vai ficar sentada e deixar Valentina maltratar nosso pai? Roubá-lo? Quem sabe até matá-lo?

— Óbvio que não. Sinceramente, Nadezhda, não consigo entender como você pode achar que eu vou ficar sentada sem fazer nada numa situação como essa. Nós precisamos defendê-lo por causa da mamãe. Embora ele seja inútil, é da nossa família. Não podemos deixar Valentina vencer.

(Então, a Grande Irmã ainda está a bordo!)

— Vera, por que o papai está sempre falando sobre você fumar? Aconteceu alguma coisa com ele que tem a ver com cigarros.

— Cigarros? Ele falou em cigarros?

— Ele disse que você tem obsessão por divórcio e cigarros.

— O que mais que ele disse?

— Mais nada. Por quê?

— Esqueça isso. Não tem importância.

— É óbvio que *tem* importância.

— Nadia, por que você fica sempre vasculhando o passado? — Sua voz está tensa, instável. — O passado é sujo. É como o esgoto. Não se deve brincar ou mexer com ele. Deixe isso pra lá. Esqueça.

18
A babá eletrônica

Valentina recebeu o convite de casamento da irmã, em Selby. Ela o mostrou para meu pai, esfregando-o no nariz dele com zombarias e insultos. A carta que acompanha o convite descreve o futuro marido como um médico de 49 anos de idade, casado (não mais casado, óbvio), com dois filhos em idade escolar (ambos em escolas particulares) e uma boa casa, com um bom jardim e uma garagem dupla. A ex-esposa sem tetas está criando bastante confusão, mas não tem problema, porque o homem está muito apaixonado.

Na garagem dupla tem um Jaguar e um Renault. "Jaguar é bom", diz Valentina, "mas não tão bom quanto Rolls-Royce." Renault é um pouco melhor que Lada. Entretanto, a carta da irmã acendeu em Valentina uma onda de insatisfação com o marido não-bom-cheio-de-dinheiro-mas-pão-duro dela e com o estilo de vida de segunda classe a que ele a condenava.

Enquanto meu pai balbucia ao telefone, detendo-se de tempos em tempos por causa de um violento acesso de tosse, não posso deixar de olhar para Mike, sentado do outro lado, com os pés para cima e um copo de cerveja na mão, assistindo às notícias no canal 4. Ele parece tão correto, tão bom, começando a ficar grisalho, com uma discreta barriga despontando, mas ainda bonito, tão amado, tão... *meu marido*. Mas... um pensamento ansioso atravessa minha mente.

O que se passa com os homens?

E nesse momento, em meio a um outro acesso de tosse, meu pai chega à razão de seu telefonema. Valentina exige mais dinheiro, e ele precisa vender alguns bens. Mas quais são os bens de que ele dispõe? Somente a casa. Ah! Atrás da casa tem um terreno grande que não serve para nada. Pode ser vendido. (Ele está falando do jardim da mamãe!)

Ele conversou com um vizinho, e o vizinho quer comprá-lo pela soma de três mil libras.

Meu coração começa a bater com força e meus olhos ficam tão embaçados de raiva que mal consigo enxergar, mas ainda assim é necessário que eu controle a voz.

— Não faça nada rápido demais, papai. Não tem pressa. Talvez o futuro marido da irmã se mostre um sovina também. Afinal de contas, ele tem que dar dinheiro pra ex-esposa e pra escola particular dos filhos. Quem sabe a ex-esposa vai ficar com o Jaguar e a irmã da Valentina, com o Renault. Talvez Valentina perceba a sorte que tem. Vamos esperar pra ver.

— Hum.

— Quanto a vender o jardim da mamãe — minha mandíbula está tão tensa que as palavras mal passam por entre os dentes —, essas coisas, em geral, são mais complicadas do que parecem. A escritura vai ter que ser refeita. Provavelmente a maior parte do dinheiro será engolida pelos honorários dos advogados. E a oferta do vizinho... Bem, é uma quantia bastante irrisória. Se ele tivesse uma licença para construir outra casa lá, o lote alcançaria dez vezes esse valor. Imagine só como Valentina ficaria satisfeita. — (E uma licença para construção demora anos e anos.) — Quer que eu consulte um advogado? Quer que eu contate o conselho a respeito da permissão para construção? Quer que eu fale com Vera?

— Hum. Advogado, sim. Conselho, sim. Vera, não.

— Mas provavelmente Vera vai descobrir. Imagine só como ela vai ficar *contrariada*. — (Ele sabe que eu quero dizer *furiosa*).

★ ★ ★

Vera descobriu. Eu lhe contei. Ela ficou contrariada e furiosa.

Minha irmã levou duas horas dirigindo de Putney até Peterborough. Ainda estava com seus chinelos de ficar em casa (uma falta de atenção que não lhe é normal). Foi direto para a casa do vizinho (uma casa feia no estilo Tudor, muito maior que a dos nossos pais), bateu à porta e o enfrentou. ("Você precisava ter visto a cara dele.") O vizinho, homem de negócios aposentado e jardineiro amador da escola de cipreste e flores de canteiro, encolheu-se sob o ataque.

— Eu só estava querendo ajudar. Ele me disse que estava com dificuldades financeiras.

— O senhor não está ajudando. Só está piorando as coisas. É óbvio que ele está com dificuldades financeiras, por causa daquela mulher sanguessuga. O senhor podia ficar de olho nele, mas sem encorajá-lo. Que tipo de vizinho é?

A esposa dele ouve a discussão e vem até a porta, com um conjunto de malha, pérolas e um gim-tônica na mão (esses vizinhos foram as testemunhas da cláusula adicional do testamento da mamãe).

— O que está acontecendo, Edward?

Edward explica. A mulher ergue as sobrancelhas.

— É a primeira vez que ouço falar nisso. Pensei que a gente estava economizando para fazer um cruzeiro, Edward. — E ela, então, se dirige a Vera: — Nós estávamos preocupados com o sr. Mayevskyj, mas não queríamos nos envolver. Não é verdade, Edward?

Edward confirma e balança a cabeça ao mesmo tempo.

Vera precisa mantê-los como aliados, então abranda o tom:

— Tenho certeza de que tudo não passou de um mal-entendido.

— Sim, foi um mal-entendido.

Edward recua para a segurança, atrás da esposa, que avança para o lugar do marido na soleira da porta.

— Ela não tem uma aparência muito distinta — diz. — Toma sol no jardim usando... usando... — A mulher dá uma olhada furtiva para trás, na direção do marido, e sua voz se torna um sussurro: — Eu o peguei olhando da janela lá de cima. E outra coisa — seu tom se torna confidencial —, desconfio que ela esteja tendo um caso. Tenho visto um homem... — ela contrai os lábios — ... que vem buscá-la de carro. Ele estaciona embaixo daquela árvore, o freixo, onde o sr. Mayevskyj não consegue ver da janela, buzina e fica esperando. Ela vai correndo, toda bem-vestida. Casaco de pele e sem calcinha, como minha mãe dizia.

— Obrigada por me contar essas coisas — agradece Vera. — Você ajudou *muito*.

★ ★ ★

Valentina deve ter visto o carro de Vera, porque estava esperando por ela à porta, bloqueando o caminho, mãos na cintura, pronta para brigar. Olha Vera de cima a baixo e se detém, por um momento, nos chinelos dela. Dá um risinho rápido. Vera olha para baixo. ("Só aí eu percebi meu engano.") Valentina está usando um par de sapatos de salto agulha, que deixam suas pernas nuas e musculosas com as panturrilhas protuberantes como os bíceps de um boxeador.

— O que você foi fazer na porta ao lado, sua enxerida? — pergunta Valentina, interpelando-a.

Vera a ignora e força a passagem para dentro da cozinha, que está cheia de vapor, com as janelas todas embaçadas. Há uma pilha de roupa para lavar sobre a pia e um cheiro desagradável. Nosso pai está perambulando perto da porta, usando um macacão azul-escuro de náilon, com as alças cruzadas nas costas curvadas e magras.

— Eu conversei com o pessoal aí ao lado, papai. Eles não estão mais interessados em comprar o jardim da mamãe.

— Vera, por que você fez isso? Por que você não me deixa em paz?

— Porque se eu deixá-lo em paz, meu pai, esse abutre arranca até o seu fígado.

— Águia. Águia.

— Águia? Do que é que você está falando? — ("Realmente, Nadia, eu pensei que ele estivesse completamente enlouquecido.")

— A águia ficava bicando o fígado de Prometeu porque ele roubou o fogo.

— Pai, você não é Prometeu, você é um velho confuso e digno de pena, que por sua própria idiotice se tornou uma presa dessa loba...

Valentina, que ouvia tudo com uma expressão tempestuosa, deixa escapar um uivo baixo e, flexionando os braços, empurra com força o tórax de Vera, que cambaleia para trás, mas não cai.

— Valya, por favor, sem violência — suplica meu pai, tentando se colocar entre as duas. Mas isso está além da capacidade dele.

— Seu galho velho e torto de cérebro comido de cachorro, vá para quarto, cale a boca. — Valentina dá um empurrão nele também, e ele bate no batente da porta que Mike instalou e fica lá encostado, todo torto. Valentina tira uma chave do bolso e a balança diante do nariz dele. — Eu estou com a chave do quarto, ha-ha-ha! Eu estou com a chave do quarto!

Papai tenta pegá-la, mas Valentina a segura acima do alcance dele.

— Para que você quer a chave? — provoca ela. — Você entra no quarto. Eu tranco e destranco.

— Valya, por favor, me dê a chave! — Ele dá um pulinho patético, para tentar pegá-la, depois recua, soluçando.

Vera tenta pegá-la também — "Como você ousa?" —, mas Valentina a empurra para longe.

— Eu tenho um microfone aqui! — grita Vera. — Vou recolher provas de suas atividades criminosas!

Ela puxa da bolsa um pequeno gravador portátil (não se pode deixar de admirá-la!) e o liga, segurando-o no alto, acima da cabeça de Valentina.

— Agora, Valentina, por favor, devolva para o meu pai a chave do quarto dele e tente se comportar de um modo calmo e civilizado — diz ela em tom alto e vagaroso, como se estivesse ditando.

Vera é mais alta que Valentina, mas Valentina conta com a vantagem dos saltos. Ela tenta agarrar o gravador, mas sua atenção é desviada pela investida que meu pai faz para pegar a chave, que está em sua outra mão. Atacada pelos dois lados, ela urra, pula no ar ("Foi exatamente igual àqueles filmes de Kung Fu que Dick via.") e cai com um estrondo, um salto agulha aterrissando no pé de chinelo de Vera e o outro atingindo a canela do meu pai, logo abaixo do joelho. Meu pai e Vera desmoronam. O gravador cai no chão e desliza para baixo do fogão. Vera dá um mergulho atrás dele. Valentina empurra meu pai pela porta do quarto adentro, arranca a chave da mão dele e tranca a porta. Vera pula em cima de Valentina, puxando, torcendo — as duas estão no chão agora — e tenta arrancar a chave da mão dela, mas Valentina é mais forte, fecha a chave no punho, atrás das costas, e se levanta do chão. Vencida, Vera brande o gravador:

— Está tudo aqui na fita! Tudo que você falou está aqui na fita!

— Ótimo! — responde Valentina. — Isto é o que eu quero dizer, sua vaca, sua megera sem tetas: você não tem tetas, você tem inveja. — Ela põe as mãos por baixo dos seios, aperta-os obscenamente, um contra o outro e para cima, e manda beijinhos. — Homem gosta de seios. Seu pai gosta de seios.

— Por favor, Valentina — diz Vera —, controle-se. Não há necessidade de falar obscenidades.

Ela sabe, porém, que foi derrotada. Ergue bem alto a cabeça, mas a humilhação pesa em seu coração.

Do outro lado da porta trancada, nosso pai arranha e choraminga como um cachorro açoitado.

★ ★ ★

— Ah, Vera, você fez o melhor que pôde. Você foi incrível. Uma heroína. Você conseguiu mesmo gravar?

— Não tinha fita no gravador. Foi tudo um blefe. O que mais eu podia fazer?

Mais tarde, antes de sair, Valentina destrancou a porta do quarto do meu pai, mas guardou a chave.

Meu pai tinha se sujado de novo.

— Ele não consegue evitar. Não devia usar macacão de jeito nenhum.

— Ah, sim, dava pra ele evitar, sim. Não a incontinência, óbvio, mas a obsessão. Contra toda a razão, ele se agarra a essa obsessão, à excitação, ao glamour dela. Ele ainda defende Valentina contra mim, sabia?

— Eu sei.

— E você sabe o que mais eu achei? Ligada à tomada, debaixo da cama dele, havia uma babá eletrônica.

— Que estranho! Pra que ele precisa disso?

— Ele, não. Ela. A outra parte estava ligada lá em cima, no quarto dela. É uma dessas coisas inteligentes que trabalham no circuito elétrico. Quer dizer que ela pode ouvir tudo que nosso pai diz no quarto dele.

— Mas ele fala sozinho?

— Não, sua burra, mas fala ao telefone com a gente.

— Ah.

19
A Arado Vermelho

Acho que foi a babá eletrônica que finalmente resolveu a questão. Meu pai concordou com o divórcio. Estou encarregada de encontrar um bom advogado — alguém com bastante autoridade para enfrentar o exército de defensores públicos de Valentina, alguém que lute ao lado do papai, e não somente dê entrada nas petições e recolha os honorários.

— Aquele jovem com quem falei sobre anulação, não. Ele não foi de utilidade nenhuma — diz a sra. Expert-em-divórcio. — Tem que ser uma mulher, ela vai ficar revoltada com o que aconteceu. Não de grandes escritórios de advocacia, porque costumam passar os casos menores para advogados iniciantes. Nem de escritórios pequenos, porque não têm perícia alguma.

Eu andei para cima e para baixo pelas ruas do distrito legal de Peterborough, olhando nomes em placas de metal. O que se pode deduzir de um nome? Não muito. E foi assim que eu achei a srta. Laura Carter.

Quando a vi pela primeira vez, quase me levantei e fui embora. Tive certeza de que havia cometido um erro. Ela parecia jovem demais, gentil demais. Como falar com ela sobre a bolinação nos seios, *sexoral*, o chove não molha, bunda-mole? Mas eu estava errada — a srta. Carter é uma tigresa: cabelo loiro, olhos azuis, nariz afilado de tigresa. À medida que vou contando, vejo seu narizinho arrebitado tremendo de raiva. Quando termino, ela está furiosa.

— Seu pai está correndo risco. Temos que tirar essa mulher da casa o mais rápido possível. Vamos requerer uma medida cautelar imediatamente, e entraremos com o pedido de divórcio ao mesmo tempo. Os três carros são bons. O bilhete de Eric Pike é bom. O episódio do hospital é excelente, porque é um lugar público, e há muitas testemunhas. Sim, acredito que possamos ter algo concreto na apelação ao tribunal, em setembro.

Quando levo meu pai pela primeira vez para se encontrar com a srta. Carter no escritório dela, ele vai vestido com o terno surrado que usou no casamento e com a mesma camisa branca de botões costurados com linha preta. Curva-se tanto ao cumprimentá-la, à moda antiga russa, que quase cai para a frente. Ela fica encantada.

— Mas que cavalheiro gentil — murmura para mim com sua voz aveludada. — É uma vergonha uma pessoa se aproveitar disso.

Ele, contudo, tem reservas. Diz para Vera, ao telefone:

— Parece uma menininha. O que será que ela sabe?

— E o que *você* sabe, papai? — retruca a Grande Irmã. — Se você soubesse alguma coisa, não estaria metido nessa confusão.

A srta. Carter também lança luz sobre o mistério da pequena fotocopiadora portátil e dos papéis médicos que estão faltando.

— Ela pode querer mostrar que seu pai está doente. Doente demais para comparecer a um tribunal. Ou ela pode estar colhendo provas de que ele não está bom da cabeça, que está confuso, que não sabe o que está fazendo.

— E as poesias traduzidas?

— São para demonstrar que o relacionamento deles é sincero, sem segundas intenções.

— Que megera ardilosa!

— Eu imagino que foi o advogado dela quem a instruiu a fazer isso.

— Os advogados fazem isso?

A srta. Carter confirma.

— E coisa pior.

Estamos agora na metade de julho, e a audiência do tribunal, marcada para setembro, que parecia que ia levar uma eternidade para chegar, de repente está muito próxima. A srta. Carter providencia para que um detetive particular vá entregar os papéis do divórcio.

— Temos que ter certeza de que a petição do divórcio foi entregue pessoalmente. Senão ela pode afirmar que nunca a recebeu.

Vera se oferece para estar lá no dia, a fim de presenciar Valentina recebendo a petição. Agora que as ações começam a se desenrolar, ela não quer perder nada. Nosso pai insiste que Vera não precisa ir; que, afinal de contas, ele é um adulto inteligente e pode cuidar disso, mas ninguém o escuta. A armadilha está montada.

À hora combinada, o detetive, um homem alto e negro, de aparência sinistra e barba comprida, chega e bate à porta.

— Ah, deve ser o carteiro! — grita Vera, que está acordada desde as seis da manhã, entusiasmada com o que está prestes a acontecer. — Pode ser uma encomenda para você, Valentina.

Valentina corre para a porta. Ela ainda está com o avental de babados e as luvas amarelas de borracha com os quais esteve lavando a louça do café da manhã.

O detetive entrega o envelope em suas mãos. Valentina parece confusa.

— Papéis de divórcio? Eu não quero divórcio.

— Não — responde o detetive —, o peticionário é o sr. Nikolai Mayevskyj. *Ele* quer se divorciar da *senhora*.

Por um momento, ela fica paralisada e em silêncio. Logo depois, explode em um ataque de fúria.

— Nikolai! Nikolai! O que é isso? — grita ela para o meu pai. — Nikolai, seu defunto de cemitério, maluco de cérebro comido de cachorro!

Meu pai havia se trancado no quarto e ligado o rádio no volume máximo.

Ela volta para interpelar o detetive particular, mas o homem já está batendo a porta do seu BMW preto e indo embora cantando pneus. Ela se dirige, então, a Vera.

— Sua gata velha, cadela, megera, bruxa carnívora!

— Sinto muito, Valentina — responde a Grande Irmã, com uma voz que mais tarde descreve para mim como calma e racional —, mas isso é apenas o que você merece. Você não pode vir para este país enganar e lesar as pessoas, por mais estúpidas que sejam.

— Eu não engano! Você engana! Eu amo seu pai! Eu amo!

— Não seja boba, Valentina. Vá procurar seu advogado, vá.

★ ★ ★

— Ah, Vera, mas isso é maravilhoso! Foi tudo assim tão tranquilo?

Se por um instante sinto pena de Valentina por sua perplexidade ao ser pega na armadilha, é somente uma pena passageira.

— Foi bom demais — responde a sra. Expert-em-divórcio.

★ ★ ★

Mas o advogado de Valentina tem uma carta na manga que a srta. Carter não previu. A primeira audiência em juízo, para a apreciação da medida cautelar para remover Valentina da casa, foi marcada a pedido da srta. Carter. Nem eu nem minha irmã pudemos ir, e só temos o relato de Laura sobre o que aconteceu.

Ela e meu pai chegam cedo ao tribunal. O juiz chega. Valentina e Stanislav chegam. O juiz abre o processo. Valentina se levanta.

— Eu não entende inglês. Eu precisa intérprete.

Há uma consternação geral na sala do tribunal. Os funcionários se mobilizam, são dados telefonemas apressados. Mas nenhum intérprete falante de ucraniano é localizado. O juiz adia a audiência, e é marcada uma nova data. Perdemos duas semanas.

— Que chateação! — exclama a srta. Carter. — Eu devia ter pensado nisso.

★ ★ ★

No começo de agosto, o mesmo grupo se reúne, mas dessa vez com uma mulher de meia-idade do Clube Ucraniano de Peterborough, que concordou em servir de intérprete. Os custos ficam por conta do meu pai. Ela deve saber da história dele e de Valentina — todos os ucranianos em um raio de quilômetros sabem —, mas tem uma cara solene que nada revela. Tirei o dia de folga para estar lá também, para dar apoio moral a Laura e a meu pai. É um dia abrasador, e faz mais ou menos um ano que eles se casaram. Valentina está usando um conjunto azul-marinho forrado de rosa — talvez o mesmo que ela tenha usado no Tribunal de Imigração. Meu pai está de novo com o terno do casamento e a camisa branca com botões costurados com linha preta.

A srta. Carter descreve os incidentes com o pano de prato molhado, com o copo d'água e nos degraus do hospital. Sua voz é baixa e compreensível, densa de emoção contida, solene diante da perversidade das coisas que descreve. Ela parece estar quase pedindo desculpas quando, com a cabeça curvada e olhando para baixo, desfere seu *coup de grâce*: um relato do psiquiatra. Valentina protesta com vigor e avidez, diz que meu pai contou uma porção de mentiras maldosas, que ela ama o marido e que ela não tem outro lugar para ir morar com o filho.

— Eu não sou mulher má. Ele tem paranoia.

Ela joga o cabelo de um lado para outro e golpeia o ar com as mãos agitadas no apelo à audiência. A intérprete traduz o que ela diz para um inglês monótono em terceira pessoa.

Então, meu pai se levanta e responde a perguntas com a voz tão fraca e trêmula que o juiz tem que pedir a ele que repita várias vezes. Seu inglês é correto e formal, inglês de engenheiro, mas ainda assim há um toque inteligente de drama na maneira como ele ergue a mão trêmula e aponta para Valentina:

— Eu acho que ela quer me matar!

Ele parece pequeno, encolhido e perplexo com o terno amarfanhado e os óculos de lentes grossas; sua fragilidade é gritante. O juiz ordena que Valentina e Stanislav deixem a casa no prazo de duas semanas e levem consigo todos os seus pertences.

Naquela noite, para comemorar, meu pai e eu abrimos uma garrafa de quatro anos do vinho de ameixa vermelha da mamãe. A rolha estoura e atinge o teto com um estampido, fazendo um amassado no gesso. O vinho tem gosto de xarope para tosse e sobe direto para a cabeça. Meu pai começa a me contar dos dias que passou na Fábrica do Arado Vermelho, em Kiev, os quais, exceto o dia de hoje, ele declara, foram os mais felizes de sua vida. Em trinta minutos, estamos ambos dormindo, meu pai na sua poltrona, eu debruçada na mesa de jantar. Em alguma hora muito tarde da noite, fui acordada pelos ruídos de Stanislav e Valentina entrando na casa e se esgueirando pela escada, conversando em voz baixa.

★ ★ ★

Embora o psiquiatra tenha declarado estar tudo normal com a cabeça do meu pai, Valentina talvez tenha estado mais perto da verdade do que imagina, pois só alguém que viveu em um Estado totalitário pode avaliar o verdadeiro caráter da paranoia. Em 1937, quando meu pai voltou para Kiev, vindo de Luhansk, o país todo estava impregnado de um miasma de paranoia.

Ela se embrenhava em todo lugar, na mais íntima fresta da vida das pessoas: amargava as relações entre amigos e colegas, entre professores e alunos, entre pais e filhos, entre maridos e mulheres. Os inimigos estavam por toda parte. Se você não gostasse da maneira como alguém lhe vendeu um leitão, ou olhou para sua namorada, ou pediu o dinheiro que você devia, ou lhe deu nota baixa em uma prova, uma breve palavra ao NKVD resolveria o problema. Se ficasse interessado na mulher de alguém, uma palavra ao NKVD, um período de trabalho forçado na Sibéria, e a área estaria livre para você. Por mais brilhante, talentoso e patriótico que fosse, ainda assim você constituiria uma ameaça para alguém. Se fosse muito inteligente, certamente seria um desertor ou um sabotador em potencial; se fosse muito burro, estaria, mais cedo ou mais tarde, fadado a dizer a coisa errada. Ninguém podia escapar da paranoia, do mais humilde ao mais rico; na verdade, o homem mais poderoso do país, o próprio Stalin, era o mais paranoico de todos. A paranoia se infiltrava por baixo das portas trancadas do Kremlin e saía, paralisando toda vida humana.

Em 1937, a prisão do renomado designer de aeronaves Tupolev por suspeita de sabotagem chocou o mundo da aviação. Ele não ficou preso em um *gulag,* mas em seu próprio instituto em Moscou, junto com a equipe inteira de design, forçado a continuar trabalhando em regime de escravatura. Eles descansavam em dormitórios sob guarda armada, mas eram alimentados com a melhor comida e muito peixe, porque se acreditava que o cérebro necessitava de nutrição de qualidade para ter bom desempenho. Por cerca de uma hora ao dia, os engenheiros tinham permissão de ir até um espaço gradeado no teto do instituto, para recreação. De lá, algumas vezes, eles viam os aeroplanos que haviam projetado fazendo manobras no céu, bem acima deles.

— E não foi somente Tupolev — diz meu pai —, mas Kerber, Lyulka, Astrov, Bartini, Lozinsky e até mesmo o genial Korolev, pai dos voos espaciais.

De repente, a aviação tornou-se uma ocupação perigosa.

— E que sujeitos imbecis os que assumiram o controle! Quando os engenheiros propuseram construir, em lugar do motor volumoso de quatro tempos, um motor pequeno de dois tempos de emergência, a gasolina, para fazer funcionar o sistema elétrico do aeroplano caso os geradores falhassem, eles foram proibidos, com a justificativa de que mudar de quatro tempos para dois tempos de uma só vez seria muito arriscado. Mandaram que construíssem um motor de três tempos. Um motor de três tempos! Ha-ha-ha!

Talvez tenha sido a prisão de Tupolev, ou o efeito venenoso da paranoia, mas foi nessa época que meu pai começou a transferir seu devotamento ao sublime firmamento da aviação para o mundo dos tratores, humilde e preso à terra. E foi então que ele descobriu seu caminho para a Fábrica do Arado Vermelho, em Kiev.

A Arado Vermelho era uma zona livre de paranoia. Aninhada em uma curva do rio Dnieper, longe dos principais centros políticos, ela prosseguia no humilde trabalho de produzir implementos agrícolas, maquinário de construção, *boilers* e cubas. Nada tinha implicações militares. Nada era secreto ou do estado da arte. Tornou-se, portanto, um refúgio para cientistas, engenheiros, artistas, poetas e pessoas que queriam apenas respirar liberdade. O primeiro projeto do meu pai foi um misturador de concreto. Era uma beleza. (Ele gira as mãos para demonstrar o movimento da máquina.) E então veio um arado de dois sulcos. (Ele desliza as mãos para cima e para baixo, as palmas viradas para fora.) Nas noites de verão, depois do trabalho, eles se despiam e nadavam no rio largo, com fundo de areia, que rodeava a área da fábrica. (Ele demonstra uma vigorosa braçada de nado borboleta. O vinho de ameixa realmente lhe subiu à cabeça.) E sempre comiam bem porque, como atividade secundária, eles consertavam bicicletas, motores, bombas, carroças, qualquer coisa que lhes trouxesse à porta dos fundos e, como pagamento, recebiam pão e linguiça.

Meu pai trabalhou na Arado Vermelho de 1937 até o início da guerra, em 1939, enquanto minha mãe frequentava o Instituto de Veterinária, nos arredores de Kiev. Eles moravam em um apartamento de dois quartos no andar térreo de uma casa de estuque *art nouveau* na rua Dorogozhitska, que dividiam com Anna e Viktor, um casal de amigos que conheceram na universidade. No fim da rua onde moravam, ficava a rua Melnikov, uma avenida larga que passava perto do velho cemitério judeu e seguia para a ravina íngreme e arborizada de Babi Yar.

★ ★ ★

Acordo tarde na manhã seguinte, com uma dor de cabeça de rachar e o pescoço duro. Meu pai já está de pé, andando para lá e para cá, à volta com o rádio. Ele está com uma disposição excelente, e quer logo continuar a contar, de onde parou, a sina de Tupolev, mas eu o mando calar a boca e ponho a chaleira no fogo. Há algo de assombroso na quietude reinante na casa. Stanislav e Valentina não estão, e o Rover desapareceu da entrada em frente à casa. À medida que vou andando pelos cômodos com a minha xícara de chá, noto que parte da bagunça do quarto de Valentina desapareceu e, na cozinha, estão faltando potes e panelas — e a pequena fotocopiadora portátil se foi.

20
O psicólogo era uma fraude

Depois que a corte decidiu acatar a medida cautelar, telefono para meu pai todos os dias, a fim de saber se Valentina e Stanislav já se mudaram, e a resposta dele é sempre a mesma:

— Sim. Não. Talvez. Eu não sei.

Eles levaram embora alguns pertences, mas deixaram outros. Ficam fora por uma noite ou um dia e depois voltam. Meu pai não sabe aonde eles vão, onde dormem ou quando vão retornar. Seus movimentos são misteriosos. Valentina não fala mais com ele quando se cruzam na escada ou na cozinha — faz de conta que não nota a presença dele. Stanislav vira o rosto e assovia desafinado.

Essa guerra de silêncio é pior que a guerra de palavras. Meu pai está começando a fraquejar.

— Talvez eu acabe pedindo para ela ficar. Ela não é tão má pessoa, Nadia. Tem boas qualidades. Só as ideias é que são incorretas.

— Papai, não seja burro. Você não percebe que está correndo risco de morte? Mesmo que ela não o mate, você vai ter um ataque cardíaco ou um derrame, se continuar desse jeito.

— Hum. Talvez. Mas não é melhor morrer nas mãos de quem se ama que morrer sozinho?

— Papai, pelo amor de Deus. Como pode acreditar que algum dia Valentina o amou? Já se esqueceu de como ela se comportava com você, das coisas que dizia, dos empurrões, dos gritos?

— É verdade. Aliás, esse é um defeito de caráter típico do psiquismo russo, no qual a tendência é sempre acreditar na violência como o primeiro e não como o último recurso.

— Papai, todos nós tivemos trabalho e custamos muito para conseguir essa medida cautelar, e agora, de repente, você quer mudar de ideia. O que Vera vai dizer?

— Ah, Vera. Se Valentina não conseguir me matar, com certeza Vera consegue.

— Ninguém vai matar você, papai. Você vai viver até uma idade bem avançada e vai terminar de escrever seu livro.

— Hum. Sim. — Sua voz se anima. — Você sabia que houve um outro avanço muito interessante durante a Segunda Guerra Mundial, que foi a invenção do meio-trator? Foi, na verdade, uma invenção francesa, notável tanto pela elegância quanto pela engenhosidade.

— Papai, por favor, preste atenção. Se você escolher ficar com Valentina agora, eu lavo as mãos. Da próxima vez, não vai ter mais aquele negócio de você ligar pedindo socorro pra mim ou pra Vera.

Fico tão zangada que não lhe telefono no dia seguinte, mas de tardinha ele me liga.

— Ouça só isso, Nadezhda! — grita ele ao telefone, a voz borbulhante de exaltação. — Os resultados escolares finais do Stanislav. Nota B em inglês! B em música! C em matemática! C em ciências! C em tecnologia! D em história! D em francês! Nota A somente em estudos religiosos!

Dá para ouvir os protestos tímidos de Stanislav ao fundo e a voz provocadora do meu pai:

— Nota C! Ha-ha-ha! Nota C!

Então ouço um grito horrível, que coincide com a intervenção de Valentina, depois um estrondo, e o telefone fica mudo. Tento ligar de volta, mas dá sinal de ocupado. Tento várias vezes. Começo a entrar em pânico. Até que, depois de uns vinte minutos, o telefone chama, mas ninguém atende.

Visto um casaco e pego a chave do carro. É melhor ir até lá para resgatá-lo. Ligo novamente e, dessa vez, meu pai atende.

— Alô, Nadezhda? Sim, bom trabalho, descobrimos a verdade. O psicólogo que escreveu o relatório do QI era uma fraude. Stanislav não é um gênio, não é nem ao menos inteligente. É apenas medíocre.
— Ah, papai...
— Não tem desculpa. Em inglês, vá lá; até mesmo em ciências, o domínio da língua é importante. Mas matemática é puro teste de inteligência. Nota C! Ha-ha-ha!
— Papai, você está bem? O que foi aquele estrondo que eu ouvi?
— Foi só uma pancadinha. Ela não suporta encarar a verdade. Seu filho não é um gênio, mas ela não quer acreditar nisso.
— Stanislav e Valentina ainda estão aí com você?
Quero que ele se cale antes que ela o machuque seriamente.
— Não, saíram. Foram fazer compras.
— Pai, faz mais de duas semanas que o juiz concedeu a medida cautelar. Por que eles ainda estão morando aí? Já deviam ter se mudado.
Está óbvio para mim que Valentina tem uma outra base, talvez até uma outra casa, em algum lugar, onde ela, Stanislav e a pequena fotocopiadora portátil estão instalados. Por que será que ela ainda rodeia meu pai?
— Algumas vezes estão aqui, outras ficam fora. Um dia se vão, no outro estão de volta. Valentina não é má pessoa, mas não consegue aceitar que o garoto não é um gênio, sabe?
— Mas, afinal, ela se mudou ou não? Onde é que ela mora?
Há um longo silêncio.
— Papai?
Então, calmamente, quase com tristeza, ele murmura:
— Nota C!

* * *

Vera passou uma temporada na Toscana, então eu ligo para colocá-la a par do que aconteceu nas duas últimas semanas. Descrevo a cena no tribunal, o discurso de Laura Carter e a intervenção de nosso pai, acusando Valentina.

— Bravo! — grita Vera.

Descrevo a declaração de amor de Valentina, apaixonada, mas ininteligível, e nossa comemoração com vinho de ameixa.

— Nós ficamos um pouco bêbados, e então ele começou a falar sobre seus dias na Fábrica do Arado Vermelho.

— Ah, sim, a Arado Vermelho. — A voz de Grande Irmã de Vera me deixa apreensiva, como se algo estivesse por vir. — Você sabe, lógico, que no fim das contas eles foram traídos. Alguém cuja bicicleta eles haviam consertado os delatou para o NKVD. O diretor e a maioria dos funcionários foram mandados para a Sibéria.

— Ah, não!

— Felizmente, isso foi depois que o papai já tinha ido embora. Um dos vizinhos também traiu Anna e Viktor, e eles acabaram em Babi Yar. Você sabia que eles eram judeus, lógico.

— Eu não sabia.

— Logo, como você está vendo, no fim todo mundo é traído.

Eu achava que havia uma história alegre para ser contada sobre a vida dos meus pais, uma história de triunfo sobre a tragédia, de amor superando desigualdades incontornáveis, mas agora vejo que há apenas momentos de felicidade passageiros a serem capturados e celebrados antes que escapem.

— O que eu acho difícil de entender, Vera, é por que as pessoas traem umas às outras com tanta facilidade. Era de esperar que se mostrassem solidárias diante da opressão.

— Não, não, essa é uma visão ingênua, Nadezhda. Sabe, esse é o lado sombrio da natureza humana. Quando alguém tem poder, o fraco sempre tenta obter a simpatia dessa pessoa. Olhe só o que ocorre entre o papai e Valentina: ele sempre tenta agradá-la, mesmo quando ela o maltrata. Olhe só o jeito como os seus políticos trabalhistas rastejam para oferecer homenagem — (ela pronuncia home-*naj*) — aos capitalistas — (ela pronuncia cap-it-alistas) — que eles juraram derrubar. Óbvio que não são só os políticos, isso acontece no reino animal também.

(Ó Grande Irmã, que nariz você tem para farejar os depravados, os corruptos, os venais, os comprometidos! Onde aprendeu a ver tudo de modo tão sombrio?)

— Eles não são os *meus* políticos trabalhistas, Vera.

— Meus é que não são. Nem da mamãe, como você sabe.

Sim, minha generosa mãe coração-de-bolinho, enche-de-comida--até-arrebentar, era uma fervorosa defensora da sra. Thatcher.

— Não vamos mais falar sobre política, Vera. Nós sempre discordamos.

— Algumas coisas são tão desagradáveis que o melhor é não falar nelas.

Em vez disso, fazemos planos para a audiência do Tribunal de Imigração, que foi se aproximando sem que nos déssemos conta e, de repente, será daqui a duas semanas. Vera e eu trocamos de papéis informalmente. Agora eu sou a sra. Expert-em-divórcio, ou, pelo menos, o meu trabalho é tomar conta das coisas do divórcio. Vera faz a parte da sra. Dá-uma-surra-neles-e-manda-de-volta-pra--casa. Ela é soberba no papel.

— O segredo de tudo, Nadia, está num planejamento meticuloso.

★ ★ ★

Vera visitou a sala de audiências do tribunal, inteirou-se de todos os detalhes e fez amizade com a porteira. Contatou o escritório do tribunal e, sem dizer exatamente que agia no interesse da sra. Mayevska, assegurou-se de que haveria intérprete.

Eu vou a Londres assistir à audiência no tribunal, porque não quero perder esse lance emocionante. Vera e eu nos encontramos em um café em frente ao prédio onde a audiência será realizada, em Islington. Embora tenhamos nos falado ao telefone, é a primeira vez que realmente nos vimos desde o funeral de nossa mãe. Olhamos uma para a outra de cima a baixo. Fiz um esforço especial e estou usando um blazer Oxfam da estação, uma blusa branca e calça preta. Vera está vestindo um blazer amarrotado muito elegante e uma saia de linho marrom. Cautelosamente, nos inclinamos e beijamos o ar junto ao rosto uma da outra.

— Que bom ver você, Nadia.
— Igualmente, Vera.

Estamos pisando em ovos.

Com bastante calma, ocupamos nossos lugares ao fundo do tribunal, uma sala sombria forrada de carvalho, onde a luz solar é filtrada obliquamente por janelas altas demais para que se possa ver lá fora. Poucos minutos antes de a audiência começar, Valentina e Stanislav entram. Valentina superou-se: deu adeus ao poliéster azul-marinho forrado de rosa. Ela está usando um vestido branco e um casaquinho xadrez preto e branco *pied-de-poule*, decotado na frente para mostrar o encontro dos seios, mas elegantemente talhado e costurado para disfarçar o volume. Sobre o cabelo loiro e bufante, equilibra-se um chapeuzinho branco com flores recortadas em seda preta. O batom e o esmalte são vermelho-sangue. Stanislav está com o uniforme e a gravata de sua escola de luxo, de cabelo cortado.

Ela bate os olhos em nós duas assim que entra e deixa escapar um gritinho. O jovem loiro que a acompanha, o qual deduzimos ser seu advogado, segue a direção do olhar dela, e eles conversam em voz baixa enquanto se sentam em seus lugares. Ele está vestindo um terno tão estiloso e uma gravata tão brilhante que deduzimos que, certamente, não é de Peterborough.

Todo mundo fez um esforço para estar bem-apresentado, menos os três membros do tribunal, que chegam alguns minutos atrasados, vestidos com calças largas e fora de moda e paletós amarrotados e deselegantes. Eles se apresentam, e imediatamente o advogado de Valentina se levanta e pede um intérprete para sua cliente. Os membros do tribunal conferenciam, o secretário é consultado, e então uma mulher gorda de cabelo cacheado entra por uma porta lateral, senta-se na frente de Valentina e Stanislav e se apresenta aos dois. Ouço as exclamações de surpresa deles. O jovem advogado então se levanta novamente, aponta para Vera e para mim, sentadas nos fundos, e faz uma objeção à nossa presença, que não é acatada. Por fim, ele se põe de pé de novo e começa um longo e eloquente relato sobre a conexão amorosa de Valentina e meu pai, de como se apaixonaram completamente um pelo outro, à primeira vista, ao se encontrarem no Clube Ucraniano de Peterborough; de como ele implorou para que se casassem, bombardeando-a com cartas e poesias — o rapaz agita um maço de fotocópias no ar —; e de como eram felizes antes de as duas filhas — aponta para mim e Vera — começarem a interferir.

Ele já estava falando por, talvez, uns dez minutos, quando um rebuliço toma conta da sala e a porteira entra apressada com várias folhas de papel e as coloca diante do presidente da sessão. Ele olha rapidamente os papéis e os passa aos dois auxiliares da Justiça.

— E ele viria pessoalmente testemunhar o seu amor por minha cliente, não fosse uma infecção pulmonar que, somada à sua idade avançada e fragilidade, o impediu de viajar e estar aqui hoje. — A voz do rapaz se eleva a um clímax.

O presidente da sessão educadamente espera que ele termine e, então, pega os papéis que a porteira trouxe.

— Eu consideraria sua exposição muitíssimo convincente, sr. Ericson — diz —, não fosse o fato de termos recebido neste exato momento um fax de Peterborough, da advogada do marido da sra. Mayevska, com os detalhes de uma petição de divórcio apresentada por ele e que diz respeito à sua cliente.

Valentina pula da cadeira e se vira na direção de onde Vera e eu estamos sentadas:

— Isso coisa dessa irmã bruxa malvada! — grita, arranhando o ar com as unhas escarlates. — Escuta, por favor, sr. Senhor — ela junta as mãos em uma súplica e apela ao presidente —, eu amo meu marido.

A intérprete, aborrecida por estar sendo excluída do drama, acrescenta:

— Ela afirma que as irmãs são bruxas do mal. Ela quer dizer que ama o marido.

Vera e eu permanecemos em silêncio, empertigadas.

— Sr. Ericson? — inquire o presidente.

O rapaz estava rubro sob o cabelo loiro.

— Eu gostaria de pedir um intervalo de dez minutos para consultar minha cliente.

— Concedido.

Enquanto deixam a sala do tribunal, eu o ouço sussurrando para Valentina algo como "... você me fez de palhaço...".

Dez minutos depois, o sr. Ericson volta sozinho.

— Minha cliente está retirando a apelação — declara.

★ ★ ★

— Você viu a maneira como ele piscou para nós? — pergunta Vera.

— Quem?

— O presidente da sessão. Ele piscou.

— Não é possível! Eu não vi. Piscou mesmo?

— Eu o achei muito sexy.

— Sexy?

— Um tipo muito inglês e amarrotado. Eu realmente gosto muito de homens ingleses.

— Mas não do Dick.

— Dick era inglês e amarrotado quando o conheci. Eu gostava dele naquela época. Antes de ele conhecer Perséfone.

Estamos sentadas, lado a lado, com os pés para cima em um sofá amplo no apartamento de Vera, em Putney. Na nossa frente, sobre uma mesa baixa, há dois cálices e uma garrafa quase vazia de vinho branco gelado. Dave Brubeck toca baixinho ao fundo. Depois de nossa aliança no tribunal, me pareceu a coisa mais natural do mundo vir para cá. É um confortável apartamento pintado de branco, com carpetes espessos, poucas — e muito caras — peças de mobiliário. Eu nunca havia estado aqui antes.

— Gostei do seu apartamento, Vera. É muito melhor que aquele em que você morava com Dick.

— Você nunca esteve aqui antes? Óbvio que não. Bem, talvez você venha de novo.

— Espero que sim. Ou, quem sabe, você vá a Cambridge passar um fim de semana.

— Quem sabe.

Quando Vera morava com Dick, visitei a casa deles uma ou duas vezes — era cheia de madeira envernizada e papel de parede com padrões complicados, que eu achava pretensiosos e tristes.

— Vera, o que você acha que significa ela ter retirado a apelação? Será que ela desistiu completamente? Ou será que significa apenas que vai pedir uma nova data?

— Talvez ela simplesmente se misture ao submundo criminoso ao qual pertence. Afinal de contas, ela só pode ser deportada se a encontrarem.

Vera acendeu um cigarro e tirou os sapatos.

— Ou isso pode apenas significar que ela vai voltar para tentar persuadir o papai. Conseguir que ele volte atrás com o divórcio. Eu tenho certeza de que ele faria isso, se ela o abordasse da maneira certa.

— Sem dúvida, ele é idiota demais. — Vera olha um longo dedo de cinzas brilhando na extremidade do seu cigarro. — Mas eu acho que ela vai se esconder. Vai se meter em algum local secreto. Vai viver de pedidos de benefício fraudulentos e prostituição. — A cinza cai silenciosamente dentro de um cinzeiro de vidro. Vera suspira. — Em breve, ela vai pôr as mãos em outra vítima.

— Mas o papai pode se divorciar, mesmo com ela ausente.

— Vamos torcer para que possa. A questão é quanto ele vai ter que pagar para se livrar dela.

Enquanto falamos, meus olhos vagueiam pela sala. Há um vaso com peônias rosa-pálido sobre a lareira e, ao lado dele, uma fileira de fotografias, a maioria de Vera, Dick e as filhas, umas coloridas e outras em preto e branco. Mas uma das fotografias é em sépia, com uma moldura prateada. Fico pasmada. Será que é isso mesmo que estou vendo? Sim, é. É a fotografia de nossa mãe usando o chapéu.

Ela deve ter pegado na caixa da sala de estar. Mas quando? E por que não disse nada? Sinto a raiva esquentar meu rosto.

— Vera, o retrato da mamãe...
— Ah, sim. É lindo, não é? O chapéu é encantador.
— Mas não é seu.
— Não é meu? O chapéu?
— O retrato, Vera. Não é seu.

Pulo do sofá, derrubando meu cálice de vinho. Forma-se uma poça de Sauvignon Blanc na mesa, que já começa a pingar no carpete.

— Qual é o seu problema, Nadia? É só uma fotografia, pelo amor de Deus.
— Eu tenho que ir. Não quero perder o último trem.
— Mas você não ia dormir aqui? A cama está pronta no quartinho.
— Sinto muito, mas não posso ficar.

Qual é o problema? É apenas uma fotografia. Mas é *aquela* fotografia! No entanto, vale a pena perder uma irmã recém-reconquistada por causa disso? Esses pensamentos passam rápido pela minha cabeça enquanto sigo para casa no último trem, olhando na janela o meu reflexo se misturando aos campos e bosques que vão escurecendo. O rosto na janela, com as cores desbotadas pela luz do entardecer, tem os mesmos traços e contornos do rosto da fotografia em sépia. Quando sorri, o sorriso é o mesmo.

No dia seguinte, telefono para Vera.

— Mil desculpas por ter saído daí correndo. Eu tinha me esquecido de um compromisso de manhã cedinho.

21
A dama oculta

Alguns dias depois da audiência malsucedida, Eric Pike aparece na casa do meu pai com um Volvo Estate grande e azul. Ele e meu pai vão para o quarto dos fundos e conversam amigavelmente sobre aviação, enquanto Valentina e Stanislav correm para cima e para baixo pela escada, enfiando todos os seus pertences em grandes sacos pretos de plástico e colocando-os na parte de trás do carro. Mike e eu chegamos quando eles já estão prontos para partir. Eric Pike aperta a mão do meu pai e senta-se no banco do motorista, e Valentina e Stanislav se espremem no lugar do carona. Meu pai, hesitante, assiste da soleira da porta. Valentina abaixa o vidro, estica a cabeça para fora e grita:

— Você se acha muito esperto, sr. Engenheiro, mas espere só para ver. Você sabe que eu sempre consigo o que quero.

Ela dá uma cusparada pela janela quando o carro começa a andar. O cuspe cai na porta do carro, fica pendurado por um momento e depois escorre, viscoso, para o chão. Então, eles partem.

— E aí, papai, você está bem? Está tudo bem? — Eu o abraço. Por baixo do suéter, sinto seus ombros ossudos.

— Tudo bem. Sim, está tudo bem. Bom trabalho. Talvez um dia eu telefone para Valentina e tente a reconciliação.

Pela primeira vez, ouço um tom diferente na voz do meu pai, e percebo quanto ele está sozinho.

★ ★ ★

Eu telefono para Vera. Temos que planejar como vamos apoiar nosso pai agora que ele está sozinho. A Grande Irmã é totalmente a favor de se conseguir um atestado da incapacidade mental dele e despachá-lo para um lar de idosos.

— Nós temos que encarar a verdade, Nadezhda, por mais desagradável que seja. Nosso pai está maluco. É só uma questão de tempo para ele se meter numa outra loucura. É melhor colocá-lo em um lugar onde ele não possa causar mais problemas.

— Eu não acho que ele esteja maluco, Vera. Ele só é excêntrico. Excêntrico demais pra viver num asilo.

De algum jeito, não consigo ver meu pai com suas maçãs, sua conversa sobre tratores e seus hábitos estranhos se adaptando facilmente à rotina de um lar de idosos. Sugiro que um condomínio especial para idosos, supervisionado, com casas separadas, onde ele terá mais independência, possa ser mais adequado, e Vera concorda, acrescentando com bastante ênfase que isso é o que deveria ter sido feito desde o início. Fala como se fosse uma vitória dela. Eu deixo passar.

★ ★ ★

Agora que Valentina e Stanislav saíram da casa, tiro dos quartos uma quantidade de lixo suficiente para encher catorze sacos grandes de plástico preto. Jogo fora algodões usados, embalagens amassadas, potes e vidros de cosméticos, meias-calças furadas, papéis e revistas, catálogos de encomendas pelo correio, folhetos de propaganda, sapatos e roupas velhas. Jogo fora o sanduíche comido pela metade, muitos miolos de maçã e uma torta de carne de porco estragada, que estava debaixo da cama, no mesmo lugar onde um dia encontrei a camisinha usada. No quarto de Stanislav, uma pequena surpresa — uma sacola cheia de revistas pornô embaixo da cama. Ora, ora!

Depois, volto minha atenção para o banheiro e, com a ajuda de um cabide de metal, tiro do ralo uma grande quantidade de cabelo embolado — loiro da cabeça e castanho do púbis — que estava impedindo o escoamento da água da banheira. Como é possível uma única pessoa fazer tanta bagunça? Enquanto trabalho, subitamente chego à conclusão de que Valentina, a vida toda, sempre deve ter tido alguém atrás dela limpando sua sujeira.

Passo para a cozinha e para a despensa, tirando a gordura agarrada no fogão e nas paredes ao redor — tão grossa, que é preciso raspar com uma faca —, arrancando restos de comida, esfregando manchas pegajosas nos pisos, nas prateleiras e nas bancadas, onde fluidos não identificados espirraram e nunca foram limpos. Potes, vidros, latas e pacotes abertos, usados e esquecidos há muito tempo, estão com o conteúdo apodrecido. Um pote de geleia largado aberto na despensa faz tempo está quebrado, duro como pedra e preso à prateleira com tal firmeza que, quando tento puxá-lo, termina de quebrar na minha mão. Os pedaços de vidro caem no chão em meio ao entulho formado por jornais, embalagens de comida congelada, açúcar derramado, macarrões crus quebrados, migalhas de biscoito e ervilhas secas.

Debaixo da pia, encontro um estoque de cavalinhas em lata. Conto quarenta e seis ao todo.

— O que significa isso? — pergunto a meu pai.

Ele dá de ombros.

— Compre uma, leve duas. Ela gosta.

O que se pode fazer com quarenta e seis latas de cavalinha? Não dá para jogar fora. O que minha mãe faria? Distribuo para os nossos conhecidos e dou o restante para o vigário, para entregar aos pobres. Por vários anos seguidos, vi pequenas pilhas de latas de cavalinha diante do altar no festival da colheita.

Nas dependências do lado de fora da casa, dentro de uma caixa de papelão, encontro muitos pacotes de biscoitos. Todos estão abertos, migalhas e pedaços de embalagens se espalhando por toda parte. Em outro canto, há quatro pães de forma mofados. Os pacotes também estão abertos e o conteúdo está esparramado. Por que alguém faz algo assim? E então eu vejo uma coisa grande e marrom correndo no canto.

Ai, meu Deus! Chamem o conselho municipal, rápido!

Na sala de estar, na cozinha e na despensa, pires com comida e leite colocados para Lady Di que não foram do agrado dele também acabaram apodrecendo no calor de agosto. Um deles está infestado de bolor. Em outro, larvas brancas se contorcem. O leite está estragado e parece ter se transformado em um queijo verde e viscoso. Coloco os pires de molho no alvejante.

Em geral, não sou do tipo de mulher para quem fazer faxina é terapêutico, mas essa, em especial, me dá a sensação de uma purgação simbólica, da erradicação total de um invasor alienígena que tentou colonizar nossa família. Eu me sinto muito bem.

★ ★ ★

Fico cautelosa sobre dizer a Vera que nosso pai falou em se reconciliar com Valentina, porque sei que, se há uma coisa que certamente o lançará de volta aos braços dessa mulher, é uma confrontação com a Grande Irmã. Mas, sem querer, deixo escapar.

— Ah, que idiota! — Eu a ouço encher os pulmões de ar enquanto escolhe as palavras. — Com certeza, vocês, assistentes sociais, estão familiarizados com a síndrome das mulheres maltratadas que se agarram aos seus agressores.

— Eu não sou assistente social, Vera.

— Não, óbvio, você é socióloga. Esqueci. Mas se fosse assistente social diria exatamente isso.

— Talvez.

— É por isso que considero tão importante colocar nosso pai em um lugar seguro, para o próprio bem dele. Do contrário, ele simplesmente será vítima da primeira pessoa inescrupulosa que aparecer. Você não tinha ficado de procurar um condomínio para idosos, Nadia? Sinceramente, acho que já é hora de você assumir alguma responsabilidade, como eu fiz pela mamãe.

Mas nosso pai está determinado a tirar o máximo proveito de sua nova liberdade. Quando levanto a possibilidade de ele ir morar em um condomínio para idosos, ele responde que vai ficar onde está. Está ocupado demais para pensar em se mudar. Vai arrumar a casa e talvez até alugue o antigo quarto de Valentina, no andar de cima, para uma senhora séria de meia-idade. E, depois, ele ainda tem que escrever seu livro.

— Eu terminei de lhe contar a história do meio-trator?

Ele busca o bloco A4 de linhas estreitas, agora já quase todo preenchido com sua obra-prima, e lê:

> *O meio-trator foi inventado por um engenheiro francês de nome Adolph Kegresse, que havia trabalhado na Rússia como diretor técnico da frota de automóveis do czar, mas que, na época da Revolução de 1917, tomou o caminho de volta para a França, onde continuou a aperfeiçoar seus projetos. O meio-trator se baseia no princípio simples de rodas normais de pneus na frente do veículo e esteiras caterpílar atrás. Os tratores de meia-esteira, os carros de cavalaria e os carros blindados foram especialmente populares entre os militares da Polônia, onde eram considerados apropriados para andar nas estradas mal conservadas do país. Dizem que foi da histórica união de Adolph Kegresse com André Citroën que nasceu todo o fenômeno dos veículos 4x4. Na época, eles pareciam prometer uma revolução na agricultura e no transporte pesado, mas, infelizmente, tornaram-se uma das maldições da era moderna.*

★ ★ ★

Depois da minha grande faxina, sobram apenas duas coisas que fazem meu pai se lembrar de Valentina, e que não são fáceis de remover: Lady Di (e a namorada e seus quatro filhotes) e o Rolls na grama.

Todos nós concordamos que Lady Di e a família devem ficar, pois farão companhia para o papai, mas que seus hábitos de alimentação e de toalete precisam mudar. Sou a favor de se colocar uma caixinha de areia, mas a Grande Irmã é taxativa:

— Não é nada prático. Quem vai limpar? Só tem uma coisa a ser feita: ensiná-los a não fazer sujeira dentro de casa.

— Mas como?

— Você os agarra pelo cangote e esfrega o nariz deles na sujeira. É o único jeito.

— Ah, Vera. Eu não consigo fazer isso. E o papai, com certeza, também não.

— Não seja tão fresca, Nadia. Óbvio que você consegue. Mamãe fez isso com todos os gatos que a gente teve. Por isso que eles eram tão limpos e dóceis.

— Mas como é que eu vou saber qual gato fez a sujeira?

— Toda vez que aparecer uma sujeira, você esfrega o nariz de todos eles nela.

— De todos os seis? — (Parece algo da Rússia dos anos 1930.)

— De todos os seis.

E assim eu faço.

A alimentação deles também é reorganizada. Eles só comerão na varanda dos fundos, duas vezes por dia, e, se não comerem, a comida será jogada fora depois de um dia.

— Você consegue se lembrar disso, papai?

— Sim, sim. Um dia. É para deixar só um dia.

— Se eles continuarem com fome, você pode dar biscoitos secos de gato. Eles não têm cheiro.

— Abordagem sistemática. Alimentação tecnológica avançada. Isso é bom.

O pessoal do conselho vai até a casa pôr veneno de rato, e, logo depois, quatro corpos marrons e peludos são encontrados de barriga para cima na parte externa. Mike os enterra no jardim. Os gatos são proibidos de dormir dentro de casa ou no Rolls-Royce, e é providenciada para eles uma caixa forrada com um casaco velho de Valentina em um dos barracões do lado de fora. Lady Di protesta contra o novo regime e tenta me arranhar durante uma das sessões de esfregação de focinhos, mas logo aprende a obedecer.

A namorada de Lady Di revela-se uma estrela — amigável, afetiva e bem asseada. Meu pai resolve chamá-la de Valyusia, em homenagem a Valentina, e, de tarde, quando ele cochila, ela se enrosca no seu colo, ronronando, como sem dúvida papai gostaria que a Valentina de verdade fizesse. Coloco cartazes na agência dos correios anunciando gatinhos encantadores para adoção. Como bônus inesperado, algumas senhoras idosas, amigas da minha mãe, aparecem para admirar os gatinhos e ficam conversando com meu pai, e depois continuam a ir de tempos em tempos, atraídas talvez pelo ar de escândalo que cerca a casa. Meu pai comenta com Vera, de maneira bastante rude, que acha a conversa delas muito maçante, mas ao menos é educado com todas, e elas ficam de olho nele. O vigário vai agradecer pelas latas de cavalinha, doadas a uma família de refugiados do Leste Europeu. Gradualmente papai vai sendo reintegrado à comunidade.

No *front* dos carros, as coisas não são tão simples. Certa noite, a lata-velha desaparece misteriosamente, mas o Rolls permanece no gramado na frente da casa. Embora meu pai tenha dado quinhentas libras por ele, Valentina está com a chave e os documentos, sem os quais ele não pode ser vendido nem rebocado. Telefono para Eric Pike novamente.

— Por favor, eu poderia falar com Valentina?

— Com quem eu falo? — pergunta a voz áspera e untuosa.

— Aqui é a filha do sr. Mayevskyj. Nós já nos falamos antes. — (Me arrependo de não ter pensado em um nome falso e em uma história para disfarçar.)

— Eu gostaria que a senhora parasse de me telefonar, senhora, hã... senhorita, hã... Não sei por que a senhora acha que Valentina está aqui.

— O senhor a levou embora no seu carro, naquele dia de tardinha. Com todos os pertences dela. Lembra?

— Eu só estava fazendo um favor. Ela não está morando aqui.

— Pra onde o senhor a levou, então?

Nenhuma resposta.

— Por favor, como posso entrar em contato com Valentina? Ela deixou algumas coisas aqui, que talvez ainda queira. E continua chegando correspondência para ela.

Faz-se um momento de silêncio, e então ele diz:

— Eu vou mandar um recado para ela entrar em contato com a senhora.

Alguns dias depois, meu pai recebe uma carta do advogado de Valentina, dizendo que toda correspondência para ela deve ser enviada para o escritório dele, e todo contato deve ser feito somente por intermédio dele também.

* * *

Eu entendo a desolação que meu pai deve sentir, porque, estranhamente, compartilho o sentimento. Valentina se tornou uma figura tão proeminente na minha vida, que o seu desaparecimento deixou um vazio no qual as perguntas voam em círculos como pássaros assustados. Onde ela se escondeu? Onde está trabalhando? O que está planejando fazer agora? Quem são seus amigos? Com que homem — ou homens — está dormindo? Será uma sucessão de relações superficiais ou há alguém especial — um rapaz inglês inocente e bom, que a acha excitante e exótica mas é tímido demais para abordá-la sexualmente? E Stanislav, onde está escondendo o novo estoque de revistas pornô?

Essas perguntas me consomem. Minha imaginação cria uma cena após outra: Valentina e Stanislav prostrados, esquálidos, em um quarto alugado com mobília de aglomerado em algum lugar de Peterborough; ou apertados com todos os seus sacos plásticos no porão de uma pensão imunda; ou, quem sabe, vivendo bem em um ninho de amor chique, pago por algum amante; as panelas e frigideiras que foram de minha mãe fervendo, enchendo a cozinha do vapor de comidas congeladas, a pequena fotocopiadora portátil empoleirada na mesa, entre eles, enquanto comem. Depois de comer, eles saem de casa? Com quem? Ou, se ficam em casa, quem bate à porta no meio da noite?

Passo de carro, repetidas vezes, na frente da casa dos Zadchuk tentando ver se a lata-velha está estacionada do lado de fora. Não está. Pergunto aos vizinhos se eles têm visto Stanislav ou Valentina.

Não têm. O homem da agência dos correios e a mulher da loja da esquina não têm visto Valentina. Muito menos o leiteiro em suas rondas.

Estou obcecada pela ideia de achá-la. Toda vez que entro em Peterborough, ou a atravesso de carro, tenho a sensação de ver a lata-velha desaparecendo em cada rua lateral. Freio e faço curvas malucas em "U", e os motoristas buzinam, irritados comigo. Digo a mim mesma que é porque eu preciso saber quais são os planos dela — se vai contestar o divórcio, quanto dinheiro vai pedir, se vai ser deportada antes. Eu me convenço de que preciso descobrir por causa do Rolls ou da correspondência que continua chegando para ela na caixa de correio — a maior parte, folhetos de propaganda oferecendo esquemas duvidosos para ficar rico depressa e tratamentos de beleza suspeitos. Mas, na verdade, é uma curiosidade irresistível que se apossou de mim. Quero saber da vida dela. Quero saber quem ela é. Quero saber.

Em um sábado à tarde, durante um frenesi de curiosidade, vou até a casa de Eric Pike e fico vigiando. Descobri o endereço na lista telefônica. É um bangalô moderno, neogeorgiano, que se ergue atrás de um gramado em declive, em uma rua sem saída, cheia de bangalôs semelhantes. Colunas brancas ao lado da porta, cabeças de leão nos pilares do portão, vitrais, um lampião vitoriano a gás (convertido para eletricidade) na entrada de carros, uma porção de cestas penduradas com petúnias cor de malva transbordando delas e uma fonte grande com chafariz e carpas Koi. Na entrada há dois carros — o Volvo Estate grande e azul e um pequeno Alfa Romeo branco. Nenhum sinal do Rover de Valentina. Estaciono a certa distância da casa, ligo o rádio e espero.

Não acontece nada por mais ou menos uma hora e meia. Então surge uma pessoa de dentro da casa. É uma mulher atraente, de seus 40 e tantos anos, toda maquiada, de saltos altos e, noto, com uma correntinha de ouro no tornozelo, por baixo da meia-calça. Ela vem andando em direção ao meu carro e faz um sinal para eu abaixar o vidro.

— Você é detetive particular?

— Ah, não, eu estou só... — Minha imaginação me abandona. — Estou só esperando um amigo.

— Porque, se for, pode ir se mandando daqui. Faz três semanas que eu não sei dele. Está tudo terminado.

Ela se vira e sai andando de volta para a casa, os saltos afundando no cascalho barulhento.

Instantes depois, aparece um homem e fica de pé na soleira da porta, olhando na minha direção. Ele é alto e forte, tem um bigode grande e preto. Quando começa a caminhar pela entrada de carros em minha direção, eu rapidamente giro a chave na ignição e saio.

No caminho de volta, tenho outra ideia. Faço um retorno e me dirijo para a Hall Street, para a casa de Bob Turner, onde uma vez fomos entregar o envelope pardo e volumoso. Mas a casa está nitidamente vazia, com uma placa de À VENDA no portão da frente. Dou uma espiada pela janela; as cortinas estão abertas e dá para ver que não há mobília lá dentro. Uma vizinha me nota e estica a cabeça cheia de rolinhos pela porta.

— Eles foram embora.

— Stanislav e Valentina?

— Ah, esses foram há séculos. Pensei que a senhora estivesse procurando os Linaker. Eles foram embora semana passada. Para a Austrália. Sortudos.

— A senhora conheceu Valentina e Stanislav?

— Não muito. Faziam muito barulho, Bob e ela farreando pela casa no meio da noite. Não sei o que o garoto achava daquilo.

— A senhora sabe onde ela está morando agora?

— A última coisa que eu soube foi que ela se casou com um velho pervertido.

— Um pervertido? Tem certeza?

— Bem, um velho depravado. Era assim que o sr. Turner o chamava, "o velho depravado da Valentina". Ele tinha bastante dinheiro, era o que diziam.

— Era isso o que diziam?

Ela pisca os olhos úmidos por baixo dos rolinhos e continua a me fitar. Fixo meu olhar no dela.

— Ela se casou com o meu pai.

A mulher pisca novamente e desvia o olhar para o chão.

— Você já foi ao Clube Ucraniano? Ela costuma ir lá de vez em quando.

— Obrigada. É uma boa ideia.

Reconheço a senhora na recepção do Clube Ucraniano. É uma amiga da minha mãe, Maria Kornoukhov, que eu havia encontrado pela última vez no enterro dela. Nós nos cumprimentamos com um abraço. Ela não vê Valentina há semanas. Pergunta por que estou procurando por ela e por que ela não está morando com meu pai.

— Boneca pintada. Eu nunca gostei dela, sabia? — diz ela, em ucraniano.

— Nem eu. Mas pensei que ela fosse cuidar do meu pai.

— Ah! Só se fosse do dinheiro dele! Coitada da sua mãe, que economizava cada centavo. Tudo gasto em maquiagem e vestidos transparentes.

— E em carros. Ela tem três carros, sabia?

— Três carros! Que loucura! Quem precisa de mais que um bom par de pernas? Também, não dá mesmo para *ela* ir muito longe com aqueles sapatos de salto alto que usa.

— Ela desapareceu. Não sabemos onde encontrá-la.

A mulher abaixa a voz, aproxima a boca do meu rosto e sussurra:

— Você já tentou o Hotel Imperial?

Na verdade, o Hotel Imperial não é um hotel, é um *pub*. E, na verdade, também não é imperial, embora os estofados marrons de *dralon* e os painéis de mogno sugiram que ele tem pretensões de ser chique. Ainda acho estranho entrar em um *pub* sozinha, mas compro meia cerveja com limonada e levo para um canto onde possa me sentar e observar o salão todo. A clientela é basicamente jovem e muito barulhenta; os homens bebem cerveja *lager* em garrafa, as mulheres tomam vodca *thasers* e vinho branco, e eles gritam entre si no ambiente, fazendo uma barulheira sem tréguas, de estourar os tímpanos. Parecem fregueses habituais, pois chamam pelo nome o homem que serve no bar e fazem piadas sobre seu corte de cabelo, que o deixou careca. O que Valentina e Stanislav poderiam estar fazendo em um lugar como este? Em um lado mais afastado do *pub*, noto um rapaz recolhendo os copos das mesas. O cabelo é cacheado e cresceu bastante, e ele está usando um suéter horrível de poliéster roxo.

Quando chega à minha mesa, ele levanta os olhos para mim e nossos olhares se cruzam. Abro um sorriso largo e amigável.

— Olá, Stanislav! Que bom ver você! Eu não sabia que trabalhava aqui. Onde está a sua mãe? Ela também trabalha aqui?

Stanislav não responde. Ele recolhe meu copo, ainda pela metade, e desaparece atrás do bar. E não retorna. Depois de algum tempo, o homem do bar vem à minha mesa e pede que eu vá embora.

— Por quê? Não estou fazendo nada de errado. Estou apenas bebendo em silêncio.

— Acontece que você já terminou a bebida.

— Eu vou pedir mais uma.

— Olhe, vá embora de uma vez, está bem?

— *Pubs* são lugares públicos, sabia? — digo, tentando arrebanhar minha dignidade de classe média.

— Eu já falei, dê o fora.

Ele se inclina e fica tão perto de mim que sinto seu hálito de cerveja. O corte de cabelo que o faz parecer careca de repente já não tem mais tanta graça.

— Tudo bem. Mas fique sabendo que eu vou cortar esse *pub* da minha lista de recomendados.

Quando saio, já está anoitecendo, mas continua quente por conta do sol da tarde. Não chove há duas semanas, e o pátio atrás do *pub* cheira a xixi e cerveja. Fico surpresa ao constatar, quando pego a chave do carro, que minhas mãos estão tremendo, mas ainda assim não desisto. Eu me esgueiro até os fundos e espio pela janela da copa, que está aberta. Não há nenhum sinal de Stanislav ou Valentina.

Ouço um dos fregueses barulhentos perguntando:
— Ei, Ed Careca, o que aconteceu?
Ed Careca responde:
— Ah, foi uma vaca velha que ameaçou meu empregado.

Eu me sento em um barril vazio e sinto o cansaço recair sobre meus ossos. Todos os encontros do dia ressoam na minha cabeça: muita agressão. Não preciso disso. Entro no carro e, sem voltar à casa do meu pai, vou direto para minha casa, para Cambridge e Mike.

* * *

Vera mata imediatamente a charada.

— Eles estão trabalhando ilegalmente. É por isso que ele não queria saber de você fazendo perguntas. Stanislav nem deve ter idade pra trabalhar num *pub*.

(Ó Grande Irmã, que instinto você tem para desmascarar os trapaceiros, os sujos e os desonestos!)

— E a mulher na casa de Eric Pike?

— Obviamente a mulher dele estava tendo um caso na mesma época em que ele teve um caso com Valentina.

— E como é que você sabe disso, Vera?

— Como é que você *não* sabe disso, Nadia?

22
Cidadãos-modelo

Depois que vieram para a Inglaterra, em 1946, meus pais se tornaram cidadãos-modelo. Eles nunca infringiram a lei — nem uma única vez. Tinham muito medo. Penavam quando tinham que preencher formulários em que havia palavras ambíguas: e se dessem a resposta errada? Temiam pedir benefícios da assistência social: e se houvesse alguma fiscalização? Tinham receio de tirar passaportes: e se os impedissem de entrar quando voltassem? Os que desagradavam às autoridades podiam ser mandados para uma longa viagem de trem da qual não havia retorno.

Pode e imaginar, então, o pânico do meu pai quando ele recebeu, pelo correio, uma intimação para comparecer em juízo por não pagamento de uma licença de carro. A lata-velha tinha sido encontrada sem licença, estacionada em uma rua lateral. O veículo está registrado no nome dele.

— Veja, por causa dessa tal de Valentina, pela primeira vez eu me tornei um fora da lei.

— Está tudo bem, pai. Tenho certeza de que é um mal-entendido.

— Não, não. Você não sabe de nada. Pessoas já morreram por causa de mal-entendidos.

— Mas não em Peterborough.

Telefono para a Agência de Licenciamento de Motoristas e Veículos e explico a situação. Digo para a voz do outro lado da linha que meu pai nunca dirigiu o carro, que não tem mais condições físicas de dirigir. Estou preparada para lidar com um burocrata indiferente, mas a voz — idosa, feminina, com um toque de Yorkshire nas vogais — é gentil e atenciosa. De repente, sem razão, rompo em lágrimas e me pego despejando a história toda: a cirurgia de busto, as luvas amarelas de borracha, a carteira de motorista internacional de araque.

— Ah, meu Deus! Ah, eu nunca... — diz a voz gentil. — Coitadinho! Diga a ele que não precisa se preocupar. Vou mandar apenas um pequeno formulário para seu pai preencher. Ele só vai ter que nos mandar, detalhadamente, o nome e o endereço dela.

— Mas aí é que está. Ele não sabe o endereço dela. Nós nos comunicamos com ela por intermédio do advogado.

— Bem, ponha o endereço do advogado. Serve.

Eu preenchi o formulário para o meu pai e ele assinou.

Alguns dias depois, ele me telefona novamente. Durante a noite, a lata-velha reapareceu na entrada da casa. Com duas rodas sobre a grama, junto de onde o Rolls está apodrecendo. Um dos pneus de trás está furado, a lanterna do lado do motorista, quebrada, e a porta do motorista, empenada e amarrada com uma corda à carroceria do carro, de tal modo que o motorista tem que entrar pelo lado do carona e passar por cima da alavanca de câmbio. Não tem o selo de licença. Enquanto isso, o Lada desapareceu da garagem.

— Alguma coisa suspeita aconteceu — diz meu pai.

Agora há dois carros na parte da frente do jardim, estacionados de tal maneira que meu pai tem que se espremer contra a cerca espinhosa de piracanta para chegar à porta da frente. Os espinhos agarram no casaco dele e, às vezes, arranham seu rosto e suas mãos.

— Isso é ridículo — digo ao meu pai. — Ela *tem* que levar os carros embora.

Telefono para a srta. Carter, e ela escreve para o advogado de Valentina. Mesmo assim, nada acontece. Telefono para um vendedor de carros usados e ofereço vendê-los por um preço vantajoso. Ele fica muito interessado no Rolls, mas volta atrás quando eu digo que o carro está sem documentos. Nem chego a mencionar que também está sem a chave.

— Mas você não pode rebocar os carros e usá-los para desmonte e sucata?

— Até mesmo para se desmontar um carro é necessário o documento de registro.

* * *

O advogado de Valentina parou de responder às nossas cartas. Como vamos conseguir persuadi-la a tirar o carro, se nem ao menos sabemos onde ela mora? Vera recomenda Justin, o homem de barba desgrenhada que entregou os papéis de divórcio para Valentina. Eu nunca contratei um detetive particular antes. A ideia me parece fantástica — é o tipo de coisa que as pessoas fazem nos filmes de suspense.

— Minha querida, você vai achá-lo *bastante* excitante — diz Vera.

— Mas será que ela não vai reconhecer Justin? Não vai notar o BMW preto do lado de fora da casa dela?

— Ah, eu tenho certeza de que ele vai se disfarçar. Provavelmente ele tem um Ford Escort velho para usar nessas ocasiões.

Contato Justin por intermédio da srta. Carter e deixo uma mensagem longa e vaga na secretária eletrônica, porque não tenho a mínima ideia do que realmente quero dizer. Ele me liga de volta poucos minutos depois. Sua voz é grave e confiante, com traços de um sotaque de Fenland que ele tenta suavizar. Justin tem certeza de que pode me ajudar. Tem contatos na polícia e no conselho municipal. Anota todos os detalhes que dou, os vários nomes dela e como se escrevem, a data do nascimento (a não ser que ela tenha inventado isso também), o número na Previdência Social (eu o encontrei em um dos papéis que estavam na mala do carro), o nome de Stanislav e a idade, tudo que sei a respeito de Bob Turner e Eric Pike. Mas ele parece mais interessado em negociar os honorários. Quero pagar por resultados ou por dia? Escolho pagar por resultados. Uma quantia pelo endereço, outra por detalhes do trabalho, mais outra por provas de que ela tenha um amante que possam ser utilizadas em juízo. Depois de desligar o telefone, me sinto satisfeita e animada. Se Justin for capaz de conseguir essas informações, o preço não terá sido alto.

* * *

Enquanto estou ocupada tentando me livrar do Rolls-Royce, meu pai faz o elogio de uma maquinaria de outro tipo.

> *O pós-guerra foi uma época de extraordinário avanço e progresso na história dos tratores, as espadas foram mais uma vez vencidas pelas relhas, e um mundo faminto começou a considerar como faria para se alimentar. Porque uma agricultura bem-sucedida, como sabemos agora, é a única esperança para a raça humana, e, quanto a isso, os tratores têm um papel central a desempenhar.*
>
> *Os americanos só entraram na guerra depois que as indústrias e as populações da Europa já haviam sido postas à prova até quase a aniquilação. Os tratores americanos, que antes ficavam atrás de seus equivalentes europeus em excelência técnica, ocuparam então o palco central. O mais notável dentre eles foi o John Deere.*
>
> *O John Deere propriamente dito era um ferreiro de Vermont, um homem alto e forte como um touro, que, em 1837, confeccionou com as próprias mãos um arado de aço que se mostrou excelente para revolver o solo virgem das pradarias americanas. Portanto, pode se dizer que foi o trator Deere, mais que os tolos caubóis glorificados no cinema pós-guerra, que desbravaram o Oeste americano.*
>
> *Sua grande genialidade foi mais como empresário que como engenheiro, pois, fazendo negócios e oferecendo financiamento para os compradores, a oficina de antes se tornara, na época de sua morte, em 1886, uma das maiores empresas dos Estados Unidos.*
>
> *O famoso modelo de dois cilindros com motor diesel de 376 polegadas cúbicas de John Deere era econômico para rodar e fácil de manejar. Mas foi o extraordinário Modelo G, que até 1953 foi exportado para todo o mundo e teve sua participação no domínio econômico americano, que caracterizou o período pós-guerra.*

* * *

Certa tarde, no começo de outubro, meu pai dá uma pausa em seu importante trabalho para tirar um cochilo na poltrona, no quarto da frente, quando começa a tomar consciência de um som diferente invadindo seu sonho. É uma vibração mecânica, repetitiva e macia — um som bastante agradável, que, segundo ele, o faz lembrar da velha moto Francis Barnett lutando para dar partida quando a manhã estava úmida. Ele fica suspenso entre o sono e a consciência, ouvindo aquele som e se lembrando da Francis Barnett, dos caminhos sinuosos de Sussex, do vento no cabelo, das sebes floridas e perfumadas, do aroma da liberdade. Ele ouve atentamente, com prazer, e então capta um outro som, tão baixo que é quase inaudível, um leve murmúrio — vozes sussurrando.

Seus sentidos agora estão totalmente alertas. Alguém está no quarto. Deitado e totalmente imóvel, ele abre um olho. Dois vultos se movimentam perto da janela. Quando entram em seu campo de visão, ele os reconhece: Valentina e a sra. Zadchuk. Rapidamente fecha o olho de novo. Ouve a movimentação delas, os cochichos, e um outro som: um crepitar de papel. Abre o outro olho. Valentina está tirando papéis da gaveta da cômoda onde ele guarda todos os documentos e todas as cartas. De tempos em tempos, ela puxa uma folha e passa para a sra. Zadchuk. Agora ele reconhece o outro som, a vibração mecânica. Não é a Francis Barnett, é a pequena fotocopiadora portátil.

Ele se enrijece. Não dá mais para se controlar. Abre os dois olhos e se vê olhando diretamente nos olhos cor de calda de açúcar queimado, pintados *à la* Cleópatra, de Valentina.

— Rá! — diz ela. — O cadáver voltou à vida, Margaritka.

A sra. Zadchuk grunhe e alimenta a copiadora com mais papel. A máquina vibra novamente.

Valentina se abaixa e põe o rosto bem perto do rosto do meu pai.

— Você se acha esperto, esperto. Em breve você estará morto, sr. Engenheiro Esperto.

Meu pai deixa escapar um grito e o que, mais tarde, ele descreve como uma "descarga da extremidade posterior".

— Você já parece um cadáver, e em breve será um. Sua carcaça de cachorro. Seu esqueleto ambulante.

Ela se inclina sobre ele, com as mãos, uma de cada lado da cabeça dele, prendendo-o à poltrona, enquanto a sra. Zadchuk continua a fotocopiar a correspondência da srta. Carter. Quando ela termina, junta os papéis, desliga a fotocopiadora e coloca tudo dentro de uma sacola grande da Tesco.

— Vamos, Valentina. Já temos tudo de que precisamos. Larga pra lá esse cadáver fedido.

Valentina para na soleira da porta e sopra para ele um beijo zombeteiro.

— Seu morto-vivo. Seu fugitivo do cemitério.

23
O fugitivo do cemitério

Talvez Valentina soubesse, ou talvez tenha sido só um palpite inspirado, mas meu pai realmente foi um fugitivo do cemitério.

Aconteceu no verão de 1941, quando as tropas alemãs invadiram a Ucrânia e o Exército Vermelho fugiu para o leste, queimando as pontes e os campos que deixavam para trás. Meu pai estava em Kiev com seu regimento. Ele era um soldado relutante. Meteram uma baioneta nas mãos dele e lhe disseram que tinha que lutar pela pátria, mas ele não queria lutar — nem pela pátria, nem pelo Estado soviético, nem por ninguém. Queria ficar sentado diante da sua mesa, com a régua de cálculo e o papel em branco, quebrando a cabeça com uma equação de arrasto e sustentação. Mas não havia mais tempo para isso — não havia tempo para nada que não fosse dar uma estocada e correr, atirar e correr, mergulhar para se proteger e correr, e correr e correr. Para o leste, através dos campos de trigo amarelo-queimado de Poltava, sob um céu azul flamejante, o exército corria, para no fim se reagrupar em Stalingrado. Mas a bandeira que seguiam não era amarela e azul: era vermelha e amarela.

Talvez tenha sido por isso, ou talvez ele apenas não aguentasse mais, mas meu pai não foi com eles. Fugiu do regimento e achou um lugar para se esconder. No velho cemitério judeu, em um bairro silencioso e arborizado da cidade, ele entrou em um túmulo que estava quebrado, colocou pedras pesadas atrás de si e se abrigou lá, cara a cara com o morto. Às vezes, agachado no escuro, ouvia as vozes de judeus desolados lamentarem acima de sua cabeça.

Ficou lá, no silêncio frio e úmido, por quase um mês, vivendo da comida que havia levado e, quando o estoque acabou, de larvas, caracóis e sapos. Bebia de um fio d'água que formava uma poça na terra quando chovia e contemplava a morte próxima, ajustando os olhos à escuridão.

Só que não era completamente escuro: havia um espaço entre as pedras pelo qual a luz do sol entrava em certas horas do dia e por onde, quando pressionava o olho junto dele, podia ver o mundo lá fora. Via as lápides, meio cobertas por rosas cor-de-rosa, e, além delas, uma cerejeira carregada de frutos maduros. Ficou obcecado pela árvore. Ficava olhando as cerejas maduras o dia inteiro, enquanto, no subterrâneo escuro, caçava larvas que enrolava em um punhado de folhas ou grama para torná-las mais palatáveis.

Chegou um dia — uma tarde — em que ele não pôde mais suportar aquilo. Assim que entardeceu, esgueirou-se do esconderijo e subiu na árvore, colheu vários punhados de cerejas e encheu a boca com elas. Enchia cada vez mais, de tal maneira que lhe escorria suco pelo queixo. Ele cuspia nas pedras em todas as direções, até suas roupas ficarem cobertas de respingos de sumo de cereja, parecendo sangue. O que ele pegava parecia nunca ser o bastante. E então ele encheu os bolsos e o boné, depois voltou furtivamente para o abrigo subterrâneo.

Mas alguém o viu e o delatou. Ao raiar do dia, vieram os soldados e o puxaram para fora, prendendo meu pai como espião. Quando o agarraram e o empurraram para dentro do caminhão, a massa ácida das cerejas dentro da barriga dele, combinada com o terror da prisão, fez com que ele sujasse as calças vergonhosamente.

Eles o levaram para um velho hospital de doentes mentais nos arredores da cidade, onde ficava o quartel-general do comando, e o trancaram em um quarto vazio com grades nas janelas, sentado sobre o próprio fedor, para aguardar o interrogatório. Meu pai não era um homem corajoso, não era do tipo heroico. Ele sabia com que brutalidade os alemães tratavam os ucranianos que capturavam. O que você ou eu faríamos em uma situação daquelas? Meu pai quebrou a janela com o punho e, com um caco de vidro, cortou a garganta.

Os alemães não desistiram dele tão facilmente. Acharam um médico, um velho psiquiatra ucraniano que havia permanecido no hospital para cuidar dos seus pacientes. Desde os dias de estudante de medicina, ele não havia costurado sequer um ferimento. Suturou a garganta do meu pai com pontos toscos feitos com linha de pregar botão, deixando uma cicatriz irregular que desde então o faz tossir quando come. Mas salvou a vida dele. E disse para os alemães que a laringe havia ficado irremediavelmente arruinada, que o homem não seria capaz de falar sob interrogatório e que, além do mais, não era espião, mas um pobre louco — um antigo paciente insano que já tentara fazer mal a si mesmo antes. Então os alemães o deixaram em paz.

Meu pai ficou no hospital, sob os cuidados do velho psiquiatra, com o qual jogava xadrez e discutia filosofia e ciências. Quando o verão se foi, os alemães também se foram, em perseguição ao Exército Vermelho, na direção leste. Assim que julgou estar a salvo, ele partiu, tomando o caminho de volta através das linhas alemãs, na direção oeste, para Dashev, onde pretendia se juntar à família.

Mas minha mãe e Vera já não estavam mais lá. Duas semanas antes de meu pai voltar, os alemães tomaram a vila, colocaram todos os jovens adultos fisicamente capazes em trens e os transportaram para a Alemanha, para trabalhar nas fábricas de munições. Eles os chamavam de *Ostarbeiter*: trabalhadores do leste. Queriam deixar Vera para trás — ela tinha apenas 5 anos —, mas mamãe aprontou tal confusão que ela foi também. Meu pai ficou em Dashev tempo suficiente para recobrar as forças, e então conseguiu que o pusessem em um trem e foi na direção oeste atrás delas.

★ ★ ★

— Não, não — diz Vera. — Não foi assim que aconteceu. Eram ameixas, não cerejas. E foi o NKVD que o pegou, não os alemães. Os alemães vieram depois. E quando ele voltou para Dashev, nós ainda estávamos lá. Eu me lembro de quando ele chegou, com aquela cicatriz horrível na garganta. Baba Nadia cuidou dele. Ele não conseguia comer nada, só tomava sopa.

— Mas foi ele quem me contou...

— Não, ele foi para o oeste primeiro, conseguiu transporte para a Alemanha. Quando disse que era engenheiro, lhe deram um emprego. Depois, ele mandou buscar a gente.

Essa é a história de como nossa família saiu da Ucrânia — duas histórias diferentes, a da minha mãe e a do meu pai.

— Então, ele era um imigrante econômico, não um refugiado?

— Nadia, por favor. Por que você está levantando essas questões agora? Nós devíamos estar concentrando nossas energias no divórcio, e não nessa lamentação sem fim sobre o passado. Não há nada a dizer. Nada a aprender. O que passou, passou.

A voz dela está embargada, como se eu a tivesse atingido em um ponto nevrálgico. Será que eu a magoei?

— Sinto muito, Vera. — (Eu *realmente* sinto muito.)

Começo a perceber que a Grande Irmã não passa de uma couraça. Minha irmã de verdade é alguém diferente, alguém que eu ainda estou principiando a conhecer.

— Agora. — Sua voz se firma. Ela retoma o controle. — Você disse que Valentina copiou todos esses papéis. Só existe uma razão para isso: ela quer usá-los na audiência do divórcio. Você tem que contar isso para Laura Carter imediatamente.

— Pode deixar.

A srta. Carter fica exaltada quando eu conto a respeito das fotocópias dos papéis.

— Tem advogados que não são melhores que seus clientes desonestos. Se esses papéis forem mostrados em juízo, nós vamos protestar. Você conseguiu algum resultado com o detetive particular?

★ ★ ★

Justin mantém sua promessa. Depois de cerca de uma semana, ele telefona para dizer que localizou Valentina: ela e Stanislav estão ocupando dois quartos em cima do Hotel Imperial. Ela trabalha atrás do balcão do bar e Stanislav lava louça. (Eu imaginava isso mesmo.) Ela está pleiteando um benefício da Previdência Social e auxílio-moradia em uma casa geminada, alugada na Norwell Street, que ela está sublocando para um estagiário de audiologia ganense, o qual apareceu no Hotel Imperial para um drinque. Se ela tem um amante? Justin não tem certeza. Ele avistou um Volvo Estate azul-escuro estacionado lá por perto uma ou duas vezes, mas não de um dia para outro. Eric Pike é um freguês antigo do Hotel Imperial. Não há nenhuma prova que possa subsistir em juízo.

Eu agradeço muitíssimo a Justin e ponho um cheque no correio. Telefono para Vera, mas a linha está ocupada, e, enquanto espero, resolvo fazer uma ligação para Chris Tideswell, na delegacia de polícia de Spalding. Conto-lhe a respeito da retirada da apelação no tribunal e que Valentina está agora morando no Hotel Imperial com o filho, onde os dois estão trabalhando ilegalmente.

— Hum — responde Chris Tideswell, com sua voz alegre de garota. — Você é uma boa detetive. Deveria entrar pra nossa corporação. Vou ver o que posso fazer.

Vera fica encantada com as descobertas de Justin.

— Está vendo? Isso confirma o que eu sempre suspeitei. Ela é uma criminosa. Não satisfeita em lesar o papai, também está lesando nosso país. — (*Nosso* país?) — E quanto a esse ganense? Provavelmente ele também é algum tipo de refugiado.

— Justin disse que ele é estagiário de audiologia num hospital.

— Bem, mesmo assim ele ainda pode ser um refugiado, não é?

— Tudo que se sabe é que ela está sublocando a casa pra ele. Provavelmente está lesando o ganense também.

Há dez anos de diferença entre mim e Vera — dez anos que me deram os Beatles, as manifestações contra a guerra no Vietnã, o levante estudantil de 1968 e o nascimento do feminismo, que me ensinou a encarar todas as mulheres como irmãs; quer dizer, todas, menos a minha irmã, aí é que está.

— E talvez ele esteja sublocando os quartos da casa para outros refugiados. — (Ela não ia deixar passar.) — Sabe, quando você analisa esse mundo assustador da criminalidade, descobre que há camadas e mais camadas de práticas fraudulentas, e que é preciso ser esperto e persistente para descobrir a verdade.

— Vera, ele é um estagiário de audiologia. Trabalha com gente surda.

— Isso não quer dizer nada.

Antes, não faz muito tempo, as atitudes da Grande Irmã eram capazes de provocar em mim um estado de indignação insuperável, mas agora as vejo dentro do contexto histórico e rio sozinha, com superioridade.

— Logo que chegamos aqui, Vera, as pessoas podiam ter falado essas mesmas coisas sobre nós, que nós estávamos lesando o país, nos empanturrando de suco de laranja grátis, engordando com o óleo de fígado de bacalhau do Serviço Nacional de Saúde. Mas eles não fizeram isso. Todo mundo foi gentil com a gente.

— Mas era diferente. *Nós* éramos diferentes. — ("Para começar, éramos brancos, óbvio", quero dizer, mas seguro a língua.) — Nós trabalhamos duro e ficamos de cabeça baixa. Aprendemos a língua e nos integramos. Nunca solicitamos benefícios. Nunca infringimos as leis.

— *Eu* infringi a lei. Fumei maconha. Fui presa na base aérea de Greenham Common. Papai ficou tão chateado que tentou pegar o trem de volta pra Rússia.

— Mas é exatamente isso o que estou dizendo, Nadia. Você e seus amigos de esquerda nunca valorizaram de verdade o que a Inglaterra tem a oferecer: estabilidade, ordem, a regra da lei. Se você e as pessoas como você prevalecessem, este país ia ficar igual à Rússia, com filas de pão por toda parte e pessoas tendo as mãos decepadas.

— Isso é no Afeganistão. Decepar as mãos *é lei* lá.

Nós duas erguemos a voz. A conversa está se transformando em uma discussão como as de antigamente.

— Que seja. Você sabe o que eu quero dizer — diz ela, encerrando a questão.

— Gostei de ter crescido na Inglaterra por causa da tolerância, do liberalismo, da amabilidade do dia a dia. — (Eu defendo o meu ponto de vista sacudindo o dedo no ar, embora ela não esteja me vendo.) — Da maneira como os ingleses sempre defendem os mais fracos.

— Você está confundindo os mais fracos com os aproveitadores, Nadia. Nós éramos pobres, mas nunca fomos aproveitadores. O povo inglês acredita em justiça. Em jogo limpo. Como no críquete. — (O que *ela* sabe sobre críquete?) — Eles obedecem às regras. Têm um senso natural de disciplina e de ordem.

— Não, não. Eles são bastante anarquistas. Gostam de ver o homem comum desafiar o mundo. Gostam de ver o poderoso pagar pelo que fez.

— Pelo contrário, eles têm um sistema de classes perfeitamente estratificado, onde cada um sabe o lugar ao qual pertence.

Como se pode ver, nós duas crescemos na mesma casa, mas vivemos em países diferentes.

— Eles ridicularizam seus governantes.

— Mas eles gostam de governantes de pulso forte.

Se Vera mencionar Margaret Thatcher, eu desligo o telefone na cara dela. Segue-se uma pausa breve, durante a qual nós duas consideramos nossas opções. Eu tento um apelo ao passado que compartilhamos.

— Você se lembra daquela mulher do ônibus, Vera? A mulher do casaco de pele?

— Que mulher? Que ônibus? Do que você está falando?

Óbvio que ela se lembra. Ela não esqueceu o cheiro de óleo diesel, o vaivém dos limpadores de para-brisa, o movimento irregular do ônibus vencendo a neve que acabara de cair; as luzes coloridas do lado de fora das janelas: véspera do Natal de 1952. Vera e eu, agasalhadas contra o frio, agarradas à mamãe no banco de trás. E uma mulher amável de casaco de pele que se esgueirou pelo corredor do ônibus e colocou seis centavos na mão de nossa mãe: "Para o Natal das crianças."

— A mulher que deu seis centavos para a mamãe.

A minha mãe, a nossa mãe, não atirou a moeda no rosto da mulher; ela murmurou "Obrigada, senhora" e pôs a moeda no bolso. A vergonha que deve ter sentido!

— Ah, aquilo. Eu acho que ela estava meio bêbada. Você já mencionou isso antes. Não sei por que continua falando nisso.

— Foi esse episódio, mais que qualquer outra coisa que aconteceu comigo depois, que me tornou socialista para o resto da vida.

Faz-se um silêncio do outro lado da linha e, por um momento, fico pensando que ela desligou o telefone na minha cara. E então:

— Talvez tenha sido isso que me transformou na mulher do casaco de pele.

24
O homem misterioso

Vera e eu decidimos que vamos juntas confrontar Valentina do lado de fora do Hotel Imperial.

— É a única coisa a fazer. Senão ela vai continuar fugindo da gente — diz Vera.

— Mas ela pode dar as costas e sair correndo quando nos vir.

— Aí nós a seguimos. Vamos atrás dela até o seu covil.

— Mas e se Stanislav estiver com ela? Ou Eric Pike?

— Não seja tão covarde, Nadia. Se for preciso, a gente chama a polícia.

— Não seria melhor deixar isso com a polícia de uma vez? Eu falei com aquela jovem oficial de Spalding e ela me pareceu bastante solidária.

— Você ainda acredita que a lei vai expulsá-la? Nadia, se a gente não fizer isso, ninguém mais vai fazer.

— Está bem. — Embora eu faça objeções, estou animada com a ideia. — A gente pode dar um jeito de Justin barbado ir com a gente, quem sabe? Só por garantia.

Mas, antes de acertarmos a melhor data, papai telefona em um estado de grande agitação. Um homem misterioso tem sido visto rondando a casa.

— Um homem misterioso. Desde ontem. Espiando pelas janelas. E depois desaparece.

— Mas, papai, quem é esse homem? Você deveria chamar a polícia.

Fico alarmada. Parece óbvio que alguém está estudando a casa para depois assaltá-la.

— Não, não! Polícia, não! Definitivamente, nada de polícia!

A experiência do meu pai com a polícia não é nada positiva.

— Então chame um vizinho, pai. E procurem esse homem juntos. Veja se descobre quem é. Deve ser um assaltante tentando ver o que vale a pena roubar.

— Não parece um assaltante. Meia-idade. Baixo. Usa um casaco marrom.

Fico intrigada.

— Vamos aí no sábado. Até lá, tranque bem as portas e as janelas.

Chegamos mais ou menos às três horas da tarde de sábado. Estamos em meados de outubro. O sol já está baixo no céu, e uma neblina do pântano cobre os campos como um véu úmido, pairando sobre as terras baixas e os brejos, levantando-se feito um fantasma dos bueiros e riachos. As folhas já começaram a mudar de cor. O jardim está cheio de frutas derrubadas pelo vento — maçãs, peras e ameixas —, sobre as quais se junta uma nuvem de pequeninas moscas.

Meu pai está dormindo na poltrona, perto da janela, a cabeça jogada para trás, a boca aberta, um fio prateado de saliva descendo dos lábios ao colarinho. A namorada de Lady Di está enroscada no colo dele, a barriga tigrada subindo e descendo em silêncio. Um miasma de sonolência ronda a casa e o jardim, como se uma feiticeira de contos de fadas tivesse realizado um encantamento e o adormecido estivesse esperando para ser acordado com um beijo.

— Olá, papai. — Dou um beijo no rosto magro e barbado.

Ele acorda assustado, e a gata pula para o chão, ronronando em saudação, esfregando-se nas nossas pernas.

— Olá, Nadia! Olá, Michael! Que bom que vocês puderam vir. — Ele abre os braços para nos dar boas-vindas.

Como está magro! Pensei que, depois da saída de Valentina, as coisas de repente se modificariam: que ele começaria a engordar, a limpar a casa, e que tudo voltaria ao normal. Mas nada havia mudado, a não ser um vazio volumoso em formato de Valentina agora assentado em seu coração.

— Como você está, papai? Onde está esse homem misterioso?

— Desapareceu. Desde ontem não foi mais visto.

Devo confessar certa decepção — minha curiosidade havia sido despertada. Mas coloco a chaleira no fogo e, enquanto ela não ferve, vou lá fora e começo a catar as frutas que o vento derrubou. Fico preocupada ao constatar que meu pai não seguiu o ritual de todos os anos de catar, estocar, descascar e preparar as maçãs no Toshiba. Negligenciar-se é um sinal de depressão.

Mike se acomoda na outra poltrona confortável com jeito de quem se prepara para ouvir.

— E então, Nikolai, como está indo o livro? Sobrou alguma coisa daquele excelente vinho de ameixa? — (Ele tem se mostrado interessado demais para o meu gosto naquele vinho de ameixa. Será que não percebe que se trata de uma coisa perigosa?)

— Ahá! — exclama meu pai, estendendo um cálice para Mike. — Está chegando agora um período muito interessante na história dos tratores. Como disse Lenin a respeito da era capitalista, o mundo inteiro está unido num só mercado, com concentrações de capital crescendo significativamente. Agora, quanto à engenharia de tratores, minha ideia sobre isso é a seguinte...

Jamais descobri qual era sua ideia, porque nesse ponto Mike se rendeu ao vinho de ameixa, e eu me afastei e não ouvi mais o que diziam. Estou prestando homenagem ao jardim da mamãe. Fico triste de ver a devastação que quatro anos de negligência causaram; ainda assim, é a devastação da superabundância. Em um solo tão rico, tudo que tem raiz prolifera: o mato viceja, as trepadeiras se alastram agressivamente, a grama está tão alta que parece mais uma pradaria, frutas caídas apodrecem, produzindo curiosas manchas de fungos; moscas, mosquitos, vespas, minhocas e lesmas se refestelam sobre as frutas, passarinhos fazem a festa com as minhocas e as moscas.

Pendurada no varal, meio escondida pela grama alta, uma peça de roupa brilhante chama minha atenção. Chego mais perto e me curvo para olhar. É o sutiã de cetim verde, com a cor já bastante desbotada. Uma lacraia assustada surge de dentro de um dos enormes bojos. Em um impulso, pego o sutiã e tento ler o tamanho na etiqueta, mas está tudo muito esmaecido, depois de tanto sabão em pó, sol e chuva. Segurar essa relíquia esfarrapada nas mãos causa em mim uma estranha sensação de perda. *Sic transit gloria mundi.*

Não sei o que me tira dessa contemplação e me faz olhar para cima, mas, no momento em que faço isso, meus olhos captam um movimento, um vulto de alguma coisa que talvez tenha passado ao lado da casa. E, então, nada: talvez tenha sido só uma sombra marrom, ou talvez a percepção rápida de alguém vestido de marrom. O homem misterioso!

— Mike! Papai! Venham aqui!

Corro para o jardim da frente da casa, ainda ocupado pelos dois carros enferrujados. De início, parece que não há ninguém ali. Mas vejo uma pessoa parada junto ao pé de lilases. É um homem bem baixo e atarracado, com cabelo castanho encaracolado. Está vestindo um terno marrom. Há algo estranhamente familiar nele.

— Quem é você? O que está fazendo aqui?

Ele não diz nada nem se aproxima de mim. Sua quietude é esquisita. Ainda assim, ele não é assustador. Sua expressão é aberta, cortês. Dou alguns passos na sua direção.

— O que você quer? Por que tem vindo aqui?

Ele continua calado. E então eu me lembro de onde o vi antes: é o homem da fotografia que encontrei no quarto de Valentina — o homem com a mão sobre o ombro nu dela. Está um pouco mais velho que na foto, mas, sem dúvida, é ele.

— Por favor, diga alguma coisa. Diga quem é você.

Silêncio. Mike e meu pai aparecem à porta da frente. Mike está esfregando os olhos de sono. Então, o homem se aproxima e, estendendo a mão, diz uma única palavra:

— Dubov.

— Ah! Dubov! — Meu pai corre até ele, segura-lhe as mãos e deixa jorrar uma torrente emocionada de boas-vindas em ucraniano. — Altamente conceituado diretor da Politécnica de Ternopil! Proeminente e renomado mestre ucraniano! Você é muitíssimo bem-vindo em minha modesta casa.

Sim, é o tipo inteligente, marido de Valentina. Tão logo eu me dei conta disso, percebi também a semelhança com Stanislav: os cachos castanhos, o biótipo baixo, e agora, ao sair da sombra, o sorriso com covinhas.

— Mayevskyj! Aclamado engenheiro de primeira ordem! Eu tive a honra de ler a tese fascinante que você me mandou a respeito da história do trator — diz ele em ucraniano, agitando as mãos do meu pai para cima e para baixo.

Agora entendo por que ele não respondeu às minhas perguntas. Ele não fala inglês. Meu pai nos apresenta.

— Mikhail Lewis, meu genro. Destacado membro do sindicato e especialista em computadores. Minha filha Nadezhda. Ela é assistente social. — (Papai! Como você me faz uma coisa dessas!)

Tomando chá com biscoitos fora da validade que eu achei na despensa, fomos descobrindo gradualmente a razão da visita do homem misterioso. Era bem simples: ele tinha vindo procurar a esposa e o filho para levá-los de volta para casa, na Ucrânia. Tinha ficado cada vez mais preocupado com as cartas que vinha recebendo da Inglaterra. Stanislav não está satisfeito na escola: ele diz que os meninos são preguiçosos, obcecados por sexo, vangloriam-se o tempo todo dos bens materiais que possuem e o padrão acadêmico é baixo. Valentina também está infeliz. Ela descreveu o novo marido como um homem violento e paranoico, de quem está tentando se divorciar. Embora, agora que encontrou o respeitado cavalheiro engenheiro (com o qual já teve o prazer de trocar uma estimulante correspondência sobre tratores), ele esteja inclinado a acreditar que ela possa ter exagerado um pouco, como algumas vezes reconhecidamente fez no passado.

— A gente pode perdoar um pequeno exagero de uma mulher bonita — diz ele. — O importante é que tudo está resolvido, e agora é hora de voltar para casa.

Ele veio para a Inglaterra por meio de um programa de intercâmbio com a Universidade de Leicester, para ampliar seus conhecimentos sobre supercondutividade, e teve permissão para tirar algumas semanas de folga. Sua missão é encontrar a esposa (embora lhe tenha concedido o divórcio, nunca, nem por um momento, deixou de considerá-la assim), cortejá-la e tentar reconquistar o coração dela.

— Ela um dia me amou, certamente poderá me amar de novo.

Em seus dias livres, ele veio de trem de Leicester e ficou esperando do lado de fora da casa para surpreendê-la. Havia rodado a cidade inteira e contado com a ajuda do presidente do Clube Ucraniano, mas, como os dias se passaram e ela não apareceu, ele já estava com medo de tê-la perdido para sempre. Agora, porém, que encontrou o eminente Mayevskyj, sua charmosa filha e seu distinto genro, talvez eles o ajudassem nessa empreitada.

Noto que meu pai se empertiga à medida que percebe que esse renomado e proeminente mestre ucraniano é também seu rival no amor. Para ele, uma coisa é se divorciar de Valentina, e outra, totalmente diferente, é vê-la ser levada para longe bem debaixo do seu nariz.

— Isso tem que ser discutido com Valentina. Minha impressão é que ela está *totalmente* determinada a ficar na Inglaterra.

— Sim, para uma flor tão bela, os ventos da Ucrânia sopram muito fortes e frios neste momento. Mas não vai ser assim eternamente. E onde há amor, há sempre calor suficiente para uma alma humana desabrochar — responde o tipo inteligente.

— Argh! — deixo escapar dentro da xícara, mas dou um jeito de disfarçar, fingindo um espirro.

— Um obstáculo permanece — diz meu pai. — Ambos desapareceram. Valentina e Stanislav. Ninguém sabe onde estão. Ela, inclusive, deixou dois carros aqui.

— Eu sei onde eles estão! — grito.

Todos se viram e ficam olhando para mim, até Mike, que não consegue entender uma palavra do que está se passando. Meu pai procura meu olhar e me encara com intensidade, como se dissesse "Não ouse contar nada a ele!".

— No Hotel Imperial! Eles estão morando no Hotel Imperial!

★ ★ ★

Sábado à tarde, os *pubs* de Peterborough ficam cheios de gente que vai às compras, feirantes e turistas. O Hotel Imperial está superlotado. Alguns fregueses levaram suas bebidas para a calçada e estão aglomerados na entrada, discutindo futebol. Estaciono o Ford Escort a alguns metros de lá. Decidimos mandar Mike na frente para fazer um reconhecimento — ele vai se misturar à multidão. Vai procurar Valentina e Stanislav e, caso os veja, sairá discretamente para alertar Dubov, que então entrará para iniciar sua reconquista amorosa. Ele e meu pai estão sentados no banco de trás do carro, com uma expressão animada no rosto. Por alguma razão, todo mundo está falando aos cochichos.

Depois de algum tempo, Mike ressurge, com um caneco na mão, para informar que não há sinal de Valentina e Stanislav. Nem há lá dentro ninguém que corresponda à minha descrição de Ed Careca. Ouve-se um duplo suspiro de decepção vindo da parte de trás do carro.

— Deixe que eu vou lá olhar! — diz meu pai, com seus dedos artríticos lutando com a maçaneta da porta do carro.

— Não, não! — grita Dubov. — Você vai assustar Valentina. Deixe que *eu* vou olhar!

Fico preocupada, pois parece que meu pai entrou em outra montanha-russa emocional. Temo que a presença competidora de Dubov tenha atiçado seu ego masculino e reacendido seu interesse por Valentina. Ele sabe que ela não lhe serve, mas não consegue resistir ao magnetismo que o atrai a despeito de seu próprio bem-estar. Velho tolo. Isso com certeza vai acabar em lágrimas. Ainda assim, por baixo da obstinação do seu comportamento, sinto que ele é levado por uma lógica mais profunda, pois Dubov tem o mesmo magnetismo, a mesma energia sedutora de

Valentina. Meu pai está apaixonado pelos dois: está apaixonado pela pulsação vital do amor. Posso entender o fascínio, pois o sinto também.

— Calem a boca e fiquem onde estão, os dois — digo. — Eu vou até lá dar uma olhada.

As portas de trás do carro têm trancas para crianças e não podem ser abertas por dentro, portanto, eles não têm outra escolha.

Mike conseguiu um lugar perto da porta. Um grupo grande de rapazes está em volta da TV e, de tempos em tempos, eles deixam escapar um coro de uivos. O time de Peterborough está jogando em casa. Mike também está com os olhos grudados na tela — seu caneco agora está pela metade. Vou até o bar e olho em volta. Mike está certo, não há sinal de Valentina, Stanislav ou Ed Careca.

De repente, ouve-se uma comemoração. Alguém marcou um gol. O homem que enchia os canecos de cerveja na outra extremidade do bar estava com a cabeça baixada, mas agora ele se vira em direção à TV; nossos olhares se encontram e nos reconhecemos na mesma hora. É Ed Careca — só que ele já não está mais careca. Uma penugem rala, grisalha e desgrenhada cobre sua cabeça. A barriga está maior e começou a cair sobre o cinto. Nessas últimas semanas, desde que o vi pela última vez, ele realmente relaxou com a aparência.

— Você de novo? O que quer aqui?

— Estou procurando Valentina e Stanislav. Eu sou uma amiga, só isso. Não sou da polícia, se é isso que está preocupando você.

— Eles foram embora. Saíram escondidos. No meio da noite.

— Ah, não!

— Ficaram assustados daquela vez que você veio aqui.

— Bem, com certeza...

— Ela e o garoto. Os dois foram embora. No último fim de semana.

— Mas você tem alguma ideia...?

— Acontece que ela chegou à conclusão de que é boa demais pra mim. — Ele me olha com uma expressão de tristeza.

— Você está dizendo que...?

— Eu não estou dizendo nada. E agora se manda, ouviu? Tenho um *pub* para cuidar, e estou sozinho.

Ele me dá as costas novamente e começa a recolher os copos.

★ ★ ★

— Ah, não! Foram embora! — Os dois rivais amorosos no banco de trás soltam exclamações de desalento, e então um silêncio contrariado se abate sobre o carro, que, depois de alguns momentos, é quebrado por um longo e trêmulo suspiro.

— Vamos, vamos, Volodya Simeonovich — murmura meu pai em ucraniano, passando o braço pelos ombros de Dubov. — Seja homem!

Eu nunca o ouvi usar o patronímico antes. Agora, ele e Dubov estão começando a soar como algo saído de *Guerra e paz*.

— Ah, Nikolai Alexeevich, ser um homem é ser uma criatura fraca e falível.

— Eu acho que nós precisamos nos animar — sugere Mike. — Por que não entramos e bebemos alguma coisa?

A multidão se dispersou no fim da partida, então nós conseguimos bancos suficientes, e até mesmo uma cadeira de encosto para papai, de modo que nos espremos em volta de uma mesa. O barulho do *pub* é demais para ele, que se retrai, desanimado e de olhos arregalados. Dubov empoleira o traseiro largo sobre um pequeno banco redondo, afastando os joelhos para se equilibrar, o queixo para cima, alerta, absorvendo a atmosfera do lugar. Noto seus olhos percorrendo a multidão, vigiando, esperançoso, todas as entradas.

— O que vocês querem beber? — pergunta Mike.

Papai quer um copo de suco de maçã. Dubov, um uísque duplo. Mike pede outro caneco de cerveja. Eu, na verdade, gostaria de uma xícara de chá, mas me contento com um cálice de vinho branco. Somos servidos por Ed Careca, que, por alguma razão, traz as bebidas para a nossa mesa em uma bandeja.

— Vamos brindar! — Mike levanta o caneco. — A... — Ele hesita. Qual o brinde apropriado para um grupo tão diverso de pessoas, com desejos e necessidades tão conflitantes?
— Ao triunfo do espírito humano!
Todos nós erguemos nossos copos.

25
O triunfo do espírito humano

— O triunfo do espírito humano? — Vera dá um suspiro. — Minha querida, é charmoso, mas é muito ingênuo! Vou lhe dizer uma coisa: o espírito humano é mesquinho e egoísta, seu único impulso é o de se preservar. Tudo mais é puro sentimentalismo.

— Isso é o que você sempre diz, Vera. Mas e se o espírito humano for nobre, generoso, criativo, solidário, imaginativo, espiritual... sabe, todas essas coisas que nós tentamos ser, e só algumas vezes ele não for forte o suficiente para suportar todo o egoísmo e toda a mesquinharia que existem no mundo?

— Espiritual! Francamente, Nadia! De onde você acha que a mesquinharia e o egoísmo vêm, senão do espírito humano? Você acredita mesmo que há uma força maligna pairando sobre o mundo? Não, o mal vem do coração humano. Fique sabendo que eu *sei* como as pessoas são lá no fundo.

— E eu não sei?

— Você é uma felizarda que sempre viveu num mundo de ilusão e sentimentalismo. É melhor não saber de certas coisas.

— Vamos concordar em discordar, apenas isso. — Eu sinto minha energia se esvaindo. — Seja como for, ela desapareceu de novo. Foi por isso que telefonei pra você.

— Vocês tentaram a casa na Norwell Street, aquela que está com o refugiado?

— Nós fomos até lá no caminho pra casa, mas não tinha ninguém. Estava tudo escuro.

Um grande cansaço toma conta de mim. Nós estivemos conversando por quase uma hora, e eu não tenho mais energia para discutir.

— Vera, agora é melhor eu ir pra cama. Boa noite.
— Boa noite, Nadia. Não dê muita importância ao que eu disse.
— Não darei.

Ainda assim, essa sabedoria pessimista de Vera me confunde. E se ela estiver certa?

★ ★ ★

Apesar de rivais no amor, papai e Dubov estão se dando às mil maravilhas, e, depois de meu pai convidá-lo insistentemente, Dubov deixa seu quarto na ala residencial da Universidade de Leicester e se instala, muito à vontade, no quarto que era dos meus pais e depois foi de Valentina. Ele carrega seus pertences dentro de uma pequena mochila verde, que coloca ao pé da cama.

Três dias na semana, ele pega o trem para Leicester e volta tarde da noite. Explica para meu pai os desenvolvimentos mais recentes da supercondutividade, desenhando diagramas nítidos, a lápis, acompanhados de misteriosos símbolos. Meu pai agita as mãos no ar e declara que tudo é como ele havia previsto em 1938.

Dubov é um homem prático. Acorda cedo e prepara o chá do meu pai. Limpa a cozinha e joga o lixo fora depois de cada refeição. Apanha as maçãs no jardim, e meu pai lhe ensina o método Toshiba. Dubov declara que nunca provou nada tão delicioso em toda a sua vida. À noite, eles conversam sobre a Ucrânia, filosofia, poesia e engenharia. Nos fins de semana, jogam xadrez. Dubov escuta absorto meu pai ler para ele longos capítulos de *Uma breve história dos tratores em ucraniano*. Ele faz perguntas inteligentes, inclusive. Na verdade, tem as qualidades da esposa perfeita.

Tal qual meu pai, Dubov é engenheiro, embora seja engenheiro eletricista. Durante o tempo em que ficou perambulando pelo jardim, procurando por Valentina, teve a oportunidade de estudar os dois carros abandonados, e está encantado com o Rolls-Royce. Ao contrário de papai, entretanto, ele pode realmente entrar debaixo do chassi. Seu diagnóstico é que a doença do carro não é tão séria: um vazamento de óleo no cárter devido ao tampão estar frouxo. Quanto à queda da suspensão, o mais provável é que seja o suporte de uma mola que esteja quebrado. A razão pela qual o carro não anda é provavelmente uma falha elétrica, talvez no dínamo ou no alternador. Dubov vai examinar. Óbvio que se Valentina e as chaves não forem localizadas, ele também vai precisar de uma nova ignição.

Na semana seguinte, meu pai e Dubov decidem desmontar o motor, limpar todas as peças e espalhá-las pelo chão sobre cobertores velhos. A ajuda de Mike é recrutada. Ele passa duas tardes na internet e ao telefone tentando localizar vendedores de ferro-velho que possam ter um Rolls-Royce semelhante no pátio, e finalmente encontra um em Leeds, a duas horas de carro.

— Francamente, Mike, você não tem obrigação nenhuma de dirigir até lá. Com certeza, nem vale a pena consertar esse carro.

Ele não diz nada, apenas me olha com uma expressão sonhadora e obstinada que de vez em quando eu vejo no rosto do meu pai. Deduzo que ele também está apaixonado pelo carro.

Eric Pike se oferece para consertar o suporte da mola. Ele chega no domingo em seu Volvo azul com uma solda e uma máscara.

Que aparência arrojada a dele com seu vasto bigode e suas luvas grandes de couro, segurando bravamente o metal em brasa com um par de pinças enormes e batendo nele com um martelo! Os outros formam um semicírculo a uma boa distância e ficam pasmados de admiração. Quando termina, ele faz floreios no ar com o suporte incandescente para que ele esfrie e, por acidente, deixa a solda ligada, apoiada na caixa de ferramentas, e danifica a cerca de piracanta no processo. Aí, felizmente, começa a chover, e os quatro vão se amontoar na cozinha, consultando manuais técnicos que Mike baixou da internet. Tudo masculino demais para o meu gosto.

— Vou até Peterborough — anuncio. — Buscar algo para o jantar. Alguém quer alguma coisa?

— Traga cerveja — pede Mike.

Óbvio que as compras são só fachada. Na verdade, vou procurar Valentina. Tenho certeza de que Ed Careca não estava mentindo quando disse que ela foi embora, mas para onde ela iria?

Por algum tempo, dirijo sem rumo, espiando por entre os limpadores de para-brisa em movimento, para cima e para baixo pelas ruas vazias de domingo ainda cheias do lixo de sábado à noite. Bolei um circuito: a casa de Eric Pike, o Clube Ucraniano, o Hotel Imperial, a Norwell Street. No caminho, dou um pulo até o supermercado e encho um carrinho com o tipo de coisas que acho que meu pai e Dubov devem gostar: muitos bolos doces e gordurosos, tortas de carne para aquecer no forno, legumes pré-prontos e congelados, pão, queijo, frutas, salada pronta na embalagem, sopa enlatada e até mesmo uma pizza congelada — deixo de lado meu preconceito com esse tipo de comida — e mais alguns engradados de cerveja. Coloco as compras na mala do carro e dou mais uma volta pelo circuito. Na segunda volta, ao passar pelo Hotel Imperial, um carro verde estacionado metade na calçada atrai meu olhar. É um Lada — na verdade, parece ser o Lada de Valentina.

Não pode ser.

Mas é.

★ ★ ★

Valentina e Ed Careca estão sentados, frente a frente, diante de uma mesa redonda no canto do *pub*. A porta é envidraçada e dá para ver bem. Ela está mais gorda que nunca. O cabelo está despenteado. A maquiagem dos olhos, borrada. E então vejo que, mais que borrada, escorre pelo rosto: ela está chorando. Quando Ed Careca levanta a cabeça, vejo que ele também está chorando.

Pelo amor de Deus!, tenho vontade de gritar, mas fico parada, quieta, olhando os dois de mãos dadas por cima da mesa, fungando sem a menor vergonha. De repente, e sem explicação, as lágrimas deles me deixam enfurecida: que razão *eles* têm para chorar?

Então, alguém passa por mim e entra no *pub*, e os dois olham para cima e me veem. Valentina grita e se levanta, e, ao fazer isso, seu casaco escorrega dos ombros. É quando vejo nitidamente o que devia ter visto antes, o que na verdade *vi* antes, mas não quis admitir: Valentina está grávida.

Ficamos olhando uma para a outra por alguns instantes. Ambas sem conseguir falar. Então, Ed Careca, com esforço, se põe de pé.

— Não está vendo que a gente está conversando? Dá pra nos deixar em paz?

Eu o ignoro.

— Valentina, tenho uma coisa importante pra dizer. Seu marido chegou da Ucrânia. Ele está na casa do meu pai e gostaria de ver você e Stanislav. Tem uma coisa que ele quer conversar com você pessoalmente.

Então me viro e vou embora.

★ ★ ★

Quando volto para a casa do meu pai, a luz já está se dissipando e a chuva parou, deixando o ar úmido e cheirando a misteriosos fungos de outono. Talvez seja uma ilusão do crepúsculo, mas a casa parece maior que antes, o jardim, mais espaçoso, afastado da rua, atrás da fileira de lilases. Levo alguns segundos para perceber que o Rolls-Royce sumiu. Assim como os quatro homens.

Acho que devia ficar satisfeita, mas isso me deixa apenas irritada. Eles lá, divertindo-se com a brincadeira de garotos, enquanto eu estava realizando tarefas importantes, mas não reconhecidas — reabastecendo a casa com comida e bebida. Típico. E não há ninguém para me parabenizar pelo meu trabalho de mestre como detetive particular. Bem, existe uma pessoa que vai saber apreciar meus esforços. Coloco a chaleira no fogo, tiro os sapatos e telefono para minha irmã.

— Grávida! — exclama Vera. — A piranha! A sem-vergonha! Mas veja bem, Nadia, pode ser apenas mais uma jogada. Aposto que não tem bebê nenhum, é só um travesseiro metido por baixo da roupa.

A capacidade de cinismo de minha irmã nunca deixa de me surpreender.

E apesar disso...

— Parece bem real, Vera. Não é só a barriga, é a maneira como ela fica em pé, o inchaço dos tornozelos. Além disso, ela vem engordando há bastante tempo. Nós é que não somos dois mais dois.

— Mas que coisa inacreditável! Muito bem, Nadia, foi ótimo você tê-la localizado! — (Vindo da Grande Irmã, é um elogio de verdade.) — Talvez seja bom eu ir até aí ver com meus próprios olhos.

— Faça como quiser. Em breve, teremos certeza.

Termino meu chá e começo a retirar as compras da mala do carro, quando escuto um carro parando atrás de mim. Eu me viro, na expectativa de ver quatro homens sorridentes saindo de um Rolls-Royce branco. Mas é o Lada verde, com Valentina ao volante.

Ela estaciona na grama escura, manchada de óleo, e desce do banco do motorista. A barriga está enorme; seu esplêndido busto, túmido de leite. Ela arrumou o cabelo, refez a maquiagem e passou perfume. Há um quê de seu antigo glamour e, apesar de tudo, fico contente em vê-la.

— Olá, Valentina. Que bom que você pôde vir.

Ela não diz nada, apenas passa por mim e vai para os fundos da casa, onde a porta da cozinha está aberta.

— Alô! Alô, Volodya! — chama.

Entro em casa atrás dela, e então ela se vira para mim com a boca retorcida e ameaçadora.

— Não tem ninguém aqui. Você disse mentira.

— Ele está aqui, mas saiu. Vá até o quarto ver, se não acredita. A bolsa dele está lá.

Ela sobe a escada e abre a porta com tanta força, que a bate contra a parede com um estrondo. Depois, tudo se aquieta. Passado algum tempo, subo para procurá-la. Encontro-a sentada na cama que tinha sido dela, ninando a pequena mochila verde nos braços como se fosse um bebê. Ela me dirige um olhar inexpressivo.

— Valentina. — Sento-me a seu lado e coloco a mão sobre a mochila, que está pousada em cima da barriga dela. — Que novidade maravilhosa essa do bebê!

Ela não diz nada e me encara com o mesmo olhar vazio.

— O pai é o Ed? Do Hotel Imperial? — Estou abusando da sorte, e ela sabe disso.

— Por que fica metendo o nariz em todo lugar? Hein?

— Ele parece uma ótima pessoa.

— É ótima pessoa. Não é pai do bebê.

— Ah, entendi. Que pena.

Ficamos sentadas lado a lado na cama. Estou virada para ela, mas ela está olhando para a frente, concentrada, franzindo a testa, me deixando ver somente o belo perfil bárbaro, as bochechas rosadas, a boca impassível, a pele radiante de grávida. Luzes variadas parecem tremeluzir nas profundezas de seus olhos cor de calda de açúcar queimado. Não consigo ler seus pensamentos.

Não sei por quanto tempo ficamos assim, antes que o ruído do carro parando do lado de fora da casa nos despertasse. O Rolls-Royce branco está estacionado na rua, pois não há espaço no jardim ao lado do Lada e da lata-velha. Quatro homens saem dele, com sorrisos de orelha a orelha, tagarelando em uma mistura de línguas. Pela janela, vejo meu pai erguer as mãos ao ver o Lada na grama. Ele chama Dubov e aponta, entusiasmado, as idiossincrasias do carro, do ponto de vista da engenharia, enquanto Dubov parece ansioso para saber o paradeiro da dona. Eric Pike está agarrando Mike pelo ombro e fazendo gestos expansivos com a outra mão. Eles desaparecem da minha visão e ouço o barulho que fazem, no corredor e na sala de estar, ecoando pela escada.

Faz-se um silêncio repentino e total no andar de baixo, como se um botão tivesse sido desligado. E, então, apenas uma voz — a de Valentina:

— O pai do bebê é meu marido Nikolai.

Estão todos reunidos na sala de estar quando desço. Valentina está sentada, ereta, na poltrona bege de moqueta, de frente para a sala, feito uma rainha no trono. Dubov e papai estão juntos no sofá de dois lugares. Meu pai exibe um sorriso radiante. Dubov afundou a cabeça entre as mãos. Eric Pike está sentado em uma banqueta junto à janela, curvado, olhando, mal-humorado, para todo mundo. Mike está no canto, atrás do sofá. Quando me aproximo, ele passa o braço pelos meus ombros.

— Espere um pouco, Valentina — peço, me intrometendo. — Você sabe que não dá pra ficar grávida com sexo oral.

Ela me lança um olhar fulminante.

— Como você sabe de *sexoral*?

— Bem, eu sei...

— Nadia, por favor! — interrompe meu pai, em ucraniano.

— Valenka, querida — diz Dubov, com a voz melosa e amorosa —, quem sabe se quando você esteve pela última vez na Ucrânia...? Sei que já faz muito tempo, mas, quando existe amor, todos os milagres são possíveis. Talvez esse bebê tenha esperado o nosso reencontro para nos abençoar...

Valentina balança a cabeça.

— Não é possível. — Há um tremor em sua voz.

Eric Pike não diz nada, mas eu o vejo fazendo contas nos dedos sorrateiramente.

Valentina também está fazendo cálculos. Seus olhos vão de Dubov para meu pai e de volta para Dubov, mas seu rosto nada expressa.

Nesse momento, ouvem-se passos do lado de fora e a campainha soa alto. A porta não está trancada, e, de repente, Ed Careca irrompe, seguido de perto por Stanislav. O primeiro entra pela sala, sem cerimônia, e vai até onde Valentina está sentada. Stanislav fica em pé na soleira da porta, os olhos fixos em Dubov, sorrindo e piscando para espantar as lágrimas. Dubov o chama e, chegando para perto de meu pai, abre um espaço para Stanislav se sentar ao lado dele no sofá e o abraça.

— E aí? E aí? — sussurra, desmanchando com a mão os cachos escuros do garoto.

O rosto de Stanislav fica vermelho e lágrimas escorrem de seus olhos, como se ele estivesse derretendo sob o calor do toque do pai, mas não diz uma palavra.

Ed Careca está parado ao lado da poltrona de Valentina, com ares de proprietário.

— Agora, Val, vamos! — (Ele a chama de Val!) — Acho que já é hora de contar a verdade para esse seu ex-maridinho. Ele vai acabar descobrindo mais cedo ou mais tarde.

Valentina o ignora. Encarando meu pai nos olhos, ela desliza as mãos pelos seios e pela barriga. Papai fraqueja. Seus joelhos começam a tremer. Dubov estica o braço e coloca a mão grande e carnuda sobre a mão magra e ossuda do meu pai.

— Kolya, não seja bobo.

— Não, eu não sou bobo, você é que é bobo. Onde já se ouviu falar de um bebê que passou dezoito meses na barriga da mãe? Dezoito meses! Ha-ha-ha!

— Não importa quem fez a criança, mas quem vai ser um pai pra ela — responde Dubov calmamente.

— O que foi que ele disse? — pergunta Ed Careca.

Eu traduzo.

— A questão do sangue importa, sim! Eu tenho os meus direitos. Um pai tem seus direitos, todo mundo sabe disso. Conta pra eles, Val.

— Você não é pai do bebê.

— Você não é o pai do bebê! — repete meu pai, com um olhar enlouquecido. — Eu sou o pai do bebê!

— Só tem uma solução. O bebê tem que ser submetido a um teste de paternidade — anuncia, da porta, uma voz gélida. Vera veio tão silenciosamente que ninguém notou sua chegada. Ela entra na sala e se aproxima de Valentina. — Se é que tem mesmo algum bebê aí!

Ela estende a mão para sentir a barriga de Valentina. Valentina dá um pulo e fica de pé com um grito.

— Não! Não! Sua bruxa doente de cólera, comedora de bebê! Não encosta a mão em mim!

— Quem é essa mulher dos infernos? — Ed Careca se vira para Vera e a segura pelo braço.

Dubov se aproxima e põe o braço sobre os ombros de Valentina, mas ela o repele e caminha até a porta.

Ela para na soleira, remexe dentro da bolsa, procurando alguma coisa, e tira de lá uma pequena chave presa em um chaveiro de corrente. Ela joga a chave no chão e cospe em cima. E depois vai embora.

26
Tudo será corrigido

— E então, quem você acha que é o pai? Eric Pike ou Ed Careca?

Estou na cama de cima de um beliche e Vera na cama de baixo, no quarto que era de Stanislav, e, antes disso, era onde Anna, Alice e Alexandra dormiam quando vinham visitar os avós, e, nos velhos tempos, o quarto que Vera e eu dividíamos. De certa forma, é surpreendente estarmos aqui, embora, sob outro aspecto, seja a coisa mais natural do mundo. Com uma diferença: Vera costumava dormir na cama de cima e eu na de baixo.

Através da parede fina, podemos ouvir, no quarto ao lado, o murmúrio de vozes masculinas: Dubov e Stanislav estão pondo a conversa em dia, depois de dezoito meses sem se ver. É um rumor gentil, de camaradagem, pontuado por gargalhadas estridentes. Do quarto de baixo, vem o som intermitente do ronco irritante do papai. Mike está na sala de estar, encolhido, sem conforto algum, no sofá de dois lugares. Felizmente, ele bebeu bastante vinho de ameixa antes de ir dormir.

— Tem outro cara — diz Vera. — Você se esqueceu do homem com quem ela morou bem no início.

— Bob Turner? — Essa possibilidade não havia passado pela minha cabeça, e, no entanto, quando Vera diz isso, me lembro do envelope pardo e volumoso, da cabeça aparecendo na janela, da maneira como meu pai ficou nervoso. — Isso faz mais de dois anos. Não pode ser ele.

— Não pode? — diz Vera, cortante.

— Você acha que ela continuou a se encontrar com ele depois do casamento?

— Seria tão surpreendente?

— Acho que não.

— Pensando bem, acho que ela poderia ter se saído melhor. Nenhum deles é muito charmoso. Na verdade — diz Vera, pensativa —, ela é muito atraente, daquele jeito vulgar. Mas uma coisa é dormir com uma mulher dessas, outra, bem diferente, é se casar com ela.

— Mas Dubov se casou com ela. E ele parece ser um homem decente. Ele ainda a ama. E acho que ela o ama de verdade, pelo jeito como veio correndo logo que soube que ele estava aqui.

— E ainda assim ela está disposta a abandoná-lo pelo papai.

— É a fascinação pela vida no Ocidente.

— Agora ela pensa que, com essa gravidez sem explicação, pode voltar a ficar bem com o papai. Afinal, ele é obcecado pela ideia de ter um filho.

— Mas imagina só abandonar o amor da vida dela pelo papai e depois descobrir que ele nem ao menos é rico. Tudo o que tem a oferecer é um passaporte britânico, e ainda por cima pago por Bob Turner. Você não sente nem um pouco de pena dela?

Vera fica em silêncio por um momento.

— Não tenho como dizer que sinto. Não depois da confusão envolvendo o gravador. Por quê? Você sente?

— Às vezes, sim.

— Mas ela tem pena da gente também, Nadia. Ela nos acha burras, feias e sem peitos.

— Uma coisa que eu não consigo entender é o que Dubov vê nela. Ele parece tão... inteligente. Era de esperar que enxergasse quem ela é.

— São os peitos dela. Os homens são todos iguais. — Vera suspira. — Você viu como o Ed Careca saiu correndo atrás dela? Que constrangedor!

— E você viu o carro dele? Viu o jeito como o papai e Dubov ficaram olhando para o carro?

— E Mike também.

Depois que Valentina foi embora, Ed Careca saiu pelo jardim gritando "Val! Val!" em um lamento patético, mas ela nem ao menos olhou para trás. Bateu a porta e saiu dirigindo o Lada, deixando uma nuvem de fumaça de motor, azul e acre, rodopiando pelo jardim. Ed Careca acenou com os braços e saiu correndo pela rua atrás dela. Então, pulou dentro do próprio carro, que estava estacionado do lado de fora, na rua — um Cadillac americano, anos 1950, conversível, verde-pálido, com rabo de peixe e muito cromo —, e foi procurá-la pela cidade. Papai, Mike, Dubov e Eric Pike foram para a janela e ficaram olhando, estarrecidos, enquanto ele se afastava com o carro. Depois, beberam a cerveja que eu havia trazido até se fartarem. Cerca de uma hora depois, Eric Pike também foi embora. E aí papai, Mike e Dubov foram buscar o vinho de ameixa.

— Vera, não passa pela sua cabeça que talvez o papai *possa* ser o pai do bebê? Há homens da idade dele que tiveram filhos. Ele mesmo falou sobre isso antes.

— Não seja boba, Nadia. Olhe só pra ele. Além disso, foi ele mesmo que levantou a questão da não consumação. Para mim, Ed Careca é o candidato mais provável. Imagine só ser parente de um homem chamado Ed Careca.

— Acho que ele deve ter outro nome. De todo modo, se o papai se divorciar dela, nós não seremos parentes.

— *Se* isso acontecer!

— Você acha que ele ainda pode mudar de ideia?

— Tenho certeza disso. Ainda mais se ele se convencer de que o bebê é um menino. Concebido por sexo oral. Ou por meio de trocas mentais platônicas.

— Não acredito que ele possa ser *tão* idiota assim.

— Óbvio que pode — diz Vera —, é só ver o recorde de idiotices dele até agora.

Caímos na risada, complacentes. Eu me sinto perto e, ao mesmo tempo, distante de Vera, deitada no escuro na cama de cima. Quando éramos crianças, costumávamos fazer piadas sobre nossos pais.

Devem ser, pelo menos, três da manhã. Os murmúrios no quarto ao lado cessaram. Sinto-me sendo tragada pelo sono. A escuridão é confortável, envolvente. Estamos tão próximas que dá para ouvir a respiração uma da outra, ainda assim as sombras cobrem nosso rosto, como em um confessionário, de modo que nenhum julgamento, nenhuma expressão ou vergonha se revelam. Sei que talvez nunca mais exista outra oportunidade como esta.

— Papai disse que aconteceu alguma coisa com você no campo de Drachensee. Algo relacionado a cigarros. Você se lembra?

— Óbvio que eu me lembro. — Eu espero que ela continue, mas, depois de algum tempo, ela diz: — Há coisas que é melhor não saber, Nadia.

— Eu sei. Mas conte mesmo assim.

* * *

O campo de trabalho forçado de Drachensee era um lugar enorme, feio, caótico e cruel. Os prisioneiros eram de diferentes grupos: trabalhadores da Polônia, da Ucrânia e de Belarus obrigados a contribuir com o esforço de guerra alemão, comunistas e sindicalistas enviados dos Países Baixos para serem reeducados, ciganos, homossexuais, criminosos, judeus que seriam exterminados, doentes mentais e combatentes da resistência capturados. Todos viviam amontoados em barracas baixas de concreto infestadas de piolhos. Em um lugar como aquele, a única ordem era a do terror. E a lei do terror era reforçada em todos os níveis: cada comunidade e subgrupo tinha sua hierarquia de poder.

E era assim entre os filhos dos trabalhadores forçados, cujo cabeça da hierarquia era um jovem magro com cara de sonso chamado Kishka. Ele devia ter uns 16 anos, mas era pequeno para a idade, devido a uma provável infância de fome e, talvez, porque tinha um vício. Kishka fumava quarenta cigarros por dia.

Embora fosse pequeno, Kishka tinha um séquito de garotos maiores que ele, que cumpriam suas ordens, entre eles seu companheiro inseparável, um bruto chamado Vanenko, dois rapazes moldávios grandes e não muito inteligentes e uma garota perigosa com um olhar que aparentava loucura chamada Lena, que parecia ter sempre um monte de cigarros — diziam que ela dormia com os guardas. Para manter Kishka e sua gangue munidos de cigarros, as outras crianças eram "taxadas" — isto é, tinham que roubar cigarros dos pais e entregá-los a Kishka, que os distribuía para o resto da gangue. As crianças que não faziam isso eram punidas.

De todas as crianças do campo, somente a pequena Vera, tímida e parecendo um ratinho, nunca pagava a taxa de cigarros. Como se permitia uma coisa dessas? Vera se desculpava dizendo que seus pais não fumavam, que trocavam os cigarros por comida e outras coisas.

— Então você vai ter que roubar de alguém — disse Kishka.

Vanenko e os rapazes moldávios riram. Lena deu uma piscadela.

Vera ficou muito aflita. Onde ia encontrar cigarros? Esgueirou-se para dentro das barracas quando não tinha ninguém e revirou os pertences miseráveis guardados embaixo das camas. Mas alguém a pegou e a expulsou de lá com um tapa na orelha. Entorpecida pelo desespero, já esperando pela surra, ela ficou em um canto do pátio pensando em um lugar para se esconder, embora tivesse certeza de que, onde quer que se escondesse, eles a achariam. Então, viu um casaco pendurado em um prego perto da porta. Pertencia a um dos guardas — e o guarda estava perto da cerca que circundava o campo, fumando um cigarro e olhando para o outro lado. Rápida como um gato, ela meteu a mão dentro do bolso e encontrou um maço de cigarros quase inteiro. Escondeu-o na manga do vestido.

Mais tarde, quando Kishka veio procurá-la, Vera entregou-lhe os cigarros. Ele ficou maravilhado. Os cigarros do Exército tinham muito mais tabaco que os cigarros vagabundos distribuídos para os trabalhadores.

Se Vera tivesse apanhado um ou dois cigarros, talvez a história tivesse sido completamente diferente. Mas o guarda, lógico, notou a falta do maço. Com seu chicote de rabo-de-gato, ele foi pelo pátio pegando as crianças uma por uma. A falta de cigarros o deixava irritado. Quem tinha visto o ladrão? Alguém devia saber. Se ninguém confessasse, o grupo todo seria punido. Os pais também. Ninguém seria poupado. Em voz baixa, zangado, ele mencionou a existência de um Bloco de Correção, de onde poucos haviam voltado com vida. As crianças já tinham ouvido rumores sobre o tal bloco e ficaram aterrorizadas.

Foi Kishka quem dedurou Vera.

— Por favor, senhor — disse, bajulador, encolhendo-se todo quando o guarda o segurou pela orelha —, foi ela, aquela magricela lá, quem roubou os cigarros e distribuiu entre as crianças.

Ele apontou para a pequena Vera, que estava quieta, sentada junto à porta de uma das barracas.

— Então foi você, é?

O guarda agarrou Vera pela gola do vestido. Ela não teve a presença de espírito de negar. Começou a chorar. Ele a arrastou para dentro da sala da guarda e trancou a porta.

Mamãe foi procurar Vera assim que chegou da fábrica e sentiu sua falta. Alguém lhe disse onde procurar.

— Sua filha é uma ladra imunda — disse o guarda. — Ela precisa de uma lição.

— Não — implorou minha mãe, em seu alemão capenga —, ela não sabia o que estava fazendo. Foram os garotos mais velhos que a mandaram fazer isso. Para que ela ia querer os cigarros? O senhor não está vendo que ela é uma bobinha?

— Sim, ela é uma boba, mas eu preciso dos meus cigarros — respondeu o guarda. Ele era um homem grande, de fala arrastada, mais jovem que a mamãe. — Você vai ter que me dar os seus.

— Sinto muito, mas eu não tenho nenhum. Vendi todos. Eu não fumo, sabe? Semana que vem, quando nos pagarem, o senhor pode ficar com tudo.

— De que me servem cigarros na semana que vem? Semana que vem, você vai inventar outra história. — O guarda começou a bater de leve com o chicote nas pernas delas. O rosto e as orelhas dele estavam vermelhos. — Vocês, ucranianos, são uns porcos ingratos. Nós salvamos vocês do comunismo. Nós trouxemos vocês para o nosso país, demos comida e trabalho. E tudo o que querem é nos roubar. Então, precisam aprender uma lição, não é? Nós temos um Bloco de Correção para vermes assim. Já ouviu falar do Bloco F? Já ouviu falar de como tratamos bem de vocês lá? Em breve vai saber.

Todo mundo já tinha ouvido falar do Bloco de Correção, uma fileira de quarenta e oito celas de concreto apertadas, sem janelas e meio enterradas no chão, como se fossem caixões perpendiculares, que ficavam afastadas, em uma parte do Campo de Trabalho e Reeducação. No inverno, a chuva e o frio aumentavam o tormento; no verão, a desidratação piorava tudo. Já tinham visto gente sair de lá enlouquecida e esquelética, depois de dez, vinte ou trinta dias. Com mais que isso, diziam, ninguém havia saído vivo.

— Não — implorou minha mãe. — Tenha piedade!

Ela agarrou Vera e puxou-a para junto da saia. Elas se encolheram contra a parede. O guarda foi chegando cada vez mais perto, olhando-as de cima. O queixo dele brilhava com uma barba loira e felpuda. Devia ter uns 20 e poucos anos.

— Você parece ser um rapaz tão bom — suplicou minha mãe, mal conseguindo pronunciar as palavras em alemão. Os olhos estavam cheios de lágrimas. — Por favor, tenha piedade de nós, meu jovem.

— Sim, nós vamos ter piedade de vocês. Não vamos separá-la de sua filha. — Elas sentiam o borrifo de saliva que saía da boca cheia de dentes tortos do guarda enquanto ele tagarelava, assoberbado. — Você vai com ela, sua verme-mãe.

— Por que você tem que fazer isso? Você não tem irmã? Não tem mãe?

— Por que você está falando da minha mãe? Ela é uma mulher alemã, uma boa mulher. — Ele parou por um instante e piscou, mas o ímpeto de sua animação era muito grande, ou lhe faltou imaginação.

— Nós vamos ensinar você a educar sua filha para não roubar. Vocês vão ser reeducadas. E o verme do seu marido também, se é que você tem marido. *Todos* vocês serão corrigidos.

★ ★ ★

A escuridão paira à nossa volta. E então ouço um som abafado, uma espécie de choramingo tímido vindo da cama de baixo. Fico parada, tentando compreender o que é isso; é um som que eu nunca ouvi antes, um som que me recusei a ouvir, um som que nunca imaginei ser possível. É o som da Grande Irmã chorando.

Um dia vou perguntar a Vera sobre o Bloco de Correção, mas agora não é a hora apropriada. Ou talvez minha irmã esteja certa: há coisas que é melhor não saber, pois o conhecimento delas nunca pode ser ignorado. Minha mãe e meu pai jamais me falaram sobre o Bloco de Correção, e eu cresci sem o menor conhecimento da dor que espreita o fundo de suas almas.

Como eles viveram pelo resto da vida com aquele terrível segredo trancado no coração? Como cultivaram plantas, e consertaram motocicletas, e nos mandaram para a escola, e se preocuparam com as nossas notas nas provas?

Mas eles viveram e fizeram tudo isso.

27
Uma fonte de mão de obra barata

— Papai, por favor, tente ser sensato — pede a Grande Irmã, batendo o jarro de leite na mesa. — Você não pode ser o pai do bebê. Por que acha que ela saiu correndo quando eu sugeri um teste de paternidade?

— Vera, você sempre foi uma autocrata enxerida — diz papai, encharcando os flocos de trigo com a parte de cima, cremosa, do leite e sepultando tudo sob um monte de açúcar. — Me deixe em paz. Vá logo embora para Londres. Vá, por favor! — Suas mãos estão tremendo, mas ainda assim ele tenta encher a boca, e então começa a tossir e cospe os flocos de trigo na mesa.

— Por favor, tente agir como um adulto pelo menos uma vez na vida. O que aconteceu com o seu cérebro? Você não é o pai do bebê, você próprio é um bebê. Olhe só o jeito como se comporta, se tornou completamente infantil.

— Uma Desordem Infantil! Ha-ha-ha! — Ele bate com a colher na mesa. — Vera, você está cada dia mais parecida com Lenin.

— Um teste de paternidade é uma boa ideia — intervenho, insidiosamente —, assim você vai ficar sabendo não só se é o pai do bebê, mas também se o bebê é menino ou menina.

— Ahá. — Ele para no meio da tosse. — Boa ideia. Menino ou menina. Boa ideia.

Vera me lança um olhar elogioso.

Stanislav e Dubov estão no jardim da frente, envolvidos em seu relacionamento pai-filho sob o capô aberto do Rolls-Royce. Mike ainda está dormindo: ele caiu do sofá e agora está no chão. Vera, nosso pai e eu estamos tomando café no cômodo dos fundos, que agora é a sala de jantar e o quarto dele. A luz do sol entra obliquamente através das janelas empoeiradas. Papai ainda está com a roupa de dormir, um traje estranho, confeccionado por ele mesmo a partir de uma velha camisa de lã xadrez que ele aumentou no comprimento com pedaços de flanela de algodão com estampa de caxemira, costurados com linha preta e pontos grandes e fechado na frente com cadarços marrons de sapato. O traje é aberto no pescoço, e a cicatriz do ferimento antigo, espetada de pelos grisalhos, pisca para nós enquanto ele fala.

— Mas... — Ele olha desconfiado para mim e depois para Vera, e depois para mim novamente — ... o teste de paternidade só é possível depois do nascimento da criança. E então, já se sabe se é menina ou menino, e não precisa de teste.

— Não, não. É possível fazer teste de paternidade antes de o bebê nascer. *In utero.* — Vera olha para mim. — Nadia e eu pagamos.

— Hum. — Ele ainda parece desconfiado, como se achasse que estamos tentando enganá-lo. (Como se fôssemos capazes de fazer uma coisa dessas!)

Nesse momento, ouve-se um barulho na caixa de correio. As correspondências da manhã chegaram. Entre uma pilha de propostas de cartões de crédito, de ofertas surpreendentes de produtos de beleza e saúde e de promessas de fabulosos prêmios a serem ganhos ou já ganhos e esperando para serem reclamados ("Que sorte que ela tem com esses prêmios!", diz papai), todos endereçados a Valentina, há uma carta da srta. Carter para nosso pai. Ela relembra que a audiência do divórcio acontecerá dentro de duas semanas e encaminha a proposta do advogado de Valentina para um acordo pleno e definitivo: não contestar o divórcio e não fazer nenhuma outra reivindicação com respeito às propriedades do meu pai, se a quantia de vinte mil libras for oferecida.

— Vinte mil libras! — exclama Vera. — Isso é um ultraje!

— Esqueça, papai, você não tem vinte mil libras mesmo. Logo, não tem acordo.

— Hum — diz papai. — Talvez possa haver, se eu vender a casa e for para um lar de idosos...

— Não! — berramos Vera e eu em uníssono.

— Ou, talvez, vocês duas, Nadia, Vera, quem sabe, possam ajudar um velho bobo... — Ele está nitidamente preocupado com a quantia exigida.

— Não, não.

— Se o assunto for para o tribunal — estou pensando alto —, de quanto poderá ser a sentença?

— Bem, óbvio que a sentença pode determinar que ela fique com metade da propriedade — diz a sra. Expert-em-divórcio —, se ele for o pai da criança. Se não for, calculo que vão decidir por muito pouco, ou mesmo por nada.

— Está vendo, papai? É por isso que ela está propondo o acordo agora. Porque ela *sabe* que o filho não é seu, e que a corte vai decidir que você não tem que dar nada pra ela.

— Hum.

— É um golpe engenhoso — declara a sra. Expert-em-divórcio.

— Hum.

— Tenho uma ideia boa, pai — digo, colocando carinhosamente mais chá na xícara dele. — Por que a gente não telefona para a srta. Carter e diz que você terá prazer em oferecer vinte mil libras por um acordo pleno e definitivo, contanto que Valentina concorde em se submeter a um teste de paternidade, à nossa custa, óbvio, e contanto que fique provado que o filho é seu?

— Existe proposta melhor que essa? — exclama a sra. Expert-em-divórcio.

— Existe proposta melhor que essa, Nikolai? — exclama Mike. Ele está de pé na soleira da porta, massageando as têmporas com os dedos. — Sobrou chá no bule? Não estou me sentindo muito bem.

Meu pai olha para Mike, que o encoraja, piscando para ele, e concorda.

— Hum. Está bem. — Papai dá de ombros, em sinal de desistência.

— Poderia existir proposta melhor que essa? — pergunta a srta. Carter, ao telefone. — Mas... vocês têm certeza...?

Olho para meu pai, concentrado, franzindo a testa ao sorver o chá, as abas de caxemira da extensão da camisa de lã cobrindo parcialmente os joelhos inchados de artrite, as coxas magras e, mais para cima... Me recuso a imaginar.

— Sim, certeza absoluta.

★ ★ ★

Stanislav leva Dubov até Valentina. Eles desaparecem juntos no Rolls-Royce em alguma hora da manhã.

Já passa do meio-dia quando Dubov volta, sozinho. Seu olhar está sombrio.

— Diz pra gente, onde ela está morando? — pergunto em ucraniano.

Ele abre os braços, as palmas das mãos para cima.

— Sinto muito, mas não posso dizer. Eles me pediram segredo.

— Mas... nós precisamos saber. Papai precisa saber.

— Ela está com medo de vocês duas, Nadia e Vera.

— Com medo da gente? — Rio. — Somos assim tão assustadoras?

Dubov sorri diplomaticamente.

— Ela tem medo de ser mandada de volta para a Ucrânia.

— Mas a Ucrânia é assim tão assustadora?

Dubov considera a pergunta por um instante. Ele une as sobrancelhas escuras, franzindo a testa.

— Neste exato momento, sim. Atualmente, nossa amada terra natal está nas mãos de criminosos e gângsteres.

— É verdade — acrescenta papai, que até então estava sentado no canto, em silêncio, descascando maçãs. — É exatamente isso o que Valenka fala. Me diga, Volodya Simeonovich, com um povo tão inteligente, como isso foi acontecer?

— Ah, é a natureza do capitalismo selvagem do Ocidente a que fomos submetidos, Nikolai Alexeevich — responde Dubov, com a voz calma de tipo inteligente. — O modelo dos conselheiros que vieram do Ocidente para nos mostrar como construir uma economia capitalista era do tipo predador do início do capitalismo americano.

Mike capta as palavras "capitalismo americano" e quer entrar na conversa.

— Você está certo, Dubov. É todo esse lixo neoliberal. Os trapaceiros se apossam de toda a riqueza e a consolidam em negócios ditos legítimos. Então, com sorte, algo dessa riqueza pode descer até o restante de nós, meros mortais. Rockefeller, Carnegie, Morgan... Todos eles começaram como barões da roubalheira. Agora, o sol brilha de suas fundações de milhões de dólares. — (Não há nada de que ele goste mais do que uma boa discussão sobre política.) — Dá pra você traduzir isso, Nadia?

— Não exatamente. Vou fazer o possível. — Faço o possível.

— E há quem diga que esse estágio de gângsteres é necessário para o desenvolvimento do capitalismo — acrescenta Dubov.

— Mas isso é fascinante! — exclama Vera. — Você quer dizer que os gângsteres foram levados para lá deliberadamente? — (Ou o ucraniano dela está enferrujado ou minha tradução é pior do que pensei.)

— Não exatamente — explica Dubov, com paciência. — Mas os tipo gângsteres que já se encontram lá, cujos instintos predatórios são mantidos em xeque pelo tecido da sociedade civil, uma vez que esse tecido seja rasgado em pedaços, brotam como ervas daninhas em campos recém-arados.

Há algo irritante e pedante na maneira como ele fala, um pouco como meu pai. Normalmente, isso me deixaria subindo pelas paredes, mas seu ardor é envolvente.

— Mas você enxerga alguma saída para isso, Dubov? — pergunta Mike, e eu traduzo.

— A curto prazo, não. A longo prazo, eu diria que sim. Pessoalmente, sou a favor do modelo escandinavo. Aproveitar o melhor do capitalismo e do socialismo. — Dubov esfrega as mãos. — Apenas o melhor, Mikhail Gordonovich. Você não concorda?

(O pai de Mike se chamava Gordon. Se existe algum equivalente russo, ninguém sabe qual é.)

— Sim, óbvio, você pode aplicá-lo num país industrial desenvolvido, com um movimento sindicalista forte, como a Suécia. — (Esse é o território de Mike.) — Mas será que funcionaria num país como a Ucrânia?

Ele me pede que traduza. Já estou arrependida de ter me envolvido nessa função de intérprete. Nós dois perdemos a manhã de trabalho e precisamos ir embora. Se continuarmos com isso, o próximo passo será ir buscar o vinho de ameixa.

— Ah, temos aí um grande dilema. — Dubov suspira, com profunda emoção eslava, os olhos parecendo seixos negros, fixos em sua audiência. — Mas a Ucrânia tem que encontrar um caminho próprio. No presente, infelizmente, aceitamos, sem questionar, tudo que vem do Ocidente. Algumas coisas, óbvio, são boas; outras são um lixo. — (Contra minha vontade, continuo servindo de intérprete. Mike faz que sim com a cabeça. Vera se afasta até a janela e acende um cigarro. Papai continua descascando maçãs.) — Quando pudermos deixar para trás as terríveis memórias do *gulag*, então começaremos a redescobrir as coisas que eram boas em nossa antiga sociedade socialista. Então, esses conselheiros serão vistos da maneira que realmente são: verdadeiros barões da roubalheira, que pilham nossos bens nacionais e instalam fábricas de propriedade americana onde nosso povo trabalha por salários miseráveis. Russos, americanos, alemães... Todos eles, quando olham para a Ucrânia, o que veem? Nada, exceto uma fonte de mão de obra barata.

À medida que se empolga com o tema, ele fala cada vez mais depressa, gesticulando com as grandes mãos. Estou tendo dificuldade para acompanhá-lo.

— Um dia já fomos uma nação de fazendeiros e engenheiros. Não éramos ricos, mas tínhamos o suficiente. — (No seu canto, papai está balançando a cabeça com entusiasmo, a faca de descascar maçãs suspensa no ar.) — Agora, bandidos espoliam nossas indústrias, enquanto nossa juventude educada vem embora para o Ocidente em busca de riqueza. Nossa exportação nacional é vender nossas mulheres jovens e bonitas para alimentar o monstruoso apetite do macho ocidental. É uma tragédia.

Ele para e olha em volta, mas ninguém diz nada.

— É *mesmo* uma tragédia — diz Mike, finalmente. — E tem havido muitas naquela região.

— Eles riem de nós. Supõem que essa corrupção faz parte da nossa natureza. — A voz de Dubov está calma novamente. — Mas eu diria que é uma mera característica do tipo de economia que nos foi imposta.

Vera esteve o tempo todo de pé junto à janela, mostrando-se cada vez mais impaciente com a conversa.

— Valentina, então, se sentirá totalmente em casa — declara ela.

Lanço um olhar de "cale a boca" na direção da minha irmã.

— Me diga, Dubov — pergunto, e não posso evitar, mesmo agora, que uma nota de malícia se insinue em meu tom de voz —, como você vai conseguir persuadir alguém tão... tão *sensível* quanto Valentina a voltar para um lugar como esse?

Ele dá de ombros, as palmas das mãos para cima, mas um sorrisinho brinca em seus lábios.

— Existem algumas possibilidades.

★ ★ ★

— Homem fascinante — comenta Mike.

— Hum.

— Uma compreensão de economia impressionante para um engenheiro.

— Hum.

Estamos apenas a meio caminho de casa, e tenho que dar uma palestra às três. Eu deveria estar pensando sobre Mulheres e a Globalização, mas também estou ligada nas coisas que Dubov disse. Mamãe e Vera, no campo de arame farpado; Valentina, batalhando nos longos plantões com baixos salários da clínica, atrás do balcão do bar no Hotel Imperial, dando duro no quarto do meu pai. Sim, ela é ambiciosa, predatória e ofensiva, mas também é uma vítima. Uma fonte de mão de obra barata.

— Só fico pensando em como isso tudo vai terminar.
— Hum.

Eu pertenço à geração sortuda.

★ ★ ★

Não sei como Dubov dá continuidade ao plano de reconquistar Valentina nas duas semanas que se seguem, mas papai me conta que ele sai de Rolls-Royce todos os dias, algumas vezes de manhã e, outras, de tarde. Quando volta, está invariavelmente alegre e satisfeito, embora às vezes seu ânimo pareça mais abatido.

É Dubov, também, quem sustenta a decisão de meu pai com relação ao divórcio todas as vezes que ele começa a querer voltar atrás, o que acontece com muita frequência.

— Nikolai Alexeevich — diz Dubov —, Vera e Nadia tiveram o privilégio de contar com a sua sabedoria de pai durante o crescimento. Stanislav também precisa conviver com o pai dele. Quanto ao bebê, uma criancinha precisa de um pai jovem. Contente-se com as filhas que você já tem.

— Ei, você também já não é mais tão jovem assim, Volodya Simeonovich — retruca meu pai. Mas Dubov nunca perde a calma.

— Realmente, não sou. Mas sou muito mais jovem que você.

Chega uma carta do advogado de Valentina para a srta. Carter, recusando terminantemente a realização do teste de paternidade, mas concordando em aceitar uma soma muito menor, de cinco mil libras, por um acordo pleno e definitivo.

— O que devo responder? — pergunta meu pai.

— O que devemos responder? — pergunto a Vera.

— O que você sugere? — pergunta Vera à srta. Carter.

— Ofereça duas mil libras — responde a srta. Carter. — É provável que seja essa a quantia que o tribunal vai estipular. Principalmente porque há evidência de adultério *prima facie*.

— Bastante — acrescenta Vera.
— Vou falar com papai — digo.

— Está bem. Se é isso o que vocês querem — concede meu pai. — Estou vendo que todo mundo está contra mim.

— Não seja tão idiota, pai — respondo, sem paciência. — Só quem está contra você é sua própria insensatez. Dê graças a Deus que há pessoas à sua volta para salvá-lo de si mesmo.

— Está bem. Está bem. Concordo com tudo.

— E quando você estiver na audiência, nada dessa bobagem de "eu sou o pai do bebê". Sem teste de paternidade, nada de "pai do bebê", entendeu?

— Entendi — resmunga ele. — Nadia, você está se tornando um monstro igual à Vera.

— Ora, cale essa boca, papai. — E bato o telefone.

Falta apenas uma semana para a audiência do divórcio, e todo mundo está ficando muito tenso.

28
Óculos estilo aviador com aro dourado

Só falta um dia para a audiência e ainda não recebemos nenhuma resposta do advogado de Valentina sobre a oferta de duas mil libras.

— Acho que vamos ter que enfrentar a audiência e ver o que o tribunal decide.

Há um tremor nervoso na voz refinada de rosa inglesa da srta. Carter ou são meus nervos que estão brincando comigo?

— O que você acha que vai acontecer, Laura?

— É impossível dizer. Qualquer coisa pode acontecer.

* * *

O tempo está bastante ameno para um dia de novembro. A sala do tribunal, de construção baixa e moderna, com janelas altas e lambris de mogno, está banhada por uma luz de inverno cristalina e cortante que faz com que tudo pareça, ao mesmo tempo, penetrante e surreal como em um filme. Carpetes azuis e grossos abafam o som dos passos e das vozes. O ar condicionado está ligeiramente quente e há um cheiro de cera de polimento. Até as plantas nos cachepôs são de um verde exuberante demais para parecer real.

Vera, papai, a srta. Carter e eu estamos sentados em uma pequena área de espera designada para nós do lado de fora da sala do tribunal. Vera está usando um *tailleur* de crepe de lã pêssego-claro, com botões de casco de tartaruga, o que pode parecer terrível, mas ela está estonteante. Estou com o casaco e a calça que usei no Tribunal de Imigração. A srta. Carter está vestindo um conjunto preto e uma blusa branca. Papai está com o terno do casamento e a mesma blusa branca, com o segundo botão de cima para baixo costurado com linha preta. O botão de cima está faltando e a gola está fechada graças a uma estranha gravata mostarda.

Estamos terrivelmente nervosos.

Nesse momento, chega um rapaz de peruca e toga. Ele vai atuar como advogado do meu pai nessa instância superior. A srta. Carter o apresenta. Nós apertamos a mão dele, e imediatamente esqueço seu nome. Como será esse jovem que vai desempenhar um papel tão importante em nossa vida? Ele parece anônimo em seu uniforme de tribunal. Seus trejeitos são enérgicos. Ele diz que procurou saber quem é o juiz, e que a reputação dele é "robusta". Ele e a srta. Carter desaparecem em uma sala lateral. Vera, papai e eu permanecemos na área de espera, sozinhos. Vera e eu ficamos olhando para a porta, imaginando quando Valentina vai chegar. Dubov não voltou para casa desde a noite anterior, e houve um momento constrangedor de manhã, quando meu pai quase se recusou a vir a Peterborough. Estamos preocupadas com o efeito que a visão de Valentina terá sobre a resolução dele. Vera não consegue suportar a tensão e dá uma fugida até o lado de fora para fumar um cigarro. Acabo ficando sozinha com papai, segurando sua mão. Ele está estudando um pequeno inseto marrom que sobe com dificuldade pelo caule de uma das plantas.

— Acho que é um tipo de coccinelídeo — diz ele.

Então, a srta. Carter e o outro advogado voltam, e a porteira nos encaminha para dentro da sala do tribunal, no mesmo instante em que um homem alto e magro, com o cabelo grisalho e uns óculos estilo aviador com aro dourado, ocupa a cadeira do juiz. Ainda não há sinal de Valentina nem de seu advogado.

O advogado do meu pai se levanta e explica os motivos do divórcio, os quais não são, até onde vai seu entendimento, passíveis de contestação. Ele relata ao juiz as circunstâncias do casamento, insistindo na diferença de idade das partes e no estado de desolação em que meu pai ficou depois de perder a esposa. Ele menciona uma série de relacionamentos. O juiz, inescrutável por trás dos óculos estilo aviador, anota tudo. O advogado então entra em alguns detalhes a respeito da medida cautelar e do subsequente não cumprimento dela. Meu pai balança a cabeça vigorosamente, e quando o advogado menciona os dois automóveis no jardim, ele grita:

— Isso! Isso! Eu ficava imprensado na cerca!

O advogado tem um jeito agradável de recontar a história do meu pai, colocando-o no papel de herói, bem melhor do que ele próprio faria.

O homem já está falando há quase uma hora quando começa um rebuliço do lado de fora da sala do tribunal. A porta se abre alguns centímetros, a porteira mete a cabeça e diz alguma coisa para o juiz, e o juiz faz que sim. E aí, de supetão, a porta se abre totalmente e Stanislav entra na sala do tribunal.

Ele se arrumou um pouco. Está vestido com o uniforme da escola e o cabelo está molhado e penteado. Carrega uma pasta de papéis que se abre na hora em que ele passa pela porta. Enquanto o garoto tenta juntar os papéis que se espalharam, reconheço as fotocópias das poesias do meu pai e as traduções escritas com letra infantil. Meu pai fica de pé em um pulo e aponta para Stanislav.

— Foi por causa dele! Tudo por causa dele! Porque ela diz que ele é um gênio e tem que ter uma educação Oxford-Cambridge!

— Sente-se, por favor, sr. Mayevskyj! — solicita o juiz.

A srta. Carter lança a ele um olhar suplicante.

O juiz espera Stanislav se recompor e, então, o convida a se aproximar.

— Estou aqui para falar em favor da minha mãe.

O advogado do meu pai se levanta em um pulo, mas o juiz faz um sinal para ele se sentar.

— Vamos deixar o jovem falar. E então, meu jovem, você pode nos dizer por que sua mãe não está representada no tribunal?

— Minha mãe está no hospital — responde Stanislav. — Ela foi ter bebê. O bebê é filho do sr. Mayevskyj. — Ele dá seu sorriso de covinhas e dente quebrado.

— Não! Não! — Vera se ergue de supetão. — Esse bebê não é do meu pai! É fruto de adultério! — Seus olhos estão chispando.

— Por favor, sente-se, senhorita... senhora... — pede o juiz. Seus olhos encontram os de Vera e se demoram por um instante neles.

É o calor do momento ou eu a vejo enrubescer? Então, sem mais uma palavra, ela se senta.

A srta. Carter escreve alguma coisa correndo em um pedaço de papel e passa ao advogado, que imediatamente se aproxima do juiz.

— Houve uma oferta — diz ele — de vinte mil libras, contanto que ficasse provado, por meio de um teste de paternidade, que a criança era dele. Mas a proposta foi recusada. Uma soma menor, não condicionada a um teste de paternidade, foi proposta. Esta foi recusada pelo sr. Mayevskyj.

— Obrigado — diz o juiz. Ele faz algumas anotações. — Pois bem — dirige-se a Stanislav —, você explicou por que sua mãe não está no tribunal, mas não por que ela não está representada no tribunal. Ela não tem um advogado?

Stanislav hesita, murmura algo. O juiz ordena que ele fale alto.

— Houve um desentendimento — explica Stanislav. — Com o advogado. — Ele fica escarlate.

À minha esquerda, alguém tosse alto. A srta. Carter enterra o rosto no lenço.

— Por favor, continue — pede o juiz. — Qual foi o motivo desse desentendimento?

— Dinheiro — sussurra Stanislav. — Minha mãe disse que não era o suficiente. Disse que ele não era um advogado muito inteligente, que eu tinha que vir até aqui e pedir mais ao senhor. — Sua voz está falhando e seus olhos estão marejados. — Nós precisamos de dinheiro, senhor, para o bebê, sabe? Para o bebê do sr. Mayevskyj. E não temos onde morar. Precisamos voltar para casa.

Ahá! Um silêncio de respirações suspensas toma conta do tribunal. Os olhos da srta. Carter estão fechados como se ela estivesse rezando. Vera está puxando nervosamente um dos botões de casco de tartaruga. Até papai está paralisado. Por fim, é o juiz quem fala.

— Obrigado, meu rapaz. Você fez o que sua mãe pediu. Não é fácil para alguém tão jovem falar num tribunal. Muito bem. Agora pode ir, vá se sentar. — Então ele se vira para o restante das pessoas: — Podemos fazer um intervalo de uma hora? Acho que há uma máquina de café no saguão de entrada.

Vera foge para fumar outro cigarro. É proibido fumar no prédio do tribunal, mas, como na maioria dos prédios desse tipo, há uma área nos fundos, coberta de baganas de cigarro, onde os fumantes têm licença extraoficial para se congregar. Meu pai recusa o café e pede suco de maçã. No prédio do tribunal não há suco de maçã, então saio para ver se consigo encontrar algum em lojas por perto.

Há uma banca de jornal mais adiante na rua, e estou me dirigindo para lá quando avisto Stanislav desaparecendo em uma esquina. Ele parece estar com muita pressa. Sem ter a mínima ideia de por que estou fazendo isso, passo direto pela banca e vou até a esquina para ver aonde ele vai. Stanislav está quase no fim da rua. Ele atravessa, dobra à esquerda e passa pelo jardim da igreja. Eu o sigo. Agora tenho que correr para não o perder de vista. Quando chego ao lugar onde ele estava, vejo um atalho estreito que contorna os fundos de algumas lojas e desemboca em um aglomerado de casas geminadas pobres. É uma parte da cidade que não conheço. Stanislav não está em nenhum lugar à vista. Paro e olho à minha volta, me sentindo uma idiota. Será que ele percebeu que eu o estava seguindo?

Então me dou conta de que o intervalo está quase esgotado. Volto depressa, parando na banca de jornal para comprar uma caixa de suco de maçã com canudo. Pego um atalho pelo estacionamento e me aproximo do tribunal pela parte de trás. É onde fica o depósito de latas de lixo e a escada de incêndio de metal que sobe pela parede posterior. No nível do primeiro andar, à esquerda, avisto Vera em seu elegante *tailleur* pêssego, encostada na grade, soltando baforadas. Há alguém ao lado dela, um homem alto, de terno, apagando discretamente um cigarro com o pé. Quando chego mais perto, vejo que é o juiz.

A srta. Carter está esperando lá dentro com meu pai. Ele passou quase o intervalo inteiro no banheiro, e agora está muito agitado, indo da esperança ("O juiz vai dar duas mil libras para ela, e vou ficar em paz, só com as lembranças para me confortar") ao desespero ("Vou ter que vender tudo e ir morar num lar de idosos"). A srta. Carter faz o possível para acalmá-lo. Ele fica mais tranquilo quando entrego a caixa de suco de maçã. Fura a vedação de papel laminado com a extremidade pontuda do canudo e começa a sugar vorazmente. Então, Vera retorna e se senta ao lado dele.

— Psiu! — diz ela, querendo que papai diminua o barulho que faz ao sorver o suco. Ele a ignora.

De repente, no último minuto, Stanislav chega correndo, totalmente sem fôlego e coberto de suor. Aonde terá ido?

A porteira abre a sala do tribunal, e todos são convidados a entrar. Pouco tempo depois, o juiz volta. A tensão é insuportável. O juiz toma seu lugar, pigarreia e saúda nosso retorno. Em seguida, comunica sua decisão. Ele fala por cerca de dez minutos, enunciando as palavras cuidadosamente, fazendo pausas quando diz "peticionário", "sentença", "petição" e "reparação". As sobrancelhas do advogado se erguem um pouco. Tenho a impressão de ter notado um movimento no canto dos lábios da srta. Carter. Os outros olham e nada expressam — nem mesmo a sra. Expert-em-divórcio. Não conseguimos entender uma palavra do que ele está dizendo.

Ele termina de falar, e a sala do tribunal está em silêncio. Ficamos sentados, como que encantados, como se a longa ladainha das palavras incompreensíveis tivesse lançado um feitiço sobre o recinto. O sol baixo emite um raio oblíquo de luz pela janela alta que reflete na armação dourada dos óculos estilo aviador do juiz e no grisalho de seu cabelo, fazendo-o resplandecer como um anjo. Então, o encanto do silêncio é quebrado por um som borbulhante. É papai, sorvendo os últimos resquícios do suco de maçã com o canudo.

É imaginação minha ou o rosto inescrutável do juiz registra um breve sorriso? Então ele se levanta (todos nós nos levantamos) e caminha em silêncio pelo carpete azul com seus sapatos pretos reluzentes esmagadores de cigarros até cruzar a sala e sair.

★ ★ ★

— E então, o que foi que ele disse?

Nós nos reunimos em volta da srta. Carter no saguão, bebendo café da máquina em copos descartáveis, embora cafeína seja a última coisa de que precisamos.

— Bem, ele concedeu o divórcio ao sr. Mayevskyj, que foi o que nós solicitamos — diz a srta. Carter, com um enorme sorriso. Ela tirou o terninho preto e há marcas de suor nas axilas de sua blusa.

— E o dinheiro? — pergunta Vera.

— Ele não deu nada, já que nada foi pedido.

— Você quer dizer...

— Normalmente, um acordo financeiro é realizado ao mesmo tempo que o divórcio, mas, uma vez que Valentina não estava representada, nenhuma reivindicação foi feita em seu favor. — Ela está se controlando para manter o rosto impassível.

— Mas e Stanislav? — Ainda não estou totalmente tranquila.

— Foi uma boa tentativa. Mas era necessário fazê-la formalmente, com a devida representação. Acho que é isso que Paul está explicando para Stanislav.

O jovem advogado, já sem peruca e toga, está sentado em um canto, junto a Stanislav, com o braço sobre o ombro do garoto. Stanislav está chorando sem parar.

Meu pai acompanha a discussão com ansiedade, e agora bate palmas de satisfação.

— Não ganhou nada! Ha-ha-ha! Cobiçosa demais! Não ganhou nada! A justiça inglesa é a melhor do mundo!

— Mas... — A srta. Carter levanta o dedo em advertência. — Ela ainda pode fazer uma petição ao tribunal para sua manutenção. Embora, nas atuais circunstâncias, o mais usual seja dirigir a solicitação ao pai da criança. Se ela souber quem é. E se... e se... — Não dá mais para ela segurar o riso. Nós esperamos. Ela se controla. — Se ela conseguir algum advogado que queira representá-la!

— Como assim? — pergunta a sra. Expert-em-divórcios. — Com certeza ela tem um advogado.

— Então — explica a srta. Carter —, eu não devia contar isso para vocês, mas, numa cidade do tamanho de Peterborough, todo mundo do ramo do direito se conhece. — Ela faz uma pausa e ri. — E agora todos sabem quem é Valentina. Ela praticamente já passou por todos os profissionais da cidade. Todos perderam a paciência com ela e com suas exigências ridículas. Ela não aceitava conselho de ninguém. Enfiou na cabeça que tinha direito à metade da casa e não escutava quem lhe dissesse o contrário. E aí, insistiu em obter assistência legal para lutar por isso no tribunal. Tão arrogante, desfilando com seu casaco de pele e seus modos de vendedora de peixe, exigindo isso e aquilo... e tudo com assistência legal. As regras são bastante rígidas, vocês sabem. Alguns escritórios deram continuidade àquilo por algum tempo, enquanto estavam recebendo os honorários. Mas, se eles não faziam o que ela queria, eram demitidos. É o que deve ter acontecido quando nós oferecemos as duas mil libras. Aposto que o advogado dela a aconselhou a aceitar. — Ela olha para mim. — E é o que eu faria no lugar dela.

— Mas o juiz não tinha como saber disso.

— Acho que ele deduziu — diz a srta. Carter, rindo convulsivamente. — Ele não é nenhum bobo.

— Robusto! — murmura Vera, com um olhar distante.

★ ★ ★

Depois das emoções do tribunal, a casa parece fria e tristonha quando voltamos. Não há comida na geladeira e o aquecimento central está desligado. Panelas, xícaras e pratos sujos estão empilhados na pia e sobre a mesa mais xícaras e pratos que nem ao menos foram levados para a pia. Nenhum sinal de Dubov.

Nosso pai perde o ânimo assim que passa pela porta.

— Ele não pode ficar sozinho — murmuro para Vera. — Será que você pode passar a noite aqui com ele? Não posso perder outro dia de trabalho.

— Acho que sim. — Ela suspira.

— Obrigada, minha irmã.

— Tudo bem.

Nosso pai protesta um pouco quando fica sabendo do que combinamos, mas, ao que tudo indica, ele também percebe que as coisas precisam mudar. Enquanto Vera sai para fazer compras, me acomodo com ele no quarto da frente.

— Papai, vou procurar me informar a respeito de condomínios para pessoas idosas. Você não pode ficar morando aqui sozinho.

— Não, não. De jeito nenhum. Nem condomínio, nem asilo.

— Papai, esta casa é muito grande pra você. Você não consegue limpar tudo. Não tem como pagar pelo aquecimento dela. Num condomínio, vai ter um apartamento pequeno e bom só pra você. Com um supervisor-geral pra cuidar de você.

— Supervisor! — Ele ergue as mãos em um gesto dramático. — Nadia, hoje, no tribunal, o juiz inglês disse que eu posso morar na minha casa. Agora você diz que eu não posso morar aqui. Será que eu vou ter que ir ao tribunal novamente?

— Não seja bobo, papai. Escute — digo, colocando a mão sobre a dele —, é melhor se mudar agora, enquanto você ainda pode ter seu próprio apartamento, com sua própria porta, que você pode trancar com sua própria chave, de modo que você pode fazer o que bem entender lá dentro. E com sua própria cozinha, onde pode cozinhar o que gosta. E seu próprio quarto, onde ninguém pode entrar. E seu banheiro privativo com lavatório, no quarto.

— Hum.

— Nós vendemos esta casa pra uma família simpática, colocamos o dinheiro no banco, e os rendimentos serão suficientes pra pagar o aluguel.

— Hum.

Posso ver sua expressão mudando à medida que falo.

— Onde você prefere ficar? Você gostaria de morar aqui, próximo de Peterborough, pra ficar perto dos seus amigos e do Clube Ucraniano?

Ele não se mostra interessado. Era minha mãe quem tinha amigos. Ele tinha Grandes Ideias.

— Ou gostaria de se mudar pra Cambridge, e ficar perto de mim e do Mike?

Silêncio.

— Está bem, vou procurar em Cambridge, pra você ficar perto de mim e do Mike. Assim, a gente pode ir visitar você mais vezes.

— Hum. Está bem.

Ele se acomoda na poltrona, de frente para a janela, com a cabeça inclinada para trás, repousada em uma almofada, e fica em silêncio, olhando as sombras caírem sobre os campos. O sol já se pôs, mas não fecho as cortinas. O crepúsculo entra aos poucos no cômodo.

29
A última ceia

Mike está fora quando chego, mas Anna está em casa. Ouço do corredor sua voz alegre conversando ao telefone, dando risadas altas, e meu coração se enche de amor. Tenho sido cuidadosa para não falar muito com ela sobre papai, Valentina e Vera, e, quando os cito, tenho minimizado nossas desarmonias. Quero protegê-la, como meus pais me protegeram. Por que a sobrecarregar com todo esse fardo velho e triste?

Chuto os sapatos para longe, preparo uma xícara de chá para mim, coloco uma música e me estico no sofá com uma pilha de papéis. Hora de botar a leitura um pouco em dia. Ouço uma batida na porta: é Anna.

— Mãe, posso interromper um minutinho?
— Pode, sim. O que é?

Ela está usando uma calça jeans apertada e um top que mal cobre a região do busto. (Por que ela se veste assim? Não sabe como os homens são?)

— Mãe, quero falar com você. — Seu tom de voz é sério.

Meu coração acelera. Será que fiquei tão envolvida com o drama do meu pai que negligenciei minha própria filha?

— Sou toda ouvidos.
— Mãe. — Ela se acomoda na ponta do sofá, junto aos meus pés. — Estive conversando com Alice e Alexandra. Nós saímos para almoçar na semana passada. Era com Alice que eu estava falando ao telefone agora, de novo.

Alice, a filha mais nova de Vera, é alguns anos mais velha que Anna. Elas nunca foram muito chegadas. Isso é novo. Sinto uma pontada de inquietação.

— Ah, isso é muito bom, querida. E sobre o que vocês conversaram?

— Conversamos sobre você e a tia Vera. — Ela faz uma pausa, me vendo arregalar os olhos de pretensa surpresa. — Mãe, a gente acha uma bobagem esse seu desentendimento com ela.

— Que desentendimento, meu bem?

— *Você* sabe. Sobre o dinheiro. Sobre o testamento da vovó.

— Ah — rio —, por que vocês estavam conversando sobre isso? — (Como ousaram? Quem contou a elas? Foi Vera quem abriu o bico, com certeza.)

— A gente acha mesmo que isso é uma bobagem. A gente está pouco se importando com esse dinheiro. Pra gente, tanto faz quem vai ficar com ele. O que *nós* queremos é estar juntas como uma família normal. Alice, Lexy e eu nos aproximamos de uns tempos pra cá.

— Meu bem, as coisas não são tão simples assim... — (Será que ela não percebe que o dinheiro é o que nos separa da fome?) — E não é só o dinheiro... — (Será que ela não se dá conta de como o tempo e a memória eternizam tudo? Será que ela não sabe que uma vez tendo sido contada de uma maneira, a história não pode mais ser contada de outra? Será que ela não percebe que certas coisas precisam ser acobertadas e enterradas, para que a vergonha delas não manche a próxima geração? Não, ela é jovem, e, para ela, tudo é possível.) — Mas acho que vale a pena tentar. E Vera? Não é melhor alguém falar com Vera?

— Alice vai conversar com ela amanhã. E então, mãe, o que você acha?

— Tudo bem. — Estendo os braços para abraçá-la. (Como está magrinha!) — Vou fazer o possível. Você precisa comer mais.

Ela tem razão. É uma bobagem.

★ ★ ★

Há lista de espera em todos os condomínios para idosos nas redondezas de Cambridge, mas, antes que eu consiga sair para visitá-los, recebo outro telefonema.

— Dubov está de volta. Valentina está de volta com o bebê. Stanislav está de volta. — A voz do papai parece animada. Ou talvez agitada. Não tenho certeza.

— Pai, eles não podem ficar todos aí. É ridículo. De qualquer forma, achei que você tinha concordado em pensar sobre o condomínio para idosos.

— Sim, tudo bem. Isso é só algo temporário.

— Temporário por quanto tempo?

— Poucos dias. Poucas semanas. — Ele tosse e fala, atabalhoado: — Até a hora de ir embora.

— Ir embora pra onde? Quando?

— Por favor, Nadia, por que você faz tantas perguntas? Já falei, está tudo bem.

Depois que ele desliga, me dou conta de que esqueci de perguntar se o bebê é menino ou menina e se ele sabe quem é o pai. Podia ligar de novo, mas sei de antemão que o melhor é ir lá, ver com meus próprios olhos, respirar o mesmo ar, para satisfazer a minha... o quê? Curiosidade? Não, isso é uma avidez, uma obsessão. No sábado seguinte, parto pela manhã, cheia de expectativas.

★ ★ ★

Quando chego, o Lada está estacionado na rua. A lata-velha e o Rolls-Royce estão no jardim da frente, e Dubov está lá, mexendo em algumas barras de metal.

— Ah, Nadia Nikolaieva! — Ele me dá um abraço apertado. — Você veio ver o bebê? Valya! Valya! Venha ver quem está aqui!

Valentina aparece à porta, ainda de camisola e com chinelos felpudos de salto alto. Não posso afirmar que ela pareça feliz em me ver, mas me convida para entrar.

No quarto da frente, há um berço de madeira pintado de branco e, dentro dele, um bebê pequenino, dormindo profundamente. Os olhos estão fechados, e não dá para saber de que cor são. Os braços estão por cima da coberta, mãos fechadas em punhos muito pequenos, ao lado das bochechas, com os polegares para fora e unhas brilhando como diminutas conchas cor-de-rosa. A boca, aberta e sem dentes, inspira e expira e faz um sonzinho de sucção enquanto dorme, e a pele sedosa da moleira sobe e desce no ritmo da respiração.

— Ah, Valentina, como ele é bonito! Ele... ela... é menino ou menina?

— É uma menina.

E então noto que a coberta da bebê é toda bordada com rosas miúdas e as mangas do casaquinho são rosa-bebê.

— Ela é linda!

— Eu também acho. — Valentina irradia orgulho, como se a beleza do bebê fosse uma realização pessoal.

— Você já decidiu qual vai ser o nome dela?

— O nome é Margaritka. É o nome da minha amiga Margaritka Zadchuk.

— Ah, que amor! — (Coitada da criança!)

Ela aponta para uma pilha de roupas cor-de-rosa de bebê, cheias de fitas, ao lado do berço, habilmente tricotadas com fio macio de poliéster.

— Ela quem fez.

— Que maravilha!

— E também é o nome da presidenta mais famosa da Inglaterra.

— Como?

— A sra. *Tatsher*.

— Ah.

A bebê se espreguiça, abre os olhos, nos vê ali de pé olhando para o berço, e seu rosto se enruga entre o choro e o riso. "Gu-gu", balbucia ela, e um fio de líquido esbranquiçado escorre do canto de sua boca. "Gu-gu". E aparecem covinhas em suas bochechas.

— Ah!

Ela é linda. Ela terá uma vida própria. Nada que aconteceu antes é culpa dela.

Papai deve ter me escutado chegando, porque agora ele entra no quarto sorrindo.

— Que bom que você pôde vir, Nadia.

Nós nos abraçamos.

— Você está com uma aparência ótima, papai. — É verdade, ele engordou um pouco e está vestindo uma camisa limpa. — Mike mandou um abraço. Infelizmente não deu pra ele vir.

Valentina o ignorou quando ele entrou e saiu do quarto, girando os chinelos de salto sem dizer uma única palavra. Fecho a porta e vou cochichar com papai.

— E então, o que você está achando do bebê?

— É uma menina — cochicha ele de volta.

— Eu sei. Ela não é linda? Você já descobriu quem é o pai?

Papai dá uma piscadela e faz uma cara travessa.

— Eu é que não sou. Ha-ha-ha.

De um dos quartos de cima, vem um som ritmado de heavy metal. O gosto musical de Stanislav obviamente amadureceu e não é mais Boyzone. Papai olha para mim e leva as mãos aos ouvidos com uma careta.

— Música degenerada.

— Lembra, papai, como você não me deixava ouvir jazz quando eu era garota? Você dizia que era música degenerada.

De repente, me lembro dele invadindo o porão enfurecido e desligando a eletricidade na chave geral. E de como minhas amigas adolescentes e descoladas se divertiram com aquilo.

— Sim. — Ele balança a cabeça. — E com certeza era mesmo.

Nada de jazz. Nada de maquiagem. Nada de namorado. Não admira que eu tenha ficado rebelde assim que pude.

— Você era um pai terrível, papai. Um tirano.

Ele pigarreia.

— Às vezes, a tirania é melhor que a anarquia.

— E por que tem que haver uma das duas? Por que não pode haver negociação e democracia? — De repente, a conversa se tornou séria demais. — Quer que eu peça a Stanislav para abaixar o som?

— Não, não. Não tem importância. Amanhã eles vão embora.
— Verdade? Vão amanhã? Pra onde eles vão?
— Vão voltar para a Ucrânia. Dubov está fazendo um bagageiro para o teto do carro.

Escutamos o ronco do motor de um carro no jardim da frente. É o Rolls-Royce ganhando vida. Nós vamos até a janela olhar. Lá está o carro branco palpitando, e um bagageiro robusto, feito em casa, realmente foi fixado nele, cobrindo toda a sua extensão. O capô está aberto, e Dubov está mexendo no motor para fazê-lo funcionar, alternadamente, depressa e devagar.

— Boa regulagem — explica papai.
— Mas será que o Rolls-Royce vai conseguir chegar à Ucrânia?
— Sim. Por que não?

Dubov olha para cima, nos vê na janela e acena. Nós acenamos de volta.

★ ★ ★

Nesta noite, somos seis ao redor da mesa de jantar no quarto-sala-de-jantar: papai, Dubov, Valentina, Stanislav, Margaritka e eu.

Valentina prepara cinco porções congeladas de bife com molho de cebola e serve com ervilhas congeladas e batatas ao forno. Ela trocou a camisola, mas está usando os mesmos chinelos felpudos de salto alto, com uma calça elástica que tem presilhas sob os saltos, para ficar bem esticada no bumbum (espera só até eu contar para Vera!), e uma blusa polo de gola rulê bem justa, azul-pastel. Ela está de muito bom humor e distribui sorrisos para todos, menos para meu pai, cujos bifes são despejados no prato com um pouco mais de força que o necessário.

Papai está sentado na cabeceira, cortando tudo meticulosamente em pequenos pedaços e examinando-os de perto antes de colocar na boca. A pele da ervilha irrita sua garganta, e ele começa a tossir. Stanislav está a seu lado, comendo em silêncio com a cabeça baixada sobre o prato. Sinto pena dele, pela humilhação que passou no tribunal, e tento começar uma conversa, mas ele dá respostas monossilábicas e evita meu olhar. Lady Di e a namorada, no curto espaço de tempo da visita da antiga dona, desaprenderam todo o treinamento cuidadoso que tiveram e estão espreitando em volta da mesa, miando por pedaços de comida. Todo mundo cede, principalmente meu pai, que dá para eles a maior parte do seu jantar.

Dubov está sentado à outra ponta da mesa, embalando com cuidado a bebezinha nos braços, alimentando-a com uma mamadeira de leite. Os seios de Valentina só servem, evidentemente, para exibição.

★ ★ ★

Depois da ceia, lavo a louça enquanto Valentina e Stanislav sobem para continuar a arrumar as malas. Papai e Dubov se retiram para o quarto da frente e, depois de alguns minutos, me junto a eles. Encontro-os examinando alguns papéis nos quais estão desenhando algo técnico — um carro ao lado de uma coluna e umas linhas retas ligando os dois. Eles põem de lado os papéis e papai vai buscar o manuscrito de sua obra-prima, acomodando-se na poltrona com os óculos de leitura emendados com fita adesiva sobre o nariz. Dubov senta-se de frente para ele, no sofá, ainda ninando a neném nos braços. Ele abre espaço para que eu me sente a seu lado.

> *Toda tecnologia para benefício da raça humana deve ser usada apropriadamente e com respeito. Em nenhuma situação isso é mais verdadeiro que no caso do trator.*

Ele lê com facilidade em ucraniano, parando de tempos em tempos para dar um efeito dramático, a mão esquerda erguida no ar como a batuta de um maestro.

> *Porque o trator, a despeito da promessa inicial de liberar a humanidade de uma tarefa extenuante, também nos levou à beira da ruína, por falta de cuidado e uso excessivo. Isso aconteceu ao longo de toda a história, mas o exemplo mais impressionante ocorreu nos Estados Unidos, nos anos 1920.*

Eu disse que foi o trator que abriu as pradarias do Oeste. Mas os que seguiram os pioneiros não se satisfizeram com isso. Eles acreditaram que, se o uso de tratores tornou a terra produtiva, um uso maior dos tratores faria a terra ainda mais produtiva. Tragicamente, não foi o que sucedeu.

O trator deve sempre ser usado como um auxílio para a natureza, e não como um guia da natureza. O trator deve trabalhar em harmonia com o clima, com a fertilidade da terra e com o espírito humilde dos fazendeiros. Se não for assim, ele provocará desastres, e foi isso o que aconteceu no Centro-Oeste.

Os novos fazendeiros do Oeste não estudaram o clima. Verdade, eles reclamaram da falta de chuvas e dos ventos fortes, mas não deram atenção aos avisos. Eles araram e araram, pois quanto mais arassem, acreditavam, mais lucro teriam. Os ventos chegaram e carregaram toda a terra que eles haviam arado.

O Dust Bowl, série de tempestades de poeira nos anos 1920, e a extrema privação que veio a partir dele levaram, em última instância, ao caos econômico que culminou com o colapso da bolsa de valores dos EUA, em 1929.

Mas ainda se poderia acrescentar que a instabilidade e o empobrecimento que se espalharam por todo o mundo constituíram também fatores por trás da ascensão do fascismo na Alemanha e do comunismo na Rússia, duas ideologias cujo embate quase levou a raça humana à destruição.

Assim, eu o deixo com este pensamento, caro leitor: use a tecnologia que o engenheiro desenvolveu, mas use-a com um espírito humilde e questionador. Nunca permita que a tecnologia seja seu senhor e nunca a use para obter domínio sobre os outros.

Ele para com um floreio e olha para a audiência, buscando aprovação.

— Bravo, Nikolai Alexeevich! — grita Dubov, impressionado.

— Bravo, papai! — grito.

— Gu-gu! — grita a neném Margaritka.

Então, meu pai reúne todas as folhas de seu manuscrito, que estão espalhadas pelo assoalho, embrulha-as em um pedaço de papel pardo e amarra com barbante. Ele entrega o embrulho para Dubov.

— Por favor, Volodya Simeonovich, leve com você para a Ucrânia. Talvez alguém queira publicar isso por lá.

— Não, não — responde Dubov —, não posso levar, Nikolai Alexeevich. É o trabalho da sua vida.

— Bobagem! — responde meu pai, com um modesto dar de ombros. — Agora está finalizado. Leve-o, por favor. Tenho outro livro para escrever.

30
Duas viagens

Acordo e me levanto cedo, com torcicolo. Ontem à noite, as opções eram dividir o beliche com Stanislav ou dormir no sofá de dois lugares, e eu escolhi a última. O dia ainda não clareou totalmente lá fora, e o céu está cinza-azulado e cheio de nuvens.

Mas a casa já está cheia de vida. Papai está cantando no banheiro. Valentina, Stanislav e Dubov estão apressados, colocando as bagagens no carro. Preparo uma xícara de chá e vou olhar pela janela.

A capacidade do Rolls-Royce é espantosa.

Entram dois sacos de lixo enormes cheios de conteúdo indeterminado, que Valentina acomoda na mala com um empurrão. Entra a coleção de CDs de Stanislav em duas caixas de papelão e o toca-CDs, imprensado entre dois pacotes gigantes de fraldas descartáveis, embaixo do banco de trás. Entram duas malas e a pequena mochila verde de Dubov. Entram uma televisão (de onde veio?) e uma frigideira funda (idem). Entra uma caixa de papelão cheia de comida congelada e uma outra de cavalinhas em lata. Entra a pequena fotocopiadora portátil. Entra o Hoover azul de gente civilizada (que, papai me conta mais tarde, ele e Dubov adaptaram para aceitar sacos de lixo comuns) e a panela de pressão da minha mãe (como ousa!). Agora a mala está cheia — *bam!*, a porta bate com força —, e eles começam a carregar o bagageiro. Sai o berço de madeira pintada do bebê, que foi desarmado e amarrado com corda. Sai — *um, dois, três... upa!* — uma enorme mala de fibra de vidro, do tamanho de um pequeno guarda-roupa. Sai (não é possível!) o fogão marrom, não elétrico, que não é de fazer comida camponesa; Stanislav e Dubov lutam sob seu peso, carregando-o pelo jardim — "Dobre os joelhos, Stanislav! Dobre os joelhos!" —, mas como vão levantá-lo até o teto do carro?

Dubov construiu uma espécie de guindaste com uma corda grossa e algumas lonas resistentes. Ele pendurou a corda em um galho forte do freixo, na rua em frente de casa, e a puxou de modo que ficasse presa em uma forquilha. Ele e Stanislav colocam o fogão, de lado, sobre o suporte de lona. Então, Valentina entra no Lada e Dubov a orienta a se posicionar na frente do fogão, e a outra extremidade da corda é presa no para-choque. À medida que ela vai se deslocando para a frente — "Devagar, Valenka, devagar!" —, o fogão sobe no ar, balança, fica suspenso, controlado por Dubov, até que ele faz um sinal para ela parar. O Lada solta um pouco de fumaça, o motor está falhando, mas o freio de mão segura. Agora o Rolls-Royce é trazido para perto (Stanislav está na direção!) e posicionado exatamente abaixo do fogão oscilante no seu suporte. Papai sai para o jardim da frente e ajuda Dubov a dar as instruções, balançando os braços freneticamente — "Um pouco para a frente! Um pouco para trás! Para!".

Dubov faz sinal para Valentina.

— Para trás agora, Valenka. Devagarinho! Devagarinho. PARA!

O controle de embreagem de Valentina não é excelente, e o fogão aterrissa com certo impacto, mas o Rolls-Royce e o bagageiro de Dubov conseguem ampará-lo.

Todo mundo aplaude, inclusive os vizinhos, que foram até a rua para assistir. Valentina desce do Lada, vai saltitando até Dubov com os chinelos de salto alto (não admira sua falta de controle de embreagem) e dá uma beijoca na bochecha dele — *"Holubchik!"*. Stanislav aperta a buzina do Rolls-Royce — o som dela é grave e sofisticado — e todo mundo aplaude mais uma vez.

Então, a lona é colocada por cima de tudo que está no bagageiro e amarrada com uma corda, e é isso. Eles estão prontos para partir. O casaco de pele de Valentina é estendido no banco de trás, e sobre ele, enrolada em camadas de cobertas, é colocada a neném Margaritka. Todo mundo troca abraços e beijos, menos papai e Valentina, que dão um jeito de se evitar sem fazer cena. Dubov se senta no banco do motorista. Stanislav vai na frente, ao lado dele. Valentina se senta atrás, ao lado da bebê. O motor do Rolls-Royce ronrona como um gato gigante. Dubov engata a marcha. E eles saem. Papai e eu vamos para o meio da rua dar adeus, e eles desaparecem em uma curva, fora da nossa visão.

* * *

Será que isso é realmente o final?

Há ainda algumas pontas soltas a serem amarradas. Felizmente, Valentina deixou a chave do Lada no carro, então vou buscá-lo para guardar dentro da garagem. No porta-luvas estão os papéis do Lada e também (surpresa!) os papéis e a chave da lata-velha. Eles não vão ser de muita serventia para meu pai, pois sua carteira expirou anos atrás, e a dra. Figges se recusa a assinar um formulário autorizando a renovação.

Na cozinha, o fogão elétrico da mamãe foi reinstalado no lugar do de gás e parece estar funcionando, até mesmo o *timer* que estava quebrado. Há alguma limpeza a ser feita, mas não na mesma escala da que foi feita da última vez. No quarto de Stanislav, encontro um tênis fedido debaixo da cama e nada mais. No quarto da frente, há algumas roupas velhas, muitos papéis de embrulho, caixas vazias e chumaços de algodão usados para limpar maquiagem. Uma das caixas está cheia de papéis. Dou uma conferida — são os mesmos que uma vez enfiei no freezer. Entre eles, vejo a certidão e as fotos do casamento. Ela não vai precisar disso lá para onde está indo. Devo jogar tudo fora? Não, ainda não.

— Você está se sentindo triste, papai?

— Da primeira vez que Valentina foi embora, fiquei triste. Desta vez, não estou tão triste. Ela é uma mulher bonita, mas talvez eu não a fizesse feliz. Quem sabe ela não vai ser mais feliz com Dubov? Ele é um bom sujeito. Talvez ele fique rico na Ucrânia.

— É mesmo? Como?

— Ahá! Dei minha décima sétima patente de presente para ele!

Ele me leva até a sala de estar e vai buscar um arquivo com papéis. São desenhos técnicos, traçados e detalhados com precisão, cheios de anotações matemáticas hieroglíficas, feitos pelas mãos do meu pai.

— Eu requeri dezesseis patentes durante a minha vida. Todas de utilidade. Nenhuma me deu dinheiro. A última é a décima sétima, mas não tenho tempo para registrar.

— Para que serve?

— Barra de ferramentas para trator. Para que um trator possa ser usado com diferentes ferramentas: arado, grade, pulverizador... tudo facilmente intercambiável. Óbvio que alguma coisa parecida já existe, mas esse projeto é superior. Eu o mostrei para Dubov. Ele entendeu como pode ser usado. Talvez isso signifique o renascimento da indústria do trator na Ucrânia.

Geniais ou malucos? Não faço ideia.

— Vamos tomar um chá.

★ ★ ★

À noite, depois da ceia, meu pai estende um mapa na mesa da sala de jantar e se debruça sobre ele, apontando com o dedo.

— Olhe. Aqui. — Ele mostra. — Eles já estão atravessando de Felixstowe para Hamburgo. Depois vão de Hamburgo para Berlim. Entram na Polônia em Guben. Depois, Wrocław, Cracóvia, e atravessam a fronteira em Przemyśl. Ucrânia. Em casa.

Ele fica muito quieto.

Observo o mapa. Ziguezagueando sobre a rota que ele traçou com o dedo, está marcada uma outra rota a lápis. Hamburgo a Kiel. Então, de Kiel a linha desce para o sul e chega à Baviera. Depois, sobe novamente e entra na República Tcheca. Brno. Ostrava. Cruza para a Polônia. Cracóvia. Przemyśl. Ucrânia.

— Papai, o que é isso?

— Essa é a nossa viagem. Da Ucrânia para a Inglaterra. Ele percorre a linha ao contrário. — A mesma viagem em outra direção.

— Sua voz sai com dificuldade, rouca. — Veja, aqui ao sul, perto de Stuttgart, fica Zindelfingen. Ludmilla trabalhou na montadora da Daimler-Benz. Ludmilla e Vera ficaram aqui por quase um ano. Em 1943.

— O que elas estavam fazendo lá?

— O trabalho da Milla era colocar a bomba de combustível no motor da aeronave. Motor de primeira linha, mas um pouco pesado no ar. Relação sustentação-arrasto fraca. Manobrabilidade fraca, embora alguns desenvolvimentos novos e interessantes no desenho da asa fossem apenas...

— Sim, sim — interrompo. — A aeronave não importa. Quero que me conte o que aconteceu na guerra.

— O que aconteceu na guerra? Muita gente morreu, foi isso que aconteceu. — Ele me encara, obstinado, com a cara fechada. — Os mais bravos foram os primeiros a perecer. Os que acreditavam em alguma coisa morreram por suas crenças. Os que sobreviveram... — Ele começa a tossir. — Você sabia que vinte milhões de cidadãos soviéticos morreram nessa guerra?

— Eu sei. — E o número é tão grande que não dá para assimilar. Naquele oceano incomensurável de lágrimas e sangue, onde estão as marcas, as referências da família? — Mas não conheço esses vinte milhões, papai. Fale de você, mamãe e Vera. O que aconteceu com vocês depois disso?

Seus dedos se deslocam ao longo da linha a lápis.

— Aqui, perto de Kiel, fica Drachensee. Fiquei por um tempo nesse campo. Construindo caldeiras para navios. Ludmilla e Vera vieram para cá perto do fim da guerra.

Drachensee: no mapa, situa-se ali, sem a mínima vergonha, um ponto preto com linhas vermelhas de estradas saindo dele, como se fosse um outro lugar qualquer.

— Vera me falou de um Bloco de Correção.

— Ah, esse foi um episódio infeliz. Inteiramente causado pelo cigarro. Eu já tinha falado a você, acho, que eu devo minha vida ao cigarro. Não foi? Mas não contei que também quase perdi a vida por causa do cigarro. Foi por causa de uma história da Vera envolvendo cigarros. Sorte que a guerra acabou. Os britânicos chegaram bem a tempo e nos resgataram do Bloco de Correção. Se não fossem eles, com certeza não teríamos sobrevivido.

— Por quê? O que...? Quanto tempo...?

Ele tosse por um momento, evitando meu olhar.

— Sorte também que, na hora da libertação, nós estávamos na zona britânica. Outra sorte foi o local onde Ludmilla nasceu, Novaya Aleksandria.

— Por que foi uma sorte?

— Foi sorte porque a Galícia já tinha feito parte da Polônia, e os poloneses tinham permissão para ficar no lado ocidental. Segundo o acordo Churchill-Stalin, os poloneses podiam ficar na Inglaterra e os ucranianos eram mandados de volta. A maioria foi enviada para a Sibéria e morreu. Sorte que Millochka ainda tinha uma certidão de nascimento que mostrava que ela havia nascido na antiga Polônia. Sorte que eu tinha uns documentos de trabalho alemães. Diziam que eu era de Dashev. Os alemães mudaram a escrita cirílica para a romana. Dashev, Daszewo. Os nomes soam como se fossem o mesmo, mas Daszewo é na Polônia e Dashev é na Ucrânia. Ha-ha-ha. Sorte que o oficial da Imigração acreditou. Foi muita sorte em muito pouco tempo! O bastante para uma vida inteira.

Na luz mortiça da lâmpada de 40 watts, as linhas e sombras de seu rosto enrugado são fundas como cicatrizes. Como está velho! Quando eu era jovem, queria que meu pai fosse um herói. Eu tinha vergonha de sua deserção no cemitério, de sua fuga para a Alemanha. Queria que minha mãe fosse uma heroína romântica. Queria que a história deles fosse de bravura e amor. Agora, como adulta, vejo que eles não foram heroicos. Sobreviveram, só isso.

— Sabe, Nadezhda, sobreviver é vencer.

Ele dá uma piscadela e as rugas-cicatrizes nos cantos da boca e dos olhos se intensificam de alegria.

★ ★ ★

Quando meu pai vai dormir, telefono para Vera. É tarde, e ela está cansada, mas preciso falar. Começo pela parte mais fácil.

— O bebê é lindo. É uma menina. Eles a chamaram de Margaritka por causa de Margaret Thatcher.

— Mas você descobriu quem é o pai?

— O pai é Dubov.

— Mas não pode ser ele...

— Não, não o pai biológico. Mas ele é o pai de todas as maneiras que importam.

— Mas você não descobriu quem é o pai verdadeiro?

— O pai verdadeiro *é* Dubov.

— Nadia, você *não* tem jeito mesmo.

Sei o que ela quer dizer, mas depois que presenciei a maneira como Dubov dava a mamadeira à neném, perdi o interesse pela paternidade biológica. Em vez disso, conto para ela sobre as roupinhas de bebê cor-de-rosa com laços, a calça elástica presa nos saltos do chinelo e a última ceia com comida congelada. Descrevo a maneira como eles levantaram o fogão não elétrico para colocá-lo no bagageiro e como todo mundo aplaudiu. Revelo o segredo da décima sétima patente.

— Verdade? — exclama ela, de tempos em tempos, conforme vou contando, e fico pensando o tempo todo se vou ter coragem de perguntar sobre o Bloco de Correção.

— Não consigo parar de pensar em como a bebê é linda. Achei que ia odiá-la. — (Tinha imaginado que, assim que olhasse para dentro do berço, eu saberia quem era o pai, que a origem espúria irradiaria em seu rosto.) — Pensei que ela seria uma versão em miniatura da Valentina, uma gangsterzinha de fraldas. Mas ela é só ela mesma.

— Os bebês mudam tudo, Nadia. — Ouço o som de alguma coisa se arrastando do outro lado da linha e uma inspiração lenta. Vera está acendendo um cigarro. — Me lembro de quando você nasceu.

Não sei o que dizer, então espero que ela complete o comentário com algumas lembranças, mas o que escuto é um longo suspiro enquanto ela exala a fumaça e, depois, o silêncio.

— Vera, conte...

— Não tem nada para contar. Você era um bebê bonito. Agora vamos dormir. Já é tarde.

Ela não me conta, mas eu já descobri.

* * *

Era uma vez uma Bebê da Guerra e uma Bebê dos Tempos de Paz. A Bebê da Guerra nasceu às vésperas do maior conflito de que o mundo teve notícia, em um país já devastado pela fome e sufocado pelo domínio insano de um ditador paranoico. Ela chorava muito, porque a mãe tinha pouco leite para lhe dar. O pai não sabia o que dizer, e não disse muito. Após algum tempo, ele foi embora. Depois, a mãe foi embora também. A menina foi criada por uma tia-avó que a adorava e a quem ela também cresceu amando. Mas, quando a guerra estourou, a cidade industrial onde a tia-avó morava se tornou muito perigosa, então a mãe veio buscá-la e a levou para uma vila, para ficar com os pais de seu pai, onde ela estaria a salvo. Nunca mais ela viu a tia-avó.

Os avós paternos da Bebê da Guerra eram um casal idoso e excêntrico, com ideias rígidas sobre como uma criança devia ser criada. Eles também tomavam conta de outra neta, uma menininha roliça e extrovertida chamada Nadezhda, alguns anos mais velha que a prima, cujos pais moravam em Moscou. Tinha o nome da avó e era a menina dos olhos dela. A Bebê da Guerra era magra e desanimada, quieta como um ratinho. Ela ficava horas junto ao portão, esperando a mãe voltar.

A mãe da Bebê da Guerra dividia seu tempo entre a Bebê da Guerra e o pai da Bebê da Guerra, que morava em uma cidade grande ao sul e raramente vinha visitá-los porque estava envolvido em um Trabalho Importante. As visitas da mãe frequentemente terminavam em brigas com Baba Nadia, e, quando a mãe ia embora, a avó contava para a Bebê da Guerra histórias terríveis sobre bruxas e monstros que comiam crianças malcriadas.

A Bebê da Guerra nunca foi malcriada; na verdade, ela raramente falava alguma coisa. Entretanto, de tempos em tempos, derramava um pouco de leite ou deixava cair um ovo, e então era punida. As punições não eram cruéis, mas eram incomuns. Ela era obrigada a ficar em pé no canto por uma hora, segurando a casca do ovo quebrado, ou um cartaz que dizia "Hoje eu derramei leite". A prima Nadia fazia caretas para ela. A Bebê da Guerra não dizia nada. Ficava em silêncio no canto, segurando as evidências do estrago. Permanecia no canto e olhava.

O pior de tudo era quando a mandavam ao galinheiro buscar ovos, porque eles eram guardados por um galo assustador, de crista vermelha e olhos que soltavam chispas. Quando se esticava, batia as asas e gritava, ele ficava quase do tamanho da Bebê da Guerra. Ele avançava e bicava as pernas dela. Não era de admirar que a menina deixasse os ovos caírem com frequência.

Um dia, os ventos da guerra sopraram a mãe da Bebê da Guerra de volta para a vila: ela voltou e não foi mais embora. À noite, a Bebê da Guerra e a mãe se aconchegavam uma à outra na cama, e a mãe contava histórias sobre o bisavô Ocheretko e seu fabuloso cavalo preto chamado Trovão, sobre o casamento de Baba Sonia na catedral das Cúpulas Douradas e sobre crianças corajosas que matavam bruxas e demônios.

A mãe e Baba Nadia ainda discutiam, mas não tanto quanto antes, porque a mãe saía para trabalhar todos os dias nos *kolkhozes* do lugar, onde seus conhecimentos de veterinária eram muito requisitados, embora ela só tivesse completado três anos de estudos. Ela recebia dinheiro de vez em quando, porém, mais frequentemente, o administrador da fazenda a pagava com ovos, trigo ou legumes. Uma vez, ela costurou a barriga de uma leitoa que tinha sido chifrada por uma vaca, usando linha preta de pregar botão, porque não encontravam fio de sutura cirúrgica em nenhum lugar. A leitoa sobreviveu e, quando ela teve onze leitõezinhos, a mãe ganhou um e levou para casa.

Então chegaram soldados na vila — soldados alemães, depois soldados russos e, depois, soldados alemães novamente. Certa tarde, o relojoeiro da vila e sua família foram levados embora em uma caminhonete alta e sem janelas, e nunca mais ninguém os viu. A filha mais velha, uma menina de 14 anos, bonita e calada, tinha conseguido fugir quando os soldados chegaram, e Baba Nadia a trouxe para casa e a escondeu no galinheiro (o galo assustador já tinha virado ensopado havia muito tempo, e seus pés com esporões, sido transformados na mais deliciosa das canjas). Porque, embora Baba Nadia fosse uma mulher severa, ela sabia o que era certo e o que era errado, e levar gente embora na caminhonete alta e sem janelas era errado. Então, certa noite, alguém colocou fogo no galinheiro. Ninguém sabe quem foi. A filha do relojoeiro e duas galinhas que ainda restavam morreram no incêndio.

Por fim, os ventos da guerra sopraram o pai da Bebê da Guerra para casa também. Um dia muito cedo, quando ainda estava escuro, um homem macilento, com uma ferida horrível e supurada na garganta, bateu à porta. Baba Nadia soltou um grito e implorou misericórdia a Deus. Vovô Mayevskyj foi até a vila e subornou alguém para lhe dar remédios que eram só para os soldados. A mãe ferveu uns trapos e limpou a ferida. Ela ficou na cabeceira dele dia e noite, e mandou a Bebê da Guerra ir lá fora brincar com a prima Nadia. De tempos em tempos, a Bebê da Guerra entrava devagarinho no quarto do pai e a deixavam se sentar na cama. Ele apertava a mão dela, mas não dizia nada. Passadas algumas semanas, ele ficou bom o bastante para se levantar e andar pela casa. E aí, tão misteriosamente como chegou, ele desapareceu.

Logo depois, chegou a hora de a Bebê da Guerra e a mãe também irem embora. Os soldados alemães entraram na vila, pegaram todas as pessoas saudáveis em idade de trabalhar e as puseram em um trem. Eles pegaram a mãe da Bebê da Guerra. Iam deixar a Bebê da Guerra para trás, mas a mãe gritou tanto que a deixaram ir também. Era um vagão de carga sem assentos; todo mundo se apertava sobre uns fardos de palha ou se sentava no chão. A viagem de trem durou nove dias, só com pão velho para comer, pouca água e apenas um balde no canto do vagão para servir de banheiro. Mas havia um clima de animação.

— Vamos para um campo — disse a mãe da Bebê da Guerra — onde estaremos seguras. Vamos trabalhar e ter comida boa para comer. E talvez seu pai esteja lá.

Para decepção da Bebê da Guerra, o campo não era um círculo de tendas com cavalos arreados, como a mãe tinha descrito os acampamentos cossacos, mas um aglomerado de construções de concreto com cercas altas de arame farpado. Ainda assim, a Bebê da Guerra e a mãe tinham uma cama para dividir e comida para comer. Todo dia, a mãe e as outras mulheres eram levadas de caminhão para a fábrica, onde passavam doze horas montando motores de avião. A Bebê da Guerra ficava no campo com as crianças, todas muito mais velhas, e um guarda que falava uma língua que ela não entendia. Ela passava horas olhando por entre os arames da cerca, esperando o caminhão que trazia a mãe para casa. À noite, a mãe estava cansada demais para contar histórias. Abraçada com a mãe no escuro, a Bebê da Guerra ficava ouvindo a respiração dela, até que as duas pegavam no sono. Algumas vezes, durante a noite, acordava com a mãe chorando, mas de manhã ela se levantava, lavava o rosto e ia trabalhar como se nada tivesse acontecido.

Então, um dia, os ventos da guerra sopraram a mãe e a Bebê da Guerra para um outro campo, e o pai estava lá. Era parecido com o primeiro campo, porém maior e mais assustador, porque havia muito mais gente além dos ucranianos e os guardas tinham chicotes. Aconteceu uma coisa terrível naquele campo que era melhor esquecer — melhor nem saber que um dia aconteceu.

E então, de repente, não era mais tempo de guerra, era tempo de paz. A família entrou em um enorme navio e viajou pelo mar até um outro país onde as pessoas falavam uma língua engraçada, e, embora eles ainda estivessem em um campo, havia mais comida e todo mundo era gentil. E, como que para celebrar a chegada da paz no mundo, outro bebê nasceu na família. Os pais a chamaram de Nadezhda, por causa das outras Nadezhdas que deixaram para trás e porque o nome significa "esperança".

A Bebê dos Tempos de Paz nasceu em um país que tinha acabado de sair vitorioso da guerra. Embora fossem momentos difíceis, a disposição do país era auspiciosa. As pessoas aptas trabalhariam em benefício de todos; os necessitados teriam suas necessidades supridas; às crianças seria dado leite, suco de laranja e óleo de fígado de bacalhau para que crescessem fortes.

A Bebê dos Tempos de Paz ingeriu os três líquidos sofregamente e cresceu teimosa e rebelde.

A Bebê dos Tempos de Guerra cresceu e se transformou na Grande Irmã.

Uma saudação ao sol

O Sunny Bank, um complexo de moradias supervisionadas, fica em uma rua sem saída nos arredores de Cambridge, ao sul. É um condomínio moderno, baixo, construído para esse fim, com quarenta e seis apartamentos e bangalôs cercados de um jardim amplo e bem conservado, com gramados, árvores grandes, canteiros de rosas e até mesmo uma coruja. Há um espaço comum onde os residentes podem ver televisão (meu pai faz uma careta), tomar café pela manhã ("Prefiro suco de maçã!") e participar de outras atividades, de dança de salão ("Ah, você precisava ver como a Millochka dançava!") a ioga ("Ahá!"). Pertence a um grupo empresarial sem fins lucrativos e é alugado, a preço de custo, àqueles que tenham a sorte de chegar ao topo da lista de espera. A administradora, Beverly, uma viúva de meia-idade, com cabelo clareado e penteado armado, risada gutural e seios enormes, parece de muitas maneiras uma versão mais velha e benigna de Valentina. Talvez por isso Sunny Bank esteja em primeiro lugar entre os condomínios preferidos do meu pai.

— Vou para lá — insiste — e para nenhum outro lugar.

Óbvio que existe uma lista de espera, e Beverly, que demonstra uma simpatia especial pelo meu pai, me explica que a melhor maneira de conseguir uma vaga é com a carta de um médico — ou, melhor ainda, de mais de um. A dra. Figges tem prazer em ajudar.

— Um condomínio para idosos com supervisão é justamente do que ele precisa — diz a médica.

Ela descreve a fragilidade do meu pai, a distância que ele precisa percorrer para fazer as compras na cidade, as dificuldades que já apresenta para tomar conta da casa e do jardim, suas tonturas e a artrite. A carta é simpática, pessoal e tocante. Mas será que isso é o suficiente? A quem mais posso recorrer? Em um impulso, escrevo para o psiquiatra do Hospital Distrital de Peterborough. Cerca de uma semana depois, chega uma carta em resposta, a quem possa interessar. Na opinião do psiquiatra, o sr. Mayevskyj tem a mente lúcida, nenhum sinal de demência e está apto a cuidar bem de si mesmo, mas a preocupação que o médico tem é a de que "viver em isolamento, sem contato social regular, possa causar a deterioração de suas condições mentais". Em sua opinião, "um ambiente social estruturado, com supervisão não invasiva, permitiria ao sr. Mayevskyj viver com independência por muitos anos ainda".

A carta é decisiva para a lista de espera do condomínio, mas me deixa decepcionada. Onde estão o filósofo não paranoico tagarela e admirador de Nietzsche e sua esposa muitos anos mais nova e criadora de caso? Será que o psiquiatra se lembra da consulta que meu pai descreveu para mim com tantos detalhes, ou sua carta é simplesmente uma resposta pronta a uma questão de rotina, escrita por sua secretária a partir de um breve exame das anotações da ficha? Talvez ele esteja preservando estritamente a privacidade do paciente, ou esteja tão ocupado que todos os pacientes se tornam um único borrão indefinido. Talvez ele atenda tantas pessoas malucas que meu pai nem mesmo se insira na escala. Talvez ele saiba, mas não queira dizer. Tenho vontade de lhe telefonar e perguntar — tenho vontade de fazer a pergunta jamais formulada e reprimida no fundo da minha mente desde quando sou capaz de me lembrar: meu pai é... *normal*?

Não. É melhor deixarmos isso para lá. De que adiantaria?

* * *

Um pouco antes do Natal, Vera e eu passamos alguns dias juntas na casa, limpando tudo e preparando-a para ser colocada à venda na primavera. Há tanto o que examinar, limpar e jogar fora, que quase não temos tempo para conversar intimamente, da forma como eu gostaria. À noite, durmo na cama de cima do beliche e Vera, no antigo quarto de Valentina.

Vera tem habilidade para lidar com advogados, corretores de imóveis e construtores. Eu a deixo com essa parte. Restam para mim as tarefas de resolver o que fazer com os carros, encontrar novos donos para os gatos e separar as coisas das quais meu pai diz que vai precisar em sua nova vida (todas as ferramentas, para começar, não esquecendo o torno, uma boa trena de aço e alguns utensílios de cozinha, facas afiadas, além de, óbvio, seus livros e as fotografias, porque, agora que acabou o livro sobre tratores, está pensando em escrever suas memórias, e o toca-discos, e os discos, sim, e o capacete de couro de piloto, e a máquina de costura da mamãe, porque pretende convertê-la para eletricidade usando o motor do abridor de latas elétrico da Valentina, que, por sinal, nunca foi muito bom, e a caixa de marchas da Francis Barnett, que está embrulhada em um pano sujo de óleo, dentro de uma caixa de ferramentas na garagem, e talvez algumas roupas), e o que mais couber nesse apartamento pequeno (não muita coisa).

Trabalhando juntas assim, percebo que Vera e eu desenvolvemos um tipo diferente de intimidade, baseada não em conversas, mas em praticidades — nós aprendemos a ser parceiras. Podemos seguir com nossa vida, agora que tudo o que precisava ser dito foi externalizado. Bem, nem tudo.

Certa tarde, quando o sol já está baixo, mas ainda brilhante no céu, resolvemos ir até o cemitério visitar o túmulo de nossa mãe. Cortamos as últimas rosas do jardim dela — as incríveis rosas brancas Iceberg, que florescem no inverno —, alguns ramos de sempre-viva e arrumamos tudo em um vaso de cerâmica junto à lápide. Nós nos sentamos no banco sob a cerejeira sem folhas e ficamos olhando os campos que se desdobram, sem cercas, até o horizonte.

— Vera, tem mais uma coisa que nós precisamos resolver. É sobre o dinheiro. — Minhas mãos estão suando, mas mantenho a voz firme.

— Ah, não se preocupe, eu descobri uma conta bancária com bom rendimento e podemos acertar um débito automático a favor da associação do condomínio para cobrir o aluguel e outras despesas. Podemos ambas assinar.

— Não, não é isso. É sobre o dinheiro da mamãe. O dinheiro que ela deixou em testamento.

— Bem, por que a gente não junta tudo nessa conta?

— Está bem.

E então é isso.

— Quanto ao medalhão, não me incomodo que você fique com ele, Vera. A mamãe deu pra você.

★ ★ ★

Antes de papai se mudar para Sunny Bank, tenho uma conversa franca com ele.

— Uma coisa, pai: você tem que tentar se entrosar com os outros moradores. Está me entendendo? Você pode fazer o que bem entender no seu apartamento, mas, quando estiver com outras pessoas, vai ter que tentar se comportar de maneira normal. Não quer que pensem que você é maluco, não é?

— *Tak, tak* — resmunga ele, irritado.

Mike acha que estou me metendo demais, mas ele não sabe o que eu sei — ele não sabe como é ser o diferente, o que fica de fora, aquele de quem todo mundo fala pelas costas. Por precaução, levo embora a camisa de dormir feita em casa, aumentada com pano estampado de caxemira, e compro para ele pijamas novos.

Na véspera do Natal, pela manhã, Mike e eu vamos a Sunny Bank visitar meu pai. Batemos à porta, mas ele não responde; então, entramos assim mesmo.

— Olá, papai!

Nós o encontramos abaixado, de quatro, completamente nu, sobre um tapete colocado no centro do assoalho, de frente para a janela. Felizmente o apartamento dele não é devassado. Ele empurrou toda a mobília para junto das paredes.

— Papai, o que...?
— Psssiu! — Ele leva o dedo aos lábios.

Em seguida, ainda abaixado, estica uma das pernas magras para trás, depois a outra, e vai abaixando mais, até ficar deitado de barriga sobre o tapete. Ele descansa lá por um momento, arfando um pouco. A pele da bunda murcha cai, frouxa, e é de um branco perolado, quase translúcido. Então, ele se levanta do chão usando os braços, equilibra-se sobre os pés e junta as palmas das mãos, com os olhos fechados, como se estivesse rezando. Depois, estica-se todo, atingindo o máximo de sua estatura curvada, ergue os braços para cima, tão alto quanto lhe é possível alcançar, respira profundamente e se vira para nós em toda a sua nudez encarquilhada, velha e jubilosa.

— Estão vendo o que eu aprendi ontem? — Ele levanta os braços mais uma vez e respira fundo. — É uma saudação ao Sol.

Fontes consultadas

<battlefield.ru/lendlease/valentine.html>

Neil M. Clark, *John Deere: He Gave To The World The Steel Plow*, 1937.

<https://www.deere.com/en/>

Harry Ferguson: The Man and the Machine, *Yesterdays Tractors Magazine*. Disponível em: <http://www.ytmag.com/articles/artint262.htm>.

Phillip Gooch, *A very brief history Charles Burrell & Sons Ltd*. Thetford England.

Leonid Lvovich Kerber, *Stalin's Aviation Gulag: A Memoir of Andrei Tupolev and the Purge Era*, Von Hardesty (org.), Smithsonian Institution Press, revisto pelo major David R. Johnson, USAF (Força Aérea dos EUA), publicado no site da *Air and Space Power Journal — Maxwell Air Force Base*, e pelo dr. Paul Josephson, publicado no site do *Project Muse*.

Michael Lane. Disponível em: <http://www.steamploughclub.org.uk>.

Site de Evgeny Morozov.

Site militar de PIBWL.

Fontes: 1. Jan Tarczyński, K. Barbarski, A. Jońca, 'Pojazdy w Wojsku Polskim — Polish Army Vehicles — 1918-1939'; Ajaks; Pruszków, 1995.

2. A. Jońca, R. Szubański, J. Tarczyński, 'Wrzesień, 1939 — Pojazdy Wojska Polskiego — Barwa i broń'; WKŁ; Varsóvia, 1990.

<http://www.russianspaceweb.com/people.html>

Site *Vintage Tractors*.

The Encyclopedia of Tanks and Armored Fighting Vehicles, Christopher F. Foss (org.), 2002.

Martin Wilson, Alexander Velovich e Carl Bobrow, "Russian Aviation Heritage".

Eugene E. Wilson. Disponível em: <http://www.sikorskyarchives.com>.

- intrinseca.com.br
- @intrinseca
- editoraintrinseca
- @intrinseca
- @editoraintrinseca
- editoraintrinseca

1ª edição	novembro de 2022
impressão	cromosete
papel de miolo	pólen natural 80g/m²
papel de capa	cartão supremo alta alvura 250g/m²
tipografia	dante